La última noche en Tremore Beach

[西]米克尔·圣地亚哥　著
Mikel Santiago

宋杨竹　译

午夜琴声

GUANGXI NORMAL UNIVERSITY PRESS
广西师范大学出版社

· 桂林 ·

午夜琴声
WUYE QIN SHENG

LA ÚLTIMA NOCHE EN TREMORE BEACH
Copyright © 2014 by Mikel Santiago
Published in agreement with SalmaiaLit.,
through The Grayhawk Agency.

著作权合同登记号桂图登字：20-2017-192 号

图书在版编目（CIP）数据

午夜琴声 /（西）米克尔·圣地亚哥著 ；宋杨竹译. —桂林：
广西师范大学出版社，2018.3
　　ISBN 978-7-5598-0594-2

　　Ⅰ．①午… Ⅱ．①米… ②宋… Ⅲ．①长篇小说－西
班牙－现代 Ⅳ．①I551.45

　　中国版本图书馆 CIP 数据核字（2018）第 016420 号

广西师范大学出版社出版发行

（广西桂林市五里店路 9 号　邮政编码：541004）
网址：http://www.bbtpress.com
出版人：张艺兵
全国新华书店经销

长沙鸿发印务实业有限公司印刷

（湖南省长沙县黄花镇黄垅村黄花工业园 3 号　邮政编码：410137）
开本：880 mm × 1 240 mm　1/32
印张：11　　　字数：240 千字
2018 年 3 月第 1 版　　2018 年 3 月第 1 次印刷
定价：49.00 元

谨以此书献给我亲爱的父亲，
愿他在天国安息。

序

我曾经听说过"隧道",它能将作家的思绪打开,让他们以难以置信而又身临其境的方式穿越到自己创作的故事情境中,走到他们塑造的角色身边。这种情况下,作家只需做故事的观察者和记录者,尽可能快地将所见所闻详细地记录下来,以求在隧道门关闭之前不错过任何一个细节。他会看着书中的角色,观察他们的表情,感受他们的情感,像一个间谍一样,将一切留给后人审读。

"隧道"之于作家正如"灵感"之于音乐家。对我来说,灵感是"从天上来的东西"。不要问我为什么,我一直觉得"它"来自上面,是一种启示。旋律是人人都可以理解,但鲜有人能够捕捉的东西。如果你把旋律描绘成一只难以捉摸的蝴蝶,我们音乐家的脑海里便有一面网,一面比别人更大、更精致的网。我们都怀着同一个目的,那便是捕捉那段短暂的旋律,聆听在我们耳旁不断回响的魔音,并抓住它。仿佛它是一件无价的古董,我们会尝试将它复原，全神贯注地欣赏每一个只有神灵才能设计出的精巧细节。从某种程度上说，我就像是与另一个世界交流的媒介，联系着一个可爱而难以捉摸的幻影世界。世界中的幻影时刻提醒着大家，我们不仅仅是在痛苦中来到这个世界且注定走向灭亡的生物，它们能向我们解释世界、时间和星辰的起源。

皮特·哈珀,《当代音乐作家》杂志

2003 年 2 月 8 日

第一部分

1

关于这场暴风雨,天气预报员用"魔鬼"一词来形容,已经反复强调好几天了。这对于多内加尔来说也是非同寻常的,所以海岸电台每六分钟播报一次:

"请提前为发电机加满燃料,请注意四处乱飞的房瓦和摇摇欲坠的街灯。冷藏食物和茄汁焗豆罐头足够吗?也别忘了准备蜡烛和火柴哦!住在海岸附近的居民请固定好你们的船,如果可以的话请将帆船停入干船坞过夜。"

当天早上,天气预报员说会有每小时 55 英里的大风,并建议在傍晚时分最好不要在公路上开车,还提醒居民为暴雨和内陆洪水做好准备。那些在海岸上的人们都做好了迎接末日降临的准备。

我一大早便去克兰布朗镇办事,并买些应急物品。克兰布朗是方圆几英里内唯一的小镇。当你与外部世界的唯一连接通道是岩壁间的一条崎岖小路的时候,小镇就显得尤为重要了。

今天早晨，我的第一个任务便是将割草机拿到约翰·杜兰的店里维修。

"哈珀先生，你把窗户都封起来了吗？"看到我走进店里的时候，杜兰问我，"您住在特雷莫雷海滩，不是吗？今晚那边风暴会很大呢。"

杜兰是借这场迫近的风暴赚得盆满钵盈的人之一。在商店门的一侧，堆着两三米高的胶合板，天花板上悬挂着一个用磷光笔写的牌子："请封好您的窗户！"

汽油发电机、蜡烛、天然气烤架和其他应急用品也有特殊折扣。看到周末在小镇短暂停留的游客们塞得满满的购物车，杜兰兴奋地搓手，"真遗憾。"——对他来说——离游客蜂拥而至的黄金时段还差一个月呢。

我回答说已经做好准备了，虽然我的窗户上一根木条都还没钉。里奥·柯根，我在海滩上唯一的邻居，同样什么都没做。他还劝我别做任何准备："没那么严重的！"他是海滩上的老住户，直到那天，我一直对他深信不疑。但目睹了杜兰商店里"末日审判"的气氛，又想起我今早开车时看到被木条封得严严实实的房屋，我开始有点紧张了。

我将割草机推进里屋，并对修理工布莱登说，昨天我又把它（这个月第二次了）撞到藏在草坪中的化粪池的排水沟上了。

"一台全新的奥蒂尔斯·沃尔夫牌割草机被您用得伤痕累累。如果愿意的话，我们可以在排水沟旁放置一块金属板。"

我解释说房屋中介公司会负责处理的——如果他们真能在

一千年内行动的话——我问他割草机什么时候能修好。

"我们要换刀片,还要检查发动机,"布莱登说,"估计还要两三天的样子。"

我记住日期后便出门散步,朝码头走去。从主街下来时,我看到钓鱼的人正在对自己的船采取保护措施,连卖报刊和香烟的小商店的老头儿切斯特都如此,他说,今晚要发生"大事"啦。

"您注意到已经没有海鸥了吗?"他一边说着一边把我要的一份《爱尔兰时报》、一条万宝路和最新的畅销推理小说装进袋子里,"天空如此明净,也不见一只来捕食。它们是闻到暴风雨的味道,全都躲到内陆地区啦,现在说不定它们在巴拉诺尔和月桂港的房顶上拉屎嘞,谁知道呢!如果您问我,我觉得今晚要有大风暴。自1951年来我还没见过哪次暴风雨来临之前有过像这样的天!那晚,拖拉机和羊群在田野上乱奔,商店的招牌,喏,就是您看到的那块,飞走了,后来我的表弟巴利在离这儿好几英里的邓洛伊的公路上捡到的。"

突然,我想起了我的邻居里奥,他坚持让我不用担心,说是除了恼人的沙子拍打玻璃和房瓦松动之外,没什么大不了的。他已经在海滩上住了三年。实际上即将到来的飓风也没有改变他的晚餐计划。两周前他就邀请我们今晚一起到他家共进晚餐,昨天他还打电话确认了一番。

"你觉得在世界末日出门理智吗?"我问他。

"喂!只有两英里地啊,皮特!"他带着一贯的乐观说道,"两英里地之内能发生什么呢?"

傍晚六点左右，我午觉醒来。乌云如一张长长的地毯悬在天空中。我窝在沙发里，透过客厅的大落地窗向外望去：远处的地平线上，巨大的积雨云铺开来，如地狱一般高，一望无垠，如千军万马势不可挡。暗黑的中心地带闪着电光，仿佛一场逼近大地的宏大的战争一触即发。

我起身，那本所谓的推理畅销书——前50页让我昏昏欲睡——滑落到客厅中央温暖的阿兹特克风格的地毯上。我随手捡起地板上的吉他，夹到坐垫之间。随后我走到窗前，打开巨大的推拉门来到外面。迎接我的是一阵咆哮的风，草坪和花园里的花花草草像风铃般摇晃着，由一排白色木桩围起来的栅栏也在艰难地抵抗。远处的海滩上，沙砾被风卷成团团沙云侵蚀着海滩，同时一颗颗沙砾像松针一样抽打在我的脸上。

恐怖的暴风雨正一步步地接近海滩，我突然感觉自己像一只即将被巨怪吃掉的小虫。我有点后悔没买几块约翰·杜兰家的木条。见鬼！这真像怪兽即将吞噬海岸的场景。哎，皮特，你在想些什么呀？

我回到屋里，关上阳台的窗户。我还重重地捶了几下，使得本不太严实的窗户能紧紧地密封起来。冷静点，哈珀先生，这又不是世界末日。一边想着，我又上到二楼，挨个儿将朝北的窗户检查了一遍。

房屋的二楼有一间大主卧、一间标间（几周内将迎来它的首批客人——我的孩子们）和一个卫生间。房顶下还有一个小阁楼,里面塞满了布满灰尘的箱子和旧行李箱。这是几个月来我第一次爬上去确定天窗是否关牢,我还顺道准备了几支蜡烛,以防夜晚停电。

我拔掉所有的插线板,下到一楼。厨房只有一扇朝着大海的窗户,窗户是双层玻璃的,坚固如马的牙齿。从厨房走出去,我来到花园,把一对木椅子叠放在棚内。棚内放着房屋旧主人买的一些工具和木头,甚至还有一把小斧头,我曾用它劈过柴。我觉得自己极有可能会在某天用斧头砸到自己的手指,或者发生更糟糕的事,然后没有人会听到我的叫喊,我会独自一人因失血过多而死。

我关上棚屋,回到房内。此时的玻璃窗被大风吹得哐哐作响。该不会碎吧?还是别冒险了,我想。于是我从门厅后边找来搬家时用来包钢琴的一大块塑料布,将我的施坦威钢琴盖起来,以免玻璃碎后雨飘进客厅。盖好钢琴(长 7 英尺,重 800 磅)后,我松开轮子,把它推到离玻璃窗更远一些的一片干净的空地上,后面摆放着一些画框、乐谱、笔筒和小纸团。我合上苹果电脑,把它放到离窗户很远的书架的最高处。还有录音用的电子琴,我也这样做了。做完这些,我的客厅已经做好十足的准备迎接这场史无前例的大暴雨了。雨滴已经开始敲打在玻璃上,远处时不时传来阵阵雷鸣,但还看不见闪电的踪影。

突然,电话响了。

我跑过去接起来,听到了电话那头里奥的声音。

"晚上好,哈珀!我们要开始啰,你来吗?"

忙碌了大半天，我几乎忘了和里奥的约定。

"不好意思啊，里奥，我给忘记啦!"我边说边向阳台走去，"喂，你还认为我们不需要给窗户钉木条吗?"

他在电话里笑出了声，这使我平静了一些。

"杜兰用恐惧给你洗脑了对吧? 他当然想这么做了。听着，皮特，除非陨石掉落，否则今晚你的窗户不会碎的。但是你得在那一大片乌云到达海岸前赶过来，据说待会儿会有很多闪电。"

我跟他说我会十分钟内赶到。挂掉电话后，我暗自嘲笑了一下自己的恐惧。你不是想住在海滩上吗? 城市乡巴佬!

我走上楼，洗了个热水澡赶走困顿。从镇上回来后，整个下午我都在睡觉。昨晚我一整晚没合眼，这得怪睡前接到我的经纪人帕特·邓巴的那通电话，让我辗转反侧。

帕特 56 岁，体型肥胖，心脏病的潜在患者。他离过婚，后与一位 21 岁的俄罗斯苗条女人再婚。现如今定居伦敦，每年到地中海海边的豪华别墅住几个月。烟不如过去抽得厉害了，但是喝酒还是一如既往的多。我们的关系像父子一样，只是，我是(或至少曾经是)能产生 20% 佣金的儿子。

"我在英国电影和电视艺术学院奖颁奖礼上见到亚历山大·威尔士了，"在以一句非常有礼貌的"你在荒漠中过得还好吗"作为开场白后，他说，"我们谈到了你。我想知道既然你最近有空，你在做些什么。他们在录制《海盗德雷克》的新系列。好吧，他只被西班牙人当作海盗，在英国他可是英雄般的人物。是关于船和战争的……"

"我知道弗朗西斯·德雷克。"我说,心里一紧。我知道帕特要说什么了。

"嗯,非常好。那我可以略过历史背景了。那么咱们什么时候开始呀?他们在找作曲家,就在一个月之内。我跟他说我会来问问你。你可以去伦敦跟他见一面吗……下周如何?"

我想这是不可避免的。帕特是我的经纪人,不是我母亲。

"难道你觉得他会问有关你的健康的问题吗?"他又补了一句。

"帕特,你知道的,"我回答,"我有其他事要做——至少要做到九月,我不能半途而废。"

他停顿了一下。凭我对他多年的了解,他现在一定在对着空气无声重复我的话,脸上做着混账的表情。

"我可没让你半途而废啊,皮特!"他试图缓和对话,"我尊重你的决定。我一直都是这么说的,不是吗? 我只是想让你偶尔回归一下现实,在某个周末能从你佛教徒般的修行中跳出来,换上西服,与威尔士和他的制作人喝杯咖啡。他们会跟你聊他们的想法。我最了解你了,你只需五分钟的谈话,就能把你的主要思路写在餐巾纸上。怎么样?"

这就是帕特·邓巴,我想,真是心理学天才,总是试图极力劝说。

"我必须忠于我自己的工作,帕特。与亚历山大·威尔士见面无异于应下又一桩活儿,如果我不是完完全全自愿的,于你于我都不好。再说,我手头已经有一桩活儿了。"

"你有吗?"他问我,"你确定吗?"

"你想说什么?"我有些恼了。

"是的,我知道了,你自己的事。"帕特说,"一张'实验碟'。11个月以来我对外界都是这么说的,'他需要有自己的一些空间'。11个月,年轻人。你知道这段时间发生了什么吗?我拒绝了……"

"我知道,帕特。你已经给我列过很多次啦:两个六位数的电子游戏项目,一部电影,总共有三个。"

"请允许我说几句你不爱听的。人们开始忘记你了。你正在给外界一种飘忽不定的奇怪感觉,如一场瘟疫,糟蹋自己的名声。无论英国电影和电视艺术学院奖、金球奖和奥斯卡提名再怎么给你增光添彩,你仍不是艾夫曼,也不是威廉姆斯,或者季默,对吗?很抱歉跟你说这种浑话,但是我认为你需要有人来点醒你,别再如此荒唐下去了。"

好的,这就是我等了很久的导火索——终于等到了——超越了帕特·邓巴的忍耐极限。

他说完后,停顿了几秒。我们两个都换了口气。

"你看,皮特……我们知道你经历了一些不好的事,好吧。我也离婚了。我知道这很难熬。克莱姆给你沉重一击,你对所有人都气汹汹的。但是你得自己拯救自己。"

"我确实在尝试这么做,帕特。"我说。

"躲着全世界吗?"

"我没躲,只是需要静一静。"远离一切事物,也远离你——我

10

想，"再说了，我现在萎靡不振，你是知道的。"

"不，你只是被离婚打击了。"

"帕特，我知道你把我当朋友，我也知道你说这些是为我好，除了你宝贵的 20% 的佣金之外。但现在我不想回去。我感到自己正要迈出蜕变的第一步。关于克莱姆的事，我只当是一场噩梦罢了。在某种程度上，也许这件事能帮助我，但我需要时间。"

"好吧，哈珀。我不坚持了，我会拒绝威尔士。我尊重你的直觉，你一向直觉很准。你继续做你的专辑吧，继续自我治愈，想工作了就联系我，行吗？"

我挂掉电话，那句"继续自我治愈"在脑海里回荡。

但的的确确是这样啊，我能骗谁呢？我不敢见亚历山大·威尔士，因为我不再相信自己。帕特知道，福克斯和 BBC 也知道，所有人都知道。皮特·哈珀已被一拳击中下颚以至于无法咬合，他丧失了如虎般的眼光。我写了一些曲子，听完后自己将它们扔进垃圾桶。其实从心底里我应该感谢帕特，他拿自己的名声继续同我游戏。

一篇写演艺圈的博客几个月前如此描述我："他带着与福克斯的约定消沉半年，'进步'令人惊叹。据说他只能写出将丛林中的声响与小提琴琴声混合的样曲。离婚对他打击颇深，我不认为他已经放下了。"

在过去的三个月里，我的创作生活充斥着极度痛苦的尝试和否定，我变得极度狂躁抑郁。某天晚上，我创作了自认为标志着创作转折点到来的精彩旋律，但到了第二天早上我再听的时候，突然觉得令人作呕（打个比方，但至少有几次是真的）。我绝望地从钢琴旁起身，为了避免自己情绪失控，就用酒精来麻痹自己。我走出门，顺着特雷莫雷海滩的岩石散步，一路上寻找着螃蟹，心里暗暗希望一个突如其来的海浪能结束我的伤痛，抑或是沿着陡峭的海岸散步，一直走到莫纳汉修道院的废墟，与上帝对话，羞愧地乞求他给我指条路。大多数时候我出门只是为了修剪草坪，可以说，这是我修行生活中最主要的娱乐方式了。我的草坪非常精致，可同白金汉宫的媲美。

洗完澡，刮了胡子，我换上干净的衬衫和牛仔外套（我常常喜欢穿着T恤和牛仔套装出门），拿上那天上午在"安迪家"买的智利红酒，关上房里所有的灯，朝门口走去。钥匙就挂在门上。我取下钥匙，随手揣进裤子口袋里。手触到门把的时候，我透过金属感到一股来自黑夜的冰冷。迎着外面的风，门不停地摇晃着，在我的手指间颤抖。

当时，事情就这样发生了。自那时起我便无数次地回想起当时的情形。

别出门，今晚。一个声音对我说。

闻声不见人。那声音像是藏在我耳中的鬼魂发出的，又像一阵风吹过掀起的沙沙声，又似乎来自我身体里的某部分。别打开门，今晚别……我的手悬在门把上，双腿似乎迅速冰冻，随后融化在小石砖铺成的地面上。

我转头向客厅的黑暗中望去,一道闪电划破远处海洋的上空,一瞬间,客厅被照得透亮。当然,一个人都没有。那个声音不是什么鬼魂发出的,是我的,从我自己的脑子里发出的。

　　这就是你所想的吗?是上次那个声音?再一次出现了吗?

　　这是我人生中第二次听到这种声音。上次听到的时候,它是如此的清晰……

　　见鬼!上次只是因为害怕,就像那天晚上一样。别孩子气了,皮特·哈珀,世上根本不存在那种东西……

　　但是,上次你没有充分理由吗?

　　"走吧!别像小孩儿似的。"我站在空旷孤寂的门厅里,大声说。

　　于是我关了灯,走出房间,重重地关上门,似乎是为了吓跑某个鬼魂。

2

我驱车行驶在沙丘上,穿行在风雨和沙砾中,一直开到将我家与里奥和玛丽家分隔开来的小山山顶。当地人管这座山叫作"比尔之齿",以纪念当地传说中的走私者。据说,这片海滩曾是二战"凯瑟琳计划"期间纳粹为爱尔兰共和军卸载武器的海滩之一。如同克兰布朗镇其他所有流传的故事一样,这段历史既没有被史书记载,也没有被人们否定。于是,它自然而然地成了一个"信不信由你"的故事。

一棵扭曲的老榆树——干枯交错的枝丫诉说着几百年来风沙的侵袭——是茫茫沙丘中唯一的标志。再远一些,可以看到一个十米高的小悬崖,缓缓向海滩倾斜。那里也是道路的分叉点:一边是通往克兰布朗镇的湿地;另一边则是通往矗立在海滩尽头仅有的两栋房子,左边住着皮特·哈珀,右边住着里奥·柯根和玛丽·柯根。

我停下车,逗留了一会儿。在夜晚的黑暗中,依稀可见白如绸缎的浪头拍打在海滩上。远处，一道道闪电开始在海面上聚集。漆黑的海滩上没有灯光，只有偶尔闪烁的金色的灯塔，在遥远的岬角上追逐着暗夜。

五分钟后，我看到了柯根家的灯光。他的房子也建在海滩的尽头，一块黑黑的厚石板标志着柔软的沙滩与尖锐危险的暗礁的界限。房屋的结构也是紧凑型的，还进行了拓宽处理（里奥跟我坦白，这同样也是采用了不合法的建造方式），以便建造一个与厨房相通的车库。

我将车停在围栏外，旁边停放着一辆我从未见过的福特旅行轿车。我朝房子走去，雨滴像子弹一样砸在我身上，同时夹杂着恼人的沙砾，如同成千上万根针扎进皮肤。里奥一定是看到了车灯，他带了伞出门迎接我。

他个头跟我一般高，运动员般健硕的身体，对于一个60岁的人来说这着实令人羡慕。他的下巴很尖，白发剃成寸头，脸上总是挂着一副灿烂的笑容。他沿着花园的石子路朝我跑来，一路闪避着水坑。我们在路中间相遇，拍打肩膀以示问候。风呼呼地刮着，我们朝家里跑去。

"还以为你不来了，"我们一跳进屋檐下他便开口说，"就下这么点儿毛毛雨。"

"是呀，"我说，"只是夏日里的雷阵雨嘛。"

我们朝地平线望去，眯着眼睛阻挡沙子。暴风雨的前端离海岸只有五六英里了。海面上开始出现了闪电。

里奥抓住我的手臂。

"我们快进去吧,要不待会儿得成落汤鸡了。"

里奥和玛丽的家布置得非常温馨,乡村风格的装饰丝毫不显得奢华。房里放置了一台大电视,一架玛丽用来学习弹奏的立式钢琴,还有一个小型图书馆,陈列着旅行书籍和大量的照片。斗橱和书架上挂着用蜡笔和水彩画成的爱尔兰风景画,画上可以看到玛丽的签名("M.柯根")。我也有一幅这样的画,是几个月前玛丽送我的,现在挂在壁炉上方。

我一进门玛丽就来迎接我了。她身材瘦高,谈吐优雅。我一直觉得她出身名门望族,直到她告诉我她的父母在内华达州从事批发贸易的工作。她和里奥非常般配,她也像是与魔鬼达成了永葆好身材的协议。有一次,我的好朋友朱迪·加拉格尔甚至开玩笑说他俩可能是吸血鬼。因为玛丽的皮肤比29岁的朱迪的皮肤还好。毫无疑问,玛丽在年轻的时候一定在镇里拥有超高的回头率(有的男人甚至为她扭断脖子)。

今晚,奥洛克夫妇——弗兰克和劳拉也在宾客之列。他们在主街开了一家经营鲜花和手工艺品的商店。玛丽最近和他们交上了朋友,而我只是在镇上见过他们。里奥跟我坦白说他们有些傲慢——"总是夸夸其谈,毫不避讳地贬低镇上的居民,好像自己不是这些人中的一员"——但他也承认,有时候你不得不努力社交,尤其是在这个冬天只有150户住户的克兰布朗小镇。

亲吻脸颊致意后,玛丽向我介绍奥洛克夫妇。他们正坐在壁炉旁的沙发上，不断称赞里奥为他们倒的白兰地，不一会儿，里奥也给我倒了一杯。劳拉一看到我起身，就做出一副惊讶的样子，手指交叉着说"很荣幸"认识我，"我收集了您的几张唱片，每首歌都特别喜欢，比如……比如……"一边说着一边给我腾地方，用手拍拍沙发让我坐下。"我有好多问题要问您呢！里奥跟我们讲，您有时候也会为他们弹奏，"她指了指钢琴，说，"您能为我们弹奏一曲吗？"

我恶狠狠地瞥了里奥一眼，而他只回了我一个木讷的微笑。我决定拿出内心善良的一面，慷慨地回答劳拉·奥洛克无穷无尽的问题，同时希望她那个瘦脸、目光呆滞的丈夫能够扮演社交润滑剂的角色，劝劝他妻子不要再用这些问题来烦我了。然而我的心愿并没有实现。我端着一杯满到快溢出的白兰地坐在她身旁，接受她连珠炮般的问题轰炸："两年前我在电视上英国电影和电视艺术学院奖颁奖晚会上见过您，您从达伦·弗林和凯特·温斯莱特手中接过奖杯，噢，天哪，我简直不敢相信您就坐在我面前！"说着，她把手放在我的膝盖上咯咯笑，那笑声惹得我也笑出了声。里奥也笑了，奥洛克先生喝完一杯白兰地，准备满上第二杯。"哈珀先生，快跟我讲讲凯特这个人如何……"

我耐着性子讲了几则陈年旧闻，同时我也意识到这些都属于我两年前的生活了。对话一直持续到玛丽招呼我们上桌。谢天谢地。

奥洛克夫妇先就座，劳拉在她和她丈夫之间为我预留了一个座位。我机智地躲开陷阱，挑了个角落坐下来，挨着里奥，正对着玛丽。玛丽已经把拌有通心粉和醋汁大虾的沙拉端上了桌。在奥洛克夫人展开她的问题攻势之前，我抢先评论了一下这场暴风雨，试图转移接下来的晚餐的话题。

"似乎越来越糟糕了，"我说，"我好像听说风速会达到每小时55英里。"

"每小时55海里都很正常，甚至更快，"里奥说，"但像这么多闪电倒是没有过。今天下午我通过收音机问了多内加尔气象站，他们说这场暴风雨会持续到明天早晨。"

"你是收音机发烧友啊？"弗兰克·奥洛克问里奥。

"不是，我只是用收音机来配合民事防护，偶尔也和多诺万还有其他渔民联系。我主要是把它当作应急手段，这儿的电话信号时断时续的。"

"对，"奥洛克说，"连克兰布朗的信号都不好，我无法想象这里该成什么样了。"

"您觉得在这样一个偏僻的地方生活如何，哈珀先生？"劳拉插话道，"您不害怕吧？当然，您不必担心，这儿从未发生过什么。"

"很高兴听到您这么说，"我回答说，"实际上……"

"虽然最近我听到一些流言，您知道吗，"她抓住我短暂的沉默继续说道，"比如说，肯尼迪商店被偷过，还有，弗镇附近一栋房子在主人睡觉的时候被洗劫一空。当然了，这都是孤立事件，之前确实没有发生过这样的事，据说是东欧的一个黑帮干的。虽然弗兰克说这是卖报警系统的商家编造的假消息。"

"我同意，"里奥说，"我可不信有罪犯会到这天涯海角来偷电视机。我反正不会害怕。"

"说得好，里奥。"我说。

"玛丽呢?"弗兰克问。玛丽出神地望着酒杯深处沉默了一秒，"你对你们独自住在偏僻的海滩上怎么看?"弗兰克继续问道。

"说实话，我们没想过，"她说，"我们在危险得多的地方住过，除了一些小的偷盗以外什么都没发生过。我和里奥在一起，谁会到这个人迹罕至的犄角旮旯来偷东西? 对盗窃团伙来说更合适的地方多的是……"

窗外一道闪电划过，紧接着一声巨响打断了关于小偷的话题，大家又开始讨论天气。

"终于开始了。据说这还不是今年夏天的最后一场大雨，八月的雨水很多。说不定咱们又得遭遇两年前的那场洪水呢。"

弗兰克·奥洛克讲述了他的朋友是如何在 2008 年戈尔韦发洪水的某个夜晚损失了几千欧元。里奥说，全世界都被气候变化搞疯了。

"我从来没有见过像今晚这样的积雨云。"玛丽说。

"积雨云?"我问。

"就像这样的云。在这里非常罕见。我毫不怀疑这一切都与气候变化有关。我记得在《国家地理》上读过，爱尔兰的气候受墨西哥湾的洋流影响。如果没有那些暖流，这儿的气候也不会如此温和。但是现在这些暖流似乎开始减弱，这就是形成大风的原因。如今鸟类的迁徙也出现了一些奇怪的变化。"

屋外,风暴正在集聚能量,闪电每隔一分钟重复一次。客厅里的灯光忽明忽暗,一会儿我们处于黑暗中,仅有壁炉闪烁着火光,一会儿雷声在头顶上轰鸣,打断我们的谈话,雷声过后我们再开着玩笑继续交谈。

但是,劳拉·奥洛克并不会因为任何事分心,吃完第一道菜,她又开始盘问我:"您为什么选择克兰布朗?打算长住吗?"

头盘和美酒让我很愉快,我又有心情可以聊天了,于是回答说,这是我第二次蛰居在多内加尔进行创作。上次是将近十五年前,那时我住在拉吉斯兰山上的朋友家,对面有一片与现在我每天早上望到的一样的海滩。

"我在都柏林长大,"我说,"小时候常常和父母在夏天来到多内加尔,这是一个仍然能让我感到快乐的地方,给我一种被保护的感觉。我觉得应该是因为它使我想起儿时的幸福时光。"

话音刚落,我突然意识到自己谈论到了一个危险的话题,我并不想说这些。劳拉也发现了这一点。

"你有家人吗?"她问。

"有。"我用低沉得别人几乎听不到的声音说,"两个孩子。"

"他们两周后会来过暑假,是吗?"里奥插话道。

"是的,他们来消暑。我希望他们会喜欢多内加尔。"我说。

"当然啦。他们会爱上这里的!"玛丽连忙说道。

劳拉的表情像是发现了金矿,但又不好意思立即挖掘。于是再次堆砌出自以为是的笑容,问了我一个万众期待的问题。

"你结婚了?还是……"

"离婚了。"我回答。

"噢,抱歉。这对于有孩子的家庭来说非常不容易,对不对?我的表妹贝斯最近……"

里奥赶紧给大家斟酒,试图将话题转移开。玛丽也站起来收集餐盘,询问每人对牛排的喜好。我起身帮她,一进厨房我就朝她眨眼睛并低声对她说了声"谢谢"。

主菜是牛排、土豆泥、蔬菜拼盘。我终于能稍微喘口气。劳拉仿佛对我失去了兴趣——也可能是因为我看起来像一块难啃的骨头——她将注意力集中到了柯根夫妇身上。听说他们来自波特兰,而劳拉有个表妹也住在那儿。他们什么时候决定搬到爱尔兰的?他们真在亚洲住了很多年吗?

我猜想小镇一定散布了关于我们这些"新邻居"的许多故事,也许这就是小镇的生存逻辑。一个如此小的镇子理应自我保护,所以镇上的居民迫切想认识外来者,了解每一个人的过去。劳拉只是听从了自己的直觉,整晚不断地向我们发问。里奥比我大方,每个问题他都回答得很棒。再加上喝了点小酒,他打开话匣子,向我们讲述了他的生活和遍布世界的足迹。

他说,在他 25 岁的时候,他就决定放弃拳击,离开内华达州,到了德克萨斯州的圣安东尼奥市做职业保镖。玛丽当时已经是他的女朋友了,她每周五晚在拉斯维加斯的酒店里跳舞,还曾给像汤姆·琼斯之类的明星做过伴唱。从离开内华达州起他们便踏上了永不回头的旅途。玛丽的母亲去世时他们回去待了三个月,除此之外再也没有踏上过归途。他们在世上已经无牵无挂。

21

到了"颐养天年"的年龄,他们开始考虑归隐的生活。"有两个地方一直在我们脑海里盘旋:爱尔兰和泰国。我认识很多在泰国安度晚年的人,50 岁起你就可以拿永久签证,用西方国家的养老金在那边生活绰绰有余。但玛丽总是跟我提起欧洲,还有爱尔兰古老的海滩……"

关于里奥来到克兰布朗的故事我已经听过好几遍了,于是,我的思绪逐渐飘到很远的地方。有一些在脑海里翻腾……特别是……那个声音,那个我刚才离开家时从身体里发出的声音。

你有时也会听到的声音。

下一秒我仿佛离开了柯根夫妇的客厅,回到了童年居住过的都柏林北部库姆附近的家,回到了那间壁炉里总是储满了木炭的客厅。

"我们家族拥有超强的直觉,皮特,你永远记住。"

当我们两人独处的时候,我的母亲总是非常自然地跟我提起这一点。关于第六感、守护天使,以及那个保护我们的声音。

"你要用心倾听,它是来帮咱们的。"

我的母亲和外祖母都能听到那个声音。它有时候会对她们说话,保护她们以及她们的家人。

"好,现在她要开始讲文森特和校车的故事了,"父亲发现母亲在说这件事时,他总会这么说,"你可别到外面到处跟人讲,说不定哪天你就被关进精神病院咯!"

"孩子他爸! 你真是个没有信仰的人,"我的母亲总会这样温柔地斥责他,然后转过来微笑着看着我,眼里闪烁着星星般的光,说,"你听过这个故事吗,皮特?我的哥哥文森特,上帝保佑,差点儿在很小的时候就出事故了。他的校车和一辆卡车相撞,死了十八个小孩、一位司机和一位老师。但是文森特不在那辆车上,那是他唯一一次错过了校车。你知道为什么吗?那天,他正要出门的时候,我的母亲发现他校服上的纽扣松了,便拿出针线包迅速帮他缝上,文森特不愿意等,因为就要迟到了。就在那时,那个声音对我妈妈说:'今天别让小文尼出门。'于是我妈妈尽可能慢条斯理地缝那枚纽扣,她故意把纽扣和里面的衬衫缝合到一起,再装作惊讶的样子,拆了重新缝。文森特吵闹着,他就要错过校车了。'赶不上就赶不上!'妈妈大声说。之后事情就那样发生了,那天,他的朋友无一人生还。"

有几次我父亲生气了,对母亲说这些故事无益于我的教育,我要是尽信那些鬼神预言之说,也只不过是为自己虚妄的希望徒增一分奇迹的念想。而且父亲也认为,信这些预测未来的事除了显得愚蠢,还与成为一名虔诚的基督徒相悖。

"全天下的妈妈看到孩子出门都会担心。那天是因为上帝预先知道那辆校车会出事故,而你妈妈却认为……"

但我母亲坚持说那不是唯一一次,在她自己身上也发生过类似的事。

"1968年3月24日那天早上呢?你就睡在我旁边,不记得了吗?"

"噢,不记得了。"

父亲记得。母亲后来告诉我,在一个漫长的午后,父亲去了

23

酒馆，我在家学钢琴，母亲烤着火，坐在沙发上织围巾。"我从噩梦中哭着醒来，梦里有一片墓地，里面挤满了爱尔兰人。我知道有坏事降临，便告诉了你爸爸。他让我别担心，说只是一个噩梦，仅此而已。但我当时浑身颤抖，像是自己的孩子死了一样。

"后来有天中午，我正听着广播做菜，新闻里说一架从科克飞往伦敦的飞机在海上失踪了。一听到这个消息，我手里的平底锅哐当掉到地上，我向后退了几步。就在当天下午，我们得知爱尔兰航空的飞机在离韦克斯福德数英里之外坠毁，61 名乘客以及一名机组人员遇难……你爸爸脸色苍白地回到家，倒在床上，之后至少一年内他都不想提及这件事，但是，事情就如我跟你所说的那样发生了。"

这是最奇特的故事，但还有好多其他的事。有时候只是一种可怕的感觉，最终却在现实中发生，比如，"今天早上凯蒂·肯尼迪脸白得像死人……"三个月后我们去参加了她的葬礼，她死于骨癌；有时候是一个声音，比如，"我放在厨房的溶剂到哪儿去了？"爸爸问，妈妈说她扔窗外边了，以后别在厨房里放这种东西，"一个声音给我描述了烧焦的喉咙，以及变成哑巴的人"。爸爸呢？当然了，永远闭着眼睛叹口气，然后告诫说别在外面去说这些事。噢，妈妈，妈妈……

"我们跟别人不一样，皮特，你很特别。你看你在琴键上弹奏出多么美妙的音符呀，它们是从某个地方来的，从你自己身体里某个美好的地方来的。你是一个小天使，明白吗？也许某一天你也会听到那个声音。"

"但我不想听到什么声音,妈妈。爸爸说那是疯话,别人听到了会把我关起来的。"

我母亲用双手捂了捂我的耳朵,抚过我的眼睛,然后温柔地捏了捏我的鼻子。

"疯狂是把生活当作没有尽头那样来过,皮特·哈珀。你要学会承认它,并好好利用它。别怕,当你召唤它的时候,它一定会来的。"

当你召唤它的时候。

"需要一杯葡萄酒吗?"

当你召唤它的时候。

"你在听吗,哈珀先生?"

我睁开眼,确切地说是醒过来,因为我看似睁着的眼,实际上已经闭上了。我看到奥洛克女士正端着酒瓶要往我杯子里倒酒。

"我问您还需要葡萄酒吗?"

"不,"我说,仍然在试图从记忆中清醒过来,"不用了,谢谢,我已经足够了。"

吃过甜点,我感到有些疲倦,同时也厌烦了劳拉,她的出现让我无法好好同里奥和玛丽聊天。我坐在壁炉对面的沙发上喝茶。劳拉端着茶杯,站着称赞玛丽的画,她问玛丽什么时候能为镇里的女人们开一个绘画培训班。

"其实我也是自学的,"玛丽说,"所以我并不是好老师呢。"

劳拉做出失望的表情。她说,她想要玛丽的一幅画挂在自己的客厅里。

"如果您想要的话,玛丽可以给您画一幅肖像。"里奥说,"她除了擅长画风景画,还是画人物肖像的高手咧!"

"真的吗,玛丽?"我问她,"如果我早些知道的话,我早就跟你要了!"

"好的。过去我以画画谋生,"她说,"在里奥工作的酒店里给一些客人画画……"

"她还给弗朗索瓦·密特朗①的夫人画过,我可没开玩笑。"里奥仿佛是她谦虚的妻子的最佳营销师,用半开玩笑的语气说,"还有比利·克里斯托②,他付了半栋房子的钱咧!"

"但是这些都画的是爱尔兰,"劳拉看着墙上的画说,"你没有其他国家的画了吗?"

玛丽笑着摇摇头。

"大部分画我都在路上送人或者卖掉了,一幅都不剩地到了爱尔兰。您看,现在家里都已经放不下了,我在想着捐一些给教堂。"

喝完茶我开始打哈欠。风暴已经不再轰隆隆作响,房里的灯也有好一会儿没受闪电的影响而熄灭了。劳拉再一次提到了钢琴,虽然我心里快要抓狂,但我清楚她一定还会试图劝说我。我该趁这个时候回家。我起身向大家抱歉,自己在大周五晚上像个

---

① 弗朗索瓦·密特朗(François Mitterrand,1916 年 10 月 26 日—1996 年 1 月 8 日),法国左翼政治家,曾任法国社会党第一书记和法国总统。
② 比利·克里斯托(Billy Crystal),1947 年 3 月 14 日生于纽约长岛,美国演员、制片人。

鼻炎患者似的打哈欠。

劳拉这时说她很快会在家里做一顿晚餐,邀请我去做客。"您的孩子们来的时候,我们也可以一起乘弗兰克的帆船出游。"

我出于礼貌接受了她的邀请,并跟玛丽道了谢,然后穿上外套。里奥陪我出门。

雨已经停了,风却依然很大。里奥醉醺醺地点评奥洛克夫妇,说他觉得每次跟他们在一起时都像是被审讯的犯人。

我笑了笑,说我感同身受。到车旁,我看到里奥抬头怔怔地望着天。我顺着他的目光看去,一片巨大的乌云朝岸边飘来。在月光的映衬下,乌云的轮廓十分清晰,就像一块又肥又大的黑色蛋糕,直径大约 1.5 英里,乌云下盘旋着不断形成又随即消散的小旋风。

"哎呀,看起来不太妙。"我望着天说。

"是呢。你最好趁那块东西爆裂开来之前赶快回去,"里奥说,"你确定不再待会儿了吗?"

我看了看笼罩在地平线上的那片乌云,就像马上要大发雷霆的天神,盘踞在两分钟后我要去的"比尔之齿"的上空。

别出门,皮特。

可是,如果夹着尾巴回到屋里,我该如何面对奥洛克夫妇?难道跟他们说:"我再待一会儿吧。岸上有一大片云,今晚我有不好的预感。我给你们讲过关于我家族预知未来的事吗?"

今天晚上,别出门。

我又想起了我的舅舅文森特和他的扣子。我应该找个借口说今晚不来的,或者如果幸运的话我的车发动机坏了,再或者里奥坚持让我留下来,也许……

"不了,我觉得如果我抓紧的话,我应该能在那片云赶到之前到家,"我拍拍里奥的肩膀说,"保重,朋友！进屋去吧。你的新朋友还准备了一大堆问题等着你呢!"

里奥扑哧一笑。我跳下门廊的台阶,一路从花园跑出来钻进车里。里奥仍站在那里等我发动汽车。我插进钥匙旋转阀门。这辆沃尔沃有时会罢工,有时在暴雨天气里还会漏电。然后可能我的朋友会坚持要我留下来过夜……

可是引擎一次就启动了。

3

　　狂风大作。我沿着狭窄的石子路慢慢驶上沙丘，两吨重的沃尔沃 V40 在风中轻得像一张纸，车的前灯像两把光剑刺破黑夜。我尽量注意道路右侧边缘，因为随着离里奥的房子越远，离"比尔之齿"越近，公路坡度不断增加，逐渐变成了边缘只有杂草作为防护的陡坡。

　　头顶上，伟大的暴风雨女神已经开始怒吼。我用力踩油门。当暴风雨女神开始歇斯底里地咆哮，不断地朝地上喷射雷电时，我可不想继续停留在路面上。我的车攀爬上山坡到达山顶时，眼前的一幕让我不得不狠狠地踩下了刹车。

　　一根粗壮的大枝丫横在马路中间。

　　可以看出是"比尔之齿"山顶上的那棵粗壮的老榆树上的一根枝丫。我注意到树梢已经发黑，还冒着烟，应该是闪电将它从树上劈断，之后飓风在两小时之内将它推到了路中间。

　　我伸长脖子透过挡风玻璃向上扫了一眼。那块黑乎乎的大蛋糕已经开始旋转,盘旋在我车子的上空。它的中心闪耀着光,雷声阵阵,像一个被人类惊扰了睡梦而轰隆隆咆哮的巨人。

如果开的不是沃尔沃 V40,而是里奥那辆路虎,我绝对会这么做:挂低挡从上面碾过去,第二天早上再回来用斧头把它清理干净。但我这辆旧车的低底盘承受不了,这么做一定会爆掉一两个轮胎。而且奥洛克夫妇晚些时候也会经过这条路,他们也许不会这么幸运提前发现它。

于是我决定以最快的速度完成一件事。

我跳下车,但立马意识到这很危险。我了解到的有关雷暴的知识告诉我不应该待在那里:站在一个小山顶上,旁边有一棵树,我的头顶还悬着一团乌云。

今晚不行,皮特。

我听说在雷雨天里待在封闭的车(或飞机)内就没有危险,因为电流从车辆表面经过并不会影响到车辆内部。也许绕着车走一圈也没事呢?见鬼。来吧,挺起胸脯,像个男人,绝不要因为那些冒失的蠢话丧失作为男人的尊严和自信,哪怕代价是死亡。

我瞄了一眼那根残缺不全、冒着黑烟的老榆木,闻到了烧焦的味道。不像壁炉或烧烤的味道,而是灯泡或旧的电缆烧焦的味道。我想起我女儿贝阿特利斯在她四岁时把手指插进了插座,当时所有的灯全部熄灭,当我们在客厅找到她时,只见她的眉毛头发都竖起来了。那味道闻起来就跟今天的一样。

乌云在我头顶上发出震耳欲聋的轰鸣声。我最后一次抬眼看,我可以看到巨型乌云母体腹中的光亮。

闪电不会两次击中同一个地方，来吧，早点结束这一切吧！

我走近树枝，抓住它的一端，发现比预料中还要重许多。我像搬巨大时钟的指针那样拖动树枝，朝公路边缘走去。海岸上已经完全黑了，只能依稀看到白色的浪头在沙滩上涌动。

我把树枝拖到和马路完全平行了。这就够了，我放手让它重重地砸在地上，在牛仔裤上擦擦手，然后径直往车走去。突然，我注意到周围有什么笼罩着我。

是光。一大片光。

一开始我以为是我开车门前不小心打开了车的雾灯，但是眼前的光突然间变得非常明亮，甚至过于明亮了。

我倒吸一口凉气，往回走的时候发现有什么东西流遍我的全身，一阵酸麻传遍我的脖子和背，一路传到我的手心。我看了看手，手臂上每根汗毛都直立着，像刺猬身上的刺。好像有人在我头上放了一块巨大的磁铁……

就在我头上……

我抬头向上看了看。只见蓝色的旋涡快速旋转，就像一分钟转一千次的碟片。闪电不会两次击中同一个地方。

我感到太阳穴一阵疼痛，明晃的车灯也突然刺痛了我的眼睛。我想我来得及意识到发生了什么事，只需要几秒钟就能回到车里，但失败了。我感到有东西咬伤了我的身体，我的脸、肩和腿。我像一个木偶一样被摇晃不停，然后飞了起来。

仿佛千万吨重的保险柜重重地砸在了我的头上，把我砸得粉碎。我扑通跪倒在地，紧接着像有千万吨炸药在我的体内爆炸，我的耳朵听不到声音了,一切变为一片空白。

然后我听到了自己的尖叫,同时感到自己正在缓缓倾倒,静静等待身体撞向地面,但是,我却仿佛掉进了一个无底的深渊。

4

　　我睁开眼,感到极度恶心。我在哪里?要去哪里?四周在晃动。

　　"快看!他睁眼了!"我能辨别出那是玛丽的声音。

　　我们在一辆车里,车子正全速前进。

　　"玛丽!停下,我要吐了……"

　　突然一个急刹车,我强忍住,摸到门把,推开门开始呕吐。

　　其他门也开了,我听到一串脚步声向我靠过来。

　　"后备厢里有瓶装水,还有纸巾,拿一些过来。"

　　有只手在拍着我的后背。

　　"好了年轻人,全吐出来就好了。"

　　我们的车后面跟着另一辆车,开的车灯照亮了我在沥青路上刚完成的涂鸦作品——里奥家晚餐里的通心粉、牛排、红酒。

　　有人递给我一瓶打开的水,我喝了一小口,感觉好些了。有人递给我一张纸巾,我擦了擦鼻子和嘴。纸巾上有一股清香,我大声说了句"谢谢"。

我尝试着睁眼,却感到眼皮无比沉重,像一只年迈的乌龟。事实上我感到整个身子都像科隆群岛的老龟,至少有一百岁那么老了,枯瘦干瘪。

"他醒了吗?"传来弗兰克的声音。

"好像是的。"里奥说。

我用力睁眼看他们,却只能模糊地看到轮廓。

"发生了什么?"我从嗓子里挤出一丝声音。

"你昏迷了一阵,皮特。不过现在没事了。我们在去医院的路上。"

"去医院?"我说,"你在开玩笑吧?"

"一点也没开玩笑。我们猜你被闪电击中了。不过现在你恢复了知觉。还有几分钟就到了。"

我不记得在车里待了多久,因为我又昏了过去,之后就只记得到了医院正厅(后来知道是邓洛伊社区医院),我被里奥和弗兰克架着进去。不一会儿几个护士从值班室走出来,把我平放在担架上。我被抬着在走廊里移动,玛丽抓着我的手,告诉我一切都会好的。

没事的,皮特。一个声音说。

我闭上眼,再度昏迷过去。

我的医生叫作阿妮塔·瑞恩,是一个漂亮的爱尔兰女人,她有一头红色的头发,脸上有几颗雀斑,矮胖身材,语速快而笃定。她给我号脉,听诊,用手电筒检查了我的眼睛。

"你知道自己为什么在这里吗?"

"应该是因为被闪电击中了。"

然后又问了一些简单的问题,比如我的名字以及年龄。"哈珀先生,这一切是怎么发生的?您感到哪里不舒服?哪里疼?"我努力向大夫回忆整个过程,关于那辆车、路上的树枝、那道光,还有蓝色的旋涡。我觉得头又疼又晕,浑身皮肤紧绷。

大夫说要给我拍个片,接着在我胳膊上扎了一针。我又躺回担架上,随后被抬到 X 光室,整个身子被塞到一台机器里待了好一阵。整个过程只听得到机器在耳边的轰鸣声……头痛消停了一小会儿,皮肤也不再有撕裂感。我推测他们应该给我注射了镇静剂。

一个小时后医生拿着我拍的片找到我。她请我坐下,迫切地要告诉我所有结果。影像显示结果很好,没发现任何需要担心的问题。看来我是较为罕见的"幸运儿",尽管我的头痛依然让医生感到不安。

"来,我给您看个东西。"

我坐在担架上掀开腰部以上的衣服。在检查灯的照射下,我看到了令人难以置信的画面。从我的脖子到左边的胸部的上半身布满了红色的印记。这些印记看起来像地蕨或羽毛,形状显得非常完美,似乎有人花了好几天甚至几周的时间为我用红色墨水文了文身。

她跟我讲,这是"利希滕贝格图样",这个名称是为了纪念它的发现者——德国物理学家乔治·克里斯托夫·利希滕贝格。他没被闪电击中过,但他一生致力于研究电流。这些"文身"是因为毛细血管由于电流经过而破裂造成的。好消息是它会在几天后好转。医生还说,她曾看到一个更加壮观的形状如海星的图样,那是两年前一个渔民被闪电击中背部形成的。

"上帝保佑,他也活了下来,"她继续说,"事实上,被闪电击中的存活率并不像人们普遍认为的那么低。这要取决于闪电的能量、击中区域,特别是电流在人体内经过的路径。闪电击中人时总会有入口、路径和出口。在这个过程中,闪电会烧伤它经过的所有部位,是否会造成致命伤取决于电流途经的部位和器官。根据您的情况来看您是幸运的,但今晚还需要观察。"

当我来到病房时,里奥和玛丽已经在等我了,医生已经把一切都告诉了他们。他们把手机留给我,以便我想打电话给谁。

"不用了……"我说,"没事的。医生说就住一晚上,我可不想惊动谁。"

"不给朱迪打一个?"里奥说,"她肯定想来看望你。"

"当然想,"我回答说,"不过我就在这待一晚上,你看这有止痛药,还有医院特殊的气味。再说朱迪这会儿一定在旅店忙活,昨天她跟我说有一群德国背包客在住店。不过你得在走之前告诉我事情的整个过程。"

原来,在我离开半小时后,奥洛克夫妇也离开了里奥家,是他们发现了我。当时我的车的发动机仍然在转,车灯也亮着。他们发现浑身湿透地躺在雨水和泥泞中的我,以为我已经死了。劳拉受到了惊吓,一到医院就服了片镇静剂,现在弗兰克已经带着她回家了。

"下次看到他们记得替我道个谢。"

"放心吧,我们会的。但你可得做好心理准备了,你很快就会成为镇上的名人,"里奥笑着说,"劳拉最擅长传播故事啦。"

"噢,这我倒是能够想象……"

"你们别这样!"玛丽喊道。

他们俩坚持要留下来陪护,但被我说服离开了。"我今晚还不想死,你们放心吧!我是绝不会逼我的朋友睡在这种'刑椅'上的。"我指了指病房里窄小的坐凳。

"我把手机留给你,"里奥说着把手机放在床头柜上,"晚安,留心那些护士哟!"

玛丽拍了拍他的后颈,之后便亲吻我额头道别:"好梦,皮特。"

那天晚上电流一定仍在我的血液里流淌,我彻夜难眠,头也开始疼起来。

我在床上辗转反侧,脑海最深处仿佛传来时钟嘀嗒作响的声音。我独自一人待在病房里,静静地听着门外传来的抱怨声、护士的脚步声、另一个房间的电视声。已经很久没在医院过夜啦，我想。还记得最近一次是什么时候吗？当然了。

我只是有点晕。

我的母亲迪尔德丽·哈珀晕倒在购物中心的一家鞋店里，几个人扶她坐起来。随后我父亲把她送到了急诊室。当我搭上阿姆斯特丹—伦敦—都柏林的飞机时，她仍待在观察室里。"她说没事的，只是有点头晕。"爸爸说。听他这么说，我以为我们午饭前就可以回家了。

什么事也不会有的。

那个52岁的漂亮女人有一头栗色的头发，脸上的笑容能一扫人心中的阴霾，就连医生让她住院做一个全面检查的时候，她也保持着那样的微笑。

于是我听到与我那天晚上出门前同样的声音：跟你母亲告个别吧，皮特。记住她现在的样子，那身裙子，那淡红色的头发。记住她的包，还有她褐色的鞋子。

她望着我的眼睛，眼眶里噙满了泪水，但始终强忍住，没有落下一滴。泪流满面的是我的父亲，当然。她念叨着也许当天下午回家，或者第二天上午，然后朝病房那扇塑料门走去。可是，那扇门却将她永远地关在了里面。此后的日子里，她被一张病床和无数的插管奴役，甚至连头发也被全部剥夺，但笑容依然那样灿烂。两个月后的一天，上帝终于带走了她。从此以后我们幸福的家庭不复存在，父亲像丢了魂的木偶，而我，我的心被撕开了一个窟窿，永远无法愈合。

几滴酸楚的泪水不知不觉间淌了出来。天就要亮了，我渐渐入睡。后来我做了一个梦，梦到了母亲。她带着一副受到惊吓的表情，像是要警告我什么，但我始终无法听懂。

第二天我醒来的时候头依然很疼，我吃过早饭，医生经过，便问了我关于疼痛类型的问题，"持续的疼痛还是像心脏在头里跳动？"

"确实是，"我说，"像脉搏一样跳动。"

"嗯，哪个部位疼？头前面还是后面，单侧还是整个头部？"

我回答说是"里面"疼，但感觉左边更疼一些。"看东西有重影吗？眼冒金星或者流泪出汗吗？"一边问着，医生一边给我开了一些药，"早中晚各两片，饭后服用。如果两周后头还疼再过来。一周之内除非万不得已，否则不要开车，忌烟酒。"

"那性生活呢，医生？"

"除非万不得已。"

"但那就是我目前最需要的。"

电话显示有朱迪的未接来电，我猜玛丽和里奥已经把我的事情广而告之了。

我回拨过去，响了几声后接通了，电话那头传来朱迪温柔活泼的声音，每句话的末音一如既往，略显沙哑。

"霍利亨夫人商店，请问您有什么需要？"

"您好，我刚搬到镇上，想请问一下哪里可以租到成人电影？"

电话那头朱迪扑哧一笑。我完全可以想象她无聊地坐在前台后面的样子:捧着一本厚厚的书,沏上一杯瑜伽茶(黑莓、人参和其他奇奇怪怪的东西混合而成),总之烟雾缭绕。

就在几个月前,霍利亨夫人商店成了克兰布朗镇最引人注目的建筑。玫瑰色的房顶,黄色的窗栏上面装饰着鲜花、飘带和小铃铛,窗台上摆放着一尊尊小佛像。这栋建筑的一楼就是霍利亨夫人商店,过去主要是为夏天来避暑的游客提供方便,到了冬天就成了药店、书店和玩具店,同时提供影碟出租服务。但是两年前霍利亨夫人退休了,新来了一位年轻活泼的朱迪·加拉格尔小姐,在这家商店——甚至整个小镇——掀起了一场小小的"革命风暴"。现在这家商店也是瑜伽训练营(每周由朱迪小姐教两节课)和针灸按摩沙龙。此外,这里也逐渐成了妇女们的活动中心。在此之前,妇女们只能在狭小的圣迈克尔教堂后厅组织筹划去贝尔法斯特或者德里,甚至伦敦(这让男士们几天内都提心吊胆)购物,或者筹备一些文娱活动,比如七月的"克兰布朗露天电影节"。如今有了新的活动中心,那些妇女别提有多兴奋了。

除此之外,朱迪还把二楼进行了改造,往里面放置了几张双层床,供背包客住宿(去年这家店出现在了最著名的旅游指南书《孤独星球·爱尔兰》里),也可供来费根酒馆即兴音乐会的钢琴弹奏者住宿,那些在邓洛伊仅有的两家旅店没有找到住宿而灰心丧气地路过这里的游客,也可以找到过夜的地方。

另外,朱迪还是整个多内加尔最大的 DVD 收藏家。

"呃,我们这里的成人片很多,您喜欢动物还是马戏团表演?

或者来点捆绑的?"

"噢,都可以,但是你们有关于蔬菜的影片吗? 您知道吗,我住在一个小镇里,附近有一大片菜园。"

"行啦皮特,"朱迪又笑了,"你太坏了! 玛丽已经给我打电话了,我现在都知道了,你昨晚为什么不给我打电话呢?"

"我不想让你担心,想着你一定在旅店忙。再说我也没有想象中那么严重。"

"混蛋,皮特。这就像飞机失事后死里逃生一样,我可以不管那些德国人而是到医院看望你的。你好些了没? 到底怎么回事?"

"实际上我也觉得有些难以置信,"我又回想起了蓝色的旋涡……"一切都发生得太快了,但是我觉得现在没事了,只是头有点疼,医生给我开了药,说是几周后就好了。"

"玛丽说你身上没有伤痕,只是有一些皮肤灼伤。"

"是的,像一个巨大的文身。我觉得还挺好看的,等我好了后我可以考虑文一个。说真的,你昨晚错过了一顿大餐,还错过了奥洛克夫妇。"

电话那头传来嘲讽的咯咯笑。

"是呢,我听玛丽说是他们发现你的。幸好我没去吃饭,要不然劳拉会迅速完成她的特殊任务,说不定咱俩现在都有几个私生子了呢! 她盘问了你一晚上,是吧?"

"几乎是,"我答道,"我进行了一下小小的抵抗。"

"你也这么认为!"她笑着说,"嗯,需要我来医院拯救你吗?"

"当然了！医生已经给我开了药，今天下午要赶我出院呢。"

"给我几个小时，那些德国人正在洗澡，吃完早饭他们就离店了。我忙完旅店的活儿就来接你，你能坚持到那时候吗?"

"没问题。"

"好，那我先挂了，机智的皮特!"

两个小时后朱迪来到医院门口接我。她从她绿色的沃克斯豪尔汽车里跳出来，双手环抱住我。她正值 29 岁的美好年华，活泼、好奇、聪慧。牛仔裤凸显出她曼妙的身材。

第一次见到她的时候，她正坐在费根酒馆的一张桌旁，身旁围绕着对她虎视眈眈的顾客，我当时以为她只是路过这里。直到那天之前，我心中镇上的头号美人当属特雷莎·马隆，她是镇上的邮递员，一头红色的头发，长腿大胸，有时我出门拿邮件会跟她在我门前的栅栏那里打情骂俏。

但我出于本能地排斥她(也许是因为我怕床垫断裂而导致过早死亡)，到克兰布朗来后，我从没跟女人过夜。那天，我走进费根酒馆，像其他新来的居民一样坐在这个昏暗凉爽的酒馆的一个小角落里，准备等待当地人打量的目光。我点了一品脱酒，但迟迟未来，我向四周张望，每次眼神都会与正在和另一个女人(后来我才知道她就是道格拉斯女士)聊天的朱迪相遇。

我开始同另一位顾客攀谈起来，一个叫多诺万的渔夫，聊着聊着，我喝了超过三品脱的酒。晚上我得小心翼翼地开车回去，免得连人带车跌进路边的泥坑里。啜饮间，我时刻不忘锁定着目标。渔夫发现后便拿我开玩笑,他挠了挠鼻子笑起来。我尴尬地承认自己的确无法将目光从她身上挪开,并且趁机打听关于她的消息。"她叫什么名字? 她也住在这里吗?"

"朱迪·加拉格尔。"渔夫说,"她是在一个晴朗天气里背着背包徒步走到这里的。她不是游客,也不是路过的。不知怎的她得知霍利亨夫人正在找人接替她管理商店的消息,一来这里就开始在商店工作了。从那时起她就跟我们住在一起了,我们都非常喜欢她。女人们喜欢她商店里奇奇怪怪的东西,适龄小伙子们争前恐后地想要引起她的注意,而像我们这种开始衰老的人只要在她附近就心满意足了。"

不久的一个下午,我来到了霍利亨夫人杂货商店。从各种各样的借口中我选择了影碟,因为听里奥和玛丽说,她收集了一堆影碟,其中很多经典电影值得一看,并且租金也很便宜。当我进店的时候她正忙着和顾客说话,她看了我一眼,笑着欢迎我。那天她身穿黑色上衣和宽条纹彩色半裙,上衣紧紧地贴在身上,看起来比我在费根酒馆看到她时更加苗条,并且有美好的胸部,漂亮的脖颈和肩膀。

我醉翁之意不在酒地问她影碟的位置在哪里,她指了指里面的书架,我说了声"谢谢"便向里面走去。走到书架前,我便闭上眼睛,心想,她可真漂亮! 我感到自己突然年轻了许多,血气上涌。我尽量将注意力转移到影碟上,这里的的确确有很多影碟。从《金童》、《走出非洲》、《兰博》(后两部是 VHS 格式)这些电影可以推测出,霍利亨夫人已经为这个社区提供娱乐活动很多年了。书架的底层(离畅销区远的地方)摆放着里奥和玛丽说的《挪亚方舟》经典电影,还有二三十部比利·怀尔德、伊利亚·卡赞、希区柯克、约翰·福特的电影,还有更加现代的阿莫多瓦和伍迪·艾伦的电影。

我正读着《关于我母亲的一切》(阿尔贝托·伊格莱西亚斯为电影配乐,我是他的粉丝)的封底,她来到我的身旁,说她也喜欢这部电影。我说阿莫多瓦的电影我觉得都很好,但有几部是例外。于是我们开始谈论电影。聊天的时候我的关注点一直在她身上,她讲着一口伦敦腔,所以我猜想她是来自伦敦的英国人。

她约莫 25 岁,反正没到 30 岁。鼻子上点缀着俏丽的雀斑,眼神灵动而深邃。她紧张地晃动着双手。

"伍迪的电影我只有《曼哈顿神秘谋杀案》,相较而言没有那么实验主义,更加现实,但是……"

我不停地问自己像她这样的女孩子待在这个小镇做什么。

"比利·怀尔德的合集里有《柏林艳史》《头版》《通往开罗的五座坟墓》,但是给你算一部的租金,可以吗?"

我努力让自己的目光显得不那么明显,但是她始终盯着我看。我把眼神转向书架或者望着其他地方说一会儿话,但只要转过脸来,她那两颗蓝宝石般的眼睛总是直直地望我,嘴角似笑非笑,好像在谋划一个恶作剧。

"那我要怀尔德合集,还要阿莫多瓦的《回归》。我喜欢一遍又一遍地重看这部电影,我觉得电影的标题就是在说:'回家吧。'"天呐,这真是尴尬的笑话,她只是礼貌地笑着附和,我想。我觉得自己非常愚蠢,我只是在借没人借的电影罢了。

过了八年的婚姻生活后,我已经忘记了该如何调情了。哎呀,我在说什么呀,我从来不知道如何挑逗女孩,仅有的几次也是因为那些女孩主动扑上来的。

"你住在这儿吗?"她问。

"是的。我来这几个月了,住在特雷莫雷海滩。"

"噢!那你一定认识里奥和玛丽啦!他俩常来店里买东西。"

这时几个客人进店打断了我们的谈话,我愚蠢地认为这是我离开的好时机。我付了钱,跟她告别,走出商店长长地舒了口气。

与克莱姆离婚之后,我只有过两次愚蠢且短暂的"冒险经历",它们让我懊悔不已。第一次是在我得知克莱姆和尼尔斯的事情一个月之后,我在麦克斯·希弗(我要好的同事,也在我离婚前后为我创造艳遇机会)家中的聚会上和一个阿姆斯特丹音乐学院学小提琴的学生。第二次是和一个过去在荷航的空姐,不是在飞机上,而是在超市里。除了这两次,还从未发现有人像朱迪一样激起我的好奇。

再次见到她是一个星期后,我一踏进店里,我们的目光便相遇了,两人都笑了起来。

"嘿!"

"嘿!"

她正忙着,我在放影碟的书架旁装作看影碟的样子,耐心地等待。不一会儿她的声音从我背后传来:

"你是音乐家哈珀,对吗?"

玛丽是店里的常客,我之前也跟她提起过我住在特雷莫雷海滩,所以朱迪知道一些我的事——实际上可不止"一些"——因为我后来知道玛丽和她喝了很久的茶,聊了很多关于我这个在店里租影碟的"神秘又有趣的络腮胡"的事。

这回我不急着走了。顾客们进进出出，我耐心地等待着，一会儿瞅瞅摆满影碟的书架，看看那些关于冥想、瑜伽和替代疗法的书，或者欣赏一下在柜台上一字排开的小佛像。我下定决心今晚约她出去，我做到了。我们在费根酒馆坐下来，我给她倒了杯啤酒，一直聊到酒馆打烊。那是一个星期二，外面下着大雨。小酒馆一半的座位是空的，壁炉旁宝贵的桌子也空了出来。我们就在那里坐着边喝酒边烘干外套。

我们开始谈论小镇，讲述我们为什么到这里。我讲了关于阿姆斯特丹、都柏林、离婚和我的创作危机。我聊人生和音乐作品，她静静地听着，小口喝着吉尼斯黑啤，用她两只聪慧的蓝眼睛看着我。但轮到她的时候她却含糊其辞。她说她出生在苏格兰印威内斯以北的小渔村，那里"海浪拍击海岸的声音足以让人发疯"，她还讲了一些关于家庭的事，她用了"不正常和令人沮丧"来形容，但并没有更多的讲述。我猜她应该出来后就没有再回过那里。

她在伦敦学了心理学，毕业后在医院工作，然后是一段长达五六年的灰暗的时光，用她的话来说就是"对伦敦失望透顶"，所以后来去了印度旅行，在那里开始接触精神世界、能量、替代疗法和瑜伽。"我独自旅行，感到人生前所未有的自由、强大和独立。"后来她便决定要去一个把她当人对待而非制造产品的机器对待的地方生活。

"为什么到爱尔兰的克兰布朗来呢?"我追问道。

"回到欧洲后，我一整个夏天都住在柏林一个朋友家。一天晚上,我俩用笔描手心的掌纹,然后印在地图上。我的生命线穿过了苏格兰,在北部半岛中间的一个地方结束。我想,为什么不呢?"

"真的吗?你仅仅是因为把手指头放在地图上就决定来这?"

"不是手指头,是整个手掌。"

我开始有点恼了。她漂亮聪明,但喜欢玩这种奇怪的游戏。就像圣埃克苏佩里的小王子一样,总是发问,自己却不回答。她是怎么编造出连自己都无法忍受的故事呢?

不管为何,在她身上有一股可怕的力量吸引着我,一如她那双眸深处巨大的旋涡。是叛逆的火苗吗?我也不清楚,总之就像苏格兰波涛汹涌的浪涛在她的眼底翻滚。在她的关于印度和掌纹这些戏剧性的故事之下,我看到的是一颗甜美、优雅、热情的心,这让我无比好奇。她正如费根酒馆的老壁炉,一个你可以依靠着度过一生的地方。

酒馆打烊的时候仍在下雨,我们便向商店跑去。我的车就停在那里,她不让我醉醺醺地开车回家。"好吧,"我说,"我去你那订一个床位吧。"她笑着说我是傻瓜。然后就靠着我那辆沃尔沃,我们第一次接吻了,随后走进她的旅店,一直到第二天,她的店外面整天都挂着"床位已满"的牌子。

我们的这个秘密保守了一个月左右,直到有一天,里奥沿海滩跑完步后突然造访,那天朱迪只穿了一件 T 恤在我的厨房里煮咖啡。此后的一周他都不停地笑着,我们猜想整个镇子里的人也都在搜集情报。"看来你租了很多电影看,哈珀先生。""你们晚上完全不用出门啦,在家里看家庭影院就可以啦!"里奥和玛丽承认这个新闻对于无趣的克兰布朗来说简直是一阵新鲜空气。

"但你们是认真的还是……"

"不是,只是一场冒险。我们只是不一般的朋友关系,你知道的。"

邓洛伊和克兰布朗之间的公路就像汽车拉力赛道,但对朱迪来说是小菜一碟。我们用50分钟的时间驶过了40英里的蜿蜒小道,我甚至在想若是自己被闪电击中后幸存,却死于第二天的车祸,这该是多么讽刺。我们在克兰布朗的"安迪家"加了点油,买了晚餐的食物以及一瓶红酒,然后穿过小镇驶向海岸。

克兰布朗和特雷莫雷海岸之间绵延着大片的草原、泥炭田和平缓起伏的小山丘,一条旧时军用的狭长公路逶迤山间。再往前十英里,公路分成几条小路向悬崖铺开去,只有一条更为细长的路通往海岸。这条碎石子铺成的小路沿着牧羊人的脚印延伸出去,路两旁一年四季都摇曳着野花。

绕过最后一个山头,眼前即是蔚蓝的大海,硝石、田园、牲畜的气味扑面而来,有时还混合着遥远的烟囱送来的阵阵烧泥炭的清香。就在一瞬间,那片镶嵌在黑色岩石怀抱之中的白色沙滩便会突然跳入眼帘,仿佛就在你的脚下。

"这就是我昨晚经过的地方。"经过"比尔之齿"的时候,我告诉朱迪。

我们走下车,我夸张地跟她讲述了昨晚的经过。那根一端发黑的树枝仍躺在路边,枝头可以看到沙子和被车轮轧过的痕迹。

"弗兰克发现我躺在这里,他当时该吓坏了。"

"我觉得他老婆应该让他从你身上轧过去。"朱迪开玩笑说。

她抱着我,我们静静地感受山上呼啸而来的风。

"天啊!皮特,你难道不知道在雷雨天气要离大树远一些吗?"说完她亲吻了我的嘴唇。

那天晚上朱迪做了茄饼,我们坐在壁炉前面一边喝智利葡萄酒一边吃晚餐。我仅仅喝了一杯。她脱下我的衣服,看我树形的伤痕。我们在地毯上做爱,之后在壁炉前的地毯上睡着了。

半夜里,我感到一阵疼痛像脉搏一样在头颅里搏动。我摸出揣在外套里的药片,服下后回到客厅。

我看到朱迪又在做噩梦了。我环抱着她,为了避免吓着她便轻轻地吻她。我们上楼走到卧室,床单是冰凉的。我们拥抱着取暖,缓缓进入梦乡。我梦见了里奥和玛丽。

梦里面,我们又回到了邓洛伊医院,但这次的病人却是里奥。只见他躺在担架上一动不动,甚至在某些时刻我意识到他已经死了。他裹着沾满鲜血的床单,双眼圆睁,嘴半张着,像一个无尽的黑洞。

5

风暴持续了几天,之后的天气便晴朗得让人以为夏天已经到了。

我在家休养了几天,感觉经历了猛烈一击后,浑身酸痛。再有就是头疼。我坚持服药,房间调得昏暗(眼睛仍不适应强光),听着 iPod 里过去不常听的古典音乐。

晚上我下楼弹琴,我仅仅指字面意思,我抚摸拍打那架钢琴。它仿佛是一盏神灯,我期待着能从里面蹦出一个善良的神:下午好,皮特,我可以满足你三个愿望。你想要什么?

我只有一个愿望:重新听到我脑海中的旋律。

我时常在洗澡、散步或是阅读的时候哼唱一些在脑海里的旋律,一回到家中我便在五线谱上记录下来。有多少美好的旋律都是这样产生的!我脑海里仿佛存在一口永不枯竭的魔法喷泉。而现在呢?看看我的样子,居然试图从音乐专著中寻找可以挪用的乐谱。是的,我已游离于那个神奇的音乐世界之外,与那些千千万万平庸的人一样,耗尽半生只为创作一部差强人意的作品。星辰陨落了,光辉永远消失。有一次在一个英国电视生产商巨头的家里举办的聚会上,我认识了一位过气的音乐家,他在90年代凭借一张音碟获得了一笔小小的财富,却在三年内挥霍一空。现在的他专门替人倒酒,像鹦鹉一样不停讲话,我一点儿都没开玩笑,他成了百万富翁豢养的小丑。不过呢,人家至少有份工作,还有人的结局比他更糟,比如,我?

　　事故之后的第四天早晨,我醒来的时候除了头部深处轻微的阵痛之外,几乎已经感觉不到其他不适了。我浑身充满了力量,决定做点儿什么。我换上褪色的牛仔裤、一件伐木工衬衫和一双靴子,头发扎成辫子,戴上雷朋眼镜。任何人看到我一定会说尼尔·杨住在爱尔兰海滩。我喝了杯巴里茶,听到奇想乐队在海岸电台唱成为"赛璐珞英雄"是多么糟糕。随后我开车去镇上。我打算买些砂纸、刷子和颜料,重新修整一下花园的栅栏。经历了一个漫长而严酷的寒冬后,它们已经变得破烂不堪。这些该死的栅栏——如果当时我能预料到即将发生的事情,一定在当天下午就把它们连根拔掉了。

　　一切如里奥所料,我的故事爆炸性地快速传遍了整个克兰布朗。在约翰·杜兰杂货店里,我十分不巧地碰到了半个镇子的人,大家都问我的伤势如何。

　　"您重生了,哈珀先生!"

"您买彩票了吗？"

"您试过将灯泡塞进嘴里吗？"

杜兰甚至不让我自己把割草机塞进沃尔沃的后备厢。他叫出他的儿子约恩。约恩长着红头发，脸上布满雀斑，永远像是从另一个星系来的。他们俩一同把割草机抬上车。

"你应该找个东西遮盖一下，要不然你还是会被机器绊倒的。"他建议说，"如果你愿意，约恩可以花一天时间去你那看一看。对了，别忘记我怎么教你刷清漆的，至少要覆盖三层，否则在夏季结束前该死的硝石就会把它腐蚀掉。"

然后我来到镇子上散步，看到街道上走动着一些新面孔。克兰布朗镇非常小，冬季居住人数不过150人，但是到了夏季会增加到800人。镇上总共只有两条街道，一直通往小港口。一些渔民仍然尊重传统行业，每天早上都去捕一些新鲜的龙虾，然后在港口卸货。冬天，渔民将龙虾用软木箱包装好，送到德里市场。夏天随着游客的到来，港口的市场变得热闹起来，龙虾被销往附近的餐厅和酒店。这里其他的经济活动就只有畜牧业（生产牛奶、奶酪和羊毛制品）、旅游业以及手工业（制造大衣和软呢贝雷帽）。

主街道始于郊外地方公路的岔路口，那里坐落着小镇最重要的服务站点（除了圣迈克尔教堂）——"安迪家"，它是加油站、新出炉面包店、快餐店、报刊亭、烟草店、自助咖啡机的混合体。在那里你几乎可以买到所有东西，比如壁炉燃料、土壤肥料、泥炭、汽车电池、快艇发动机零件、花种、冰袋、啤酒……

其余的商店则散落在克兰布朗大街上。杜兰杂货店在高处，然后是费根酒馆、中餐馆，最后是那家集商店、旅馆于一身的社会文化中心——霍利亨夫人商店。

我找到朱迪的时候，她正和玛丽以及其他妇女商量组织克兰布朗露天电影节的事。电影节预计在七月举行，她们正在讨论放置大屏幕和投影仪的最佳位置。

天气是决定性因素。如果下雨则要执行 B 计划，这是很可能的。到时候，港口附近的旧仓库可以提供遮蔽，但是有很多东西都要随之改变。

劳拉·奥洛克也在那儿，这是自事故发生之后我第一次看到她。她给我讲述了一个有关怎么找到我的夸张的版本，我"半死不活"地躺在道路中间，以及当时她被吓得如何下不了车。"弗兰克跪下去给我把脉，我好不容易才能为您的灵魂祈祷，哈珀先生。"她握着我的手说着，眼里噙着泪。然后，她说想代表露天电影节的组织方请我帮个忙：

"我想哈珀先生您是开幕式演讲嘉宾的最佳人选。您愿意吗？或许您也可以弹奏一小段。噢！对的！那样简直太棒了！"

我以为朱迪或者玛丽会站出来帮我，但是她们却说这是一个好主意。

"或许您可以为一小段默片现场配乐，"朱迪说，"但我不知道我们怎么把钢琴搬到港口。"

我点点头，仿佛在说："主意是挺好，但要把我的施坦威钢琴搬到港口过于困难了。"

"没有必要用一架'真正的'钢琴吧,皮特?"玛丽说,"也可以用配重键盘,我们可以租一个。我觉得这是一个绝妙的主意,朱迪。"

女士们都鼓起掌来,我能做的只有微笑和点头表示赞同,同时暗自希望中途出现什么岔子使得她们的计划落空(没有租到钢琴,或者太贵了),但我也知道我不可避免地要面对一些东西:演讲、托卡塔①,以及其他需要我在电影节上做的事。

我主动提出载玛丽回特雷莫雷海滩,但她要等去邓洛伊购物的里奥。我趁机捏了朱迪的漂亮的屁股,暗示她我已经痊愈了,随时可以和她约会。然后我告别了镇上的女士们,开着我的沃尔沃满载而归。我摇下车窗,迎接扑面而来的世上独一无二的硝石和泥炭味。

我的房子坐落在海滩上一个隆起的小岬角之上。这是一座非常现代化的建筑(建于 20 世纪 70 年代),分为上下两层,屋顶用石板搭成,带一个木制的大阳台,阳台也建在沙丘上,通过楼梯与海滩相连。这个楼梯是我从小就希望的一个东西(也许是因为我在什么地方看到过?),当房屋中介伊莫金·菲茨杰拉德说到"房子带一个建在沙滩上的木制楼梯"时,仿佛有人按下了我头上的某个按钮。"是的! 这听起来像是我要找的房子,我们什么时候看看?"

2009 年 10 月的一个金色的黄昏,我见到了这所房子,天空中

① 托卡塔,一种自由、即兴的键盘乐曲,由一连串的分解和弦和快速的音阶交替构成,所以托卡塔曲也叫"触技曲"。

飘着奇形怪状的大片云彩，房子像沙滩中的宝藏一样闪闪发亮。它的白色的外墙被一块草坪和一排可爱的白色木栅栏包围起来。房屋的前面就是大海和被黑色悬崖环抱的绵延两英里的海滩。我还没进屋就差点说"就是它了"。

据说特雷莫雷海滩位于半岛的风力最强的区域，这就是为什么没有人在这里建房子。我还听说这块土地太过沙化，并且每年加深几厘米，这就解释了我的房子墙壁上出现裂缝以及底层小浴室稍微有些倾斜的原因。

里奥说我们只是很幸运。近年来拔地而起的别墅像夏天暴雨后的蘑菇，而我们所在的地方正符合人们关于多内加尔的想象：空旷的海滩，铺满绿草的沙丘，无边的草原，唯有风声的静谧。

"您认为您能把一台钢琴抬进去吗？"

伊莫金——实际上是我的好朋友——提醒我可能遇到的一切困难。

"这里不是阿姆斯特丹或者都柏林，皮特。电话和网络几乎没有，供水和供电也有问题。房子也需要特别注意打理。草坪上的草会生长，化粪池也需要维护……更别说孤独了。你处在一个离本身就荒芜的小镇十英里远的地方，你将完全依赖汽车（我建议你买辆自行车以防万一），不过我认为另一个房子常年住了人，这会好些……除了这些，我还要补充一点，租金已经涨价了（马上就是旅游旺季了）。"

但没有什么能让我放弃我的决定。这所房子在我最需要的时候像护身符般地出现在我的生命里。我把它的所有缺点都当作有趣的挑战。我站在客厅里，看着宽阔的观景台，想象着自己把施坦威钢琴放在那里的样子。在春天和夏天，我可以打开窗户为我唯一的听众——大海——弹奏。于是我说了句"没问题"。

"你确定吗，皮特？你会独自在这里与钢琴为伴，在很多个夜晚只有风围绕在你身旁。震耳欲聋的风会让你听不到任何音乐、电话声，如果出了什么事连呼救声也不会被听到。"

"是的，"我最后说，"这正是我想要的。"

我在露台上一边吃沙拉，一边看报纸，偶尔眺望远处，只见货轮缓缓驶过。下午的海面很平静。一群海鸥落在海滩的岩石附近，找寻早晨卸货时带出的黑藻或者螃蟹之类的生物。岩石上面有一些洞穴，里面爬满了臭虫，我的儿子杰普一定会很喜欢。其中有个很大的洞穴几乎能将杰普整个装进去，好像连接着几米之外的狭窄的通道。那真是一个完美的藏身之处。为了逃避什么呢？我随即问自己。

突然我感到有些头痛，仿佛脑袋里有个重物。我想起了那些药，于是起身拿起盘子和报纸去厨房吃药。

过了几个小时，我来到花园，身旁摆放好从杜兰杂货店买来的那些小玩意，准备开始干活。这时我看到里奥在岸边跑步。他也远远地看见了我，朝我挥舞手臂。

特雷莫雷海滩长约两英里，所以里奥一般跑三四个来回。这是他的基本练习。一天早上，我还记得当时自己坐在钢琴前，看到他面对着大海脱下衣服。那是一个二月的晴朗清晨，大海仍像半液体状的浮冰。里奥·柯根纵身跃入大西洋的海浪之中，我差点以为他要自杀而报警。

"什么呀！这对血液循环很有益，您也应该试试！"几天后，我从镇上购物回来在湿地碰到他时他对我说。

这些事情起初都让我认为里奥和玛丽是一对奇怪的情侣，他们似乎没有孩子，没有工作，只顾享受高质量的生活。此外，尽管他们年龄不小，但都保持着令人羡慕的健康体魄。所以我以为他们是百万富翁或者外国人，但他们归隐的生活方式和他们布置简单的房子又似乎与这个想法相悖。

我搬到这里两个星期后的一天，他们突然出现在我家门口，手里拎着一篮甜点和一瓶葡萄酒。"欢迎新邻居！"他们说着，径直走进我的客厅，我不得不承认最初我表现得的确有些冷漠。我到这个地方是为了专注于工作，所以担心这些话多的邻居会每天早晨出现在我家门口找我聊天。然而情况正好相反。我住进来的第一个月麻烦不断。家里的锅炉坏了，房间像冰窖一样，所以有些晚上我只能下楼睡在壁炉旁边，裹着被子和毛毯。虽然中介公司已经派人来修理，里奥还是提出要帮忙瞅瞅，他仔细检查我家里的电路，还借给我一台汽油发电机。

渐渐地我开始习惯了每天都见到他们。这不难，我要么早上看见里奥沿着海滩跑步，要么我们的车开过泥炭地时会相遇，再或者我们同时在城里购物。此外，一个月的生活足以让我明白周围有邻居的重要性。冬季的时候整个海滩呈半荒漠的状态，而特雷莫雷海滩又是半岛上最偏僻的地区之一,里奥和玛丽是方圆数英里内唯一的人类。这并不意味着我胆小或多疑,但孤独地住在这个地方,和邻居们搞好关系也不是一件坏事。

我搬来一个半月后的某一天,我在费根酒馆再次碰到了他们,我们很快就坐在同一张桌上。我们聊得很愉快,里奥和我都喝高了,玛丽开车带我们回家。最后我们三人喝光了一瓶尊美醇威士忌,又唱又笑,直到我在他们家的沙发上昏睡了一整夜。我觉得应该是从那时起我们成了好朋友,随时都可以拜访彼此。

"邻居,你需要帮忙吗?"他气喘吁吁地说。

"也可以呀。"我说,虽然约翰·杜兰给我讲了好些如何开始修复栅栏任务的建议,但是我知道里奥更加有经验,"我请你喝啤酒。"

"好的,借我一件干的衬衫吧,小伙子!我快被晒化了。"

"首先需要打磨一下,"他说,"可得认真打磨,否则以后油漆不服帖。"他给了我一张砂纸,并让我负责栅门左侧的栅栏,他则负责另外一半。我算了一下,大约有四十片,我觉得尽管时间比较紧张,但我们可以在天黑前完成这项工作。但显然这只是我的估计。

太阳逐渐变成橙色缓缓接近大海时,我才打磨完三片栅栏,而里奥已经打磨了八片。四个小时内我们总共只完成了十一片!坦白地讲,这并不像修剪草坪一样有趣。我对里奥说今天就到这里,并邀请他和我一起喝冰啤酒。

平静的海面吹来温暖的微风。地平线被刷成橙、红、蓝、黑四色。我搬出两把椅子放在花园里,拿出三周前在德里的比利时啤酒商店买的四瓶罗斯福啤酒。我们坐下来,脚踏在草地上,映着夕阳的光辉干杯。医生嘱咐我别喝酒,见鬼去吧!我就破例一天啦!再说那些该死的药好像也没起作用,倒不如喝一口,或许有帮助呢!

随着第一瓶罗斯福啤酒下肚,我们的身子逐渐暖和起来,开始无话不谈:经济危机、欧元、美元、奥巴马……里奥不是狂热的爱国分子,并不像那些美国—爱尔兰人一样在家挂美国国旗,夏天玩棒球。他公开批评美国在伊拉克和阿富汗的军事行动,并且为美国在"9·11"事件后进入"黑暗时代"而感到痛苦。他告诉我在海湾战争之前两个月他在科威特丽晶酒店工作,"侵略使那座城市变成一座监狱,不过我很高兴是布什指挥部队。"他还讲了很多关于酒店的故事。他的大部分时间都在酒店度过,各种各样散落在世界各地的酒店:拉斯维加斯、阿卡普尔科、曼谷、东京等十多个地方,虽然我没有完全记住。当你以为他已经讲完所有的奇闻轶事,他又会起个头,给你讲述一个新的故事。"这块布丁让我想起了在曼谷尝过的毒品","我只为丢失一辆汽车哭过一次,是离开布宜诺斯艾利斯的时候"。

他从事过一个经典又浪漫的角色——"酒店侦探",如今只有大型酒店还保留着这份职业。大多数的酒店,他说,会雇佣没有固定办公地点的安保公司来做这项工作,但高级酒店仍在内部保留着这项职能。

你永远不会对他的故事感到厌烦,而他总会有全新的故事讲给你听。

当太阳沉入大海的时候，我们喝掉了剩下的两瓶酒。里奥说，他得趁玛丽举着扫帚来找他之前赶回家了，他邪恶地看着我，说："嘿，都是因为你我才喝醉的，那我可以借着酒劲问你一件很私人的事情吗？"

"说吧里奥！"我笑着说，"因为都是我的错。"

"你和朱迪怎么样了，仍然是'不一般的朋友'吗？"

"是啊，"我揉揉眼睛，"是的，我们还是这样。"

"但你准备什么时候正式跟她在一起呢？"

我微笑着看着他。这已经不是他第一次跟我提朱迪的事，并且还告诉我，在他那个年代如果真心对一个女人感兴趣就不应该偷懒，如此这般。

"我跟你说过了，里奥，现在时代不同了……"

"啊，是的，我知道！"他揉揉太阳穴，"我想起来了，你跟我说过。但是每当我看到你们在一起，我就会对自己说'这两人真般配'！瞧我这个唠叨的老年人，好的，我不提了。"

"没关系的，"我说，"我喜欢听你发表意见，但现在的情况是我们两个都不想严肃对待这件事。"

"我完全明白了，皮特。"

"你说得对，她是一个完美的女人。"

"是啊。"

"是的。"

我们沉默了一会儿。海浪轻轻地在橙色的天空下拍打着岸边,海面像着了火。

"我真得走啦,要不然玛丽该用扫帚打我了。明天我们继续修栅栏?"

"你想来的时候来就可以,我很感谢你的帮助,但不能以此对你发号施令。"

"嘿,说什么呢。我很开心能帮到你。我需要有人帮我修栅栏的时候就轮到你帮我啦。"

"你可以指望我。"

里奥沿着海滩走回家,天空已经变成了深蓝色。而我回到屋内,头再次开始疼起来。我想起了那些药,但首先需要往肚子里填点东西。

我从来都不是一个出色的厨师,但偶尔我也喜欢做一些美味的英式香肠和土豆泥。我一边给土豆削皮,一边用我从阁楼上找出来的收音机听着海岸电台。"我们预计七月天气炎热,伴有暴风雨。"我很高兴听到这个消息,因为我希望杰普和贝阿特丽丝能在这里度过一个特别的假期。

吃过香肠后,我嘬嘬手指,服下几粒药丸。一个小时后,当我窝在沙发上继续读那本畅销恐怖小说的时候,头再次疼起来,但这次像脑袋深处有块钟表在走那样一阵一阵地疼。如果下周还继续这样疼,我就得去看看医生了。

6

　　我不知道什么时候睡着,也不记得什么时候醒来。出于某种原因,我没看表,虽然很久以后我会想知道接下来的一切都是在什么时候发生的。

　　一丝声响把我吵醒了。或者是因为头痛?我睁开眼睛,听到敲打声。是在敲门吗?我的眼前一片模糊,我想也许自己并没有听到那些声音。应该是在做梦。或者有什么东西掉下来了。

　　正当我开始认为一切都只是想象的时候,那个声音再次清晰地出现了。重重的敲门声。一下,两下,三下。急促的,有力的。我一边心想为什么不按门铃,一边把手伸向沙发旁台灯的开关,但是灯却不亮。

　　"真是见鬼了!"我嘟囔道。

　　我起身走到门厅,按了按其他开关,但似乎整栋房子的灯都不亮了。可能灯坏了。也许是里奥或者玛丽,再或者是消防员,火星人。见鬼,这才凌晨三点多。

门上没装猫眼，但侧边有一块又高又窄的彩色玻璃。外面一片漆黑，什么都看不见。

"喂？谁啊？"我喊道。

我等待了几秒钟，但外面的人一声不吭。

钥匙就挂在摆放在门的一侧的小精灵玩偶的头上，精灵下面挂着一个小牌子，上面写着："昨晚我被小妖精蛊惑啦！"门只被一条门闩锁着，我缓缓把手伸向它，我知道也许这并不是一个好主意，但是我还是打开了门。

玛丽浑身湿透地站在雨中瑟瑟发抖，一见到我，她抱着我开始哭起来。玛丽，我今天下午还在朱迪的店里见过的那个优雅聪慧的邻居，当时她还跟我说在等正在邓洛伊购物的里奥一同回家。我用几秒钟的时间在脑海里回顾了一遍今天下午的场景。逐渐嗅到了一股带着我们死亡气息的酸味。

"玛丽！"我喊道，"我的天呐！发生了什么！"

她没有回答，只是直挺挺地站在我面前，站在忽明忽暗的昏暗的月光下。她直愣愣地将目光聚焦在我的下巴和胸部之间的某个位置。

我扶她走进屋，将她安顿在门厅那张仿天鹅绒沙发上。我瞥了一眼门外，除了我的那辆沃尔沃之外，没有其他任何车辆的踪迹。很显然，玛丽是一路跑过来的，在大半夜里沿着沙滩跑过来的。我进客厅抓了一条毯子，顺便给她拿了一瓶尊美醇威士忌。

"喝点儿吧，暖暖身子。"

"皮……皮特。"

她呆滞地坐着,目光涣散,面部憔悴得如骷髅一般,头发紧紧地贴在头皮上。我抚摸她,试着让她感觉到平静和温暖。她抬起眼睛望向我,眼神里充满了惊恐。

　　"玛丽,别怕,不管发生什么我都会帮你。"

　　她穿着紫色睡衣和一件浴袍,已经完全被雨水淋湿,上面沾满了沙子。赤着脚,脚上同样满是沙子。我将毛毯盖在她的肩膀上,快速地揉了揉她的胳膊。我能感到她沉重的呼吸。她就像刚跑完了马拉松那样气喘吁吁。有那么一刻我甚至害怕她会因此而心脏病发作。

　　"帮帮……"

　　"发生什么了,玛丽? 里奥在哪里?"

　　问完这句后,一个念头在我脑海中闪过,发生什么糟糕的事了。一听到她丈夫的名字,玛丽的脸上表现出痛苦的神情。

　　"里奥!"她闭上眼睛,倒在我怀里,昏迷了过去。

　　"玛丽! 玛丽! 噢,上帝!"

　　我把她靠在墙边,轻轻地拍打了她几下,但她像一具死尸,没给我任何回应。于是我想到了里奥,我突然意识到自己正在浪费宝贵的时间。如果里奥真出了什么事,我应该立即行动。我跑回客厅找手机,手机埋在一堆乐谱下面,没电,关机了。

　　我计算了一下时间,警察至少要花半小时才能赶到里奥家,前提还是克兰布朗的警卫巴利没借宿在邓洛伊,因为他每隔几周就会去住几天。救护车也需要同样的时间。或许我们没那么多时间了。

我回到门厅,沃尔沃的钥匙也挂在微笑的精灵上。我取下钥匙走出了家门。"我去看看。"我高声说,尽管没人能听见我说的话。就在那一瞬间,我突然想起了几天前的那个声音:

今晚别出门,今晚别……

外面大雨如注。我快速向车跑去,但在一路上突然有什么东西要强烈地引起我的注意。花园的围栏。我和里奥花了一上午打磨,现在却坏了。家门口那片六英尺长的栅栏倒在了地上。我仍向车跑去,雨滴越来越大,跑到车前的时候我已成了落汤鸡。这见鬼的到底怎么回事?很有可能是玛丽因为某些原因将它弄坏的。或许是风刮的呢?但是风应该只会将它连根拔起,而不会把顶端的角吹坏。真是见了鬼了!就算是飓风来临的夜晚也不见围栏被刮起来。在我发动车子时,我脑海中闪过最后一个念头:也许是被闪电击坏的。

待会儿再说吧,现在专心开车,别把小命丢了。

记不清当时在想些什么了。我的神经高度紧绷,但还是保持冷静。尽管并不知道前面等待我的是什么,但可以肯定的是里奥和玛丽家出事了。但为什么不给我打电话呢?该死的,因为你的手机关机了!好吧,但她为什么会在这样一个雨夜里跑过来,她家的车库里还停着两辆车呢,谁能给我一个答案?

我想起了克莱尔·马登,我童年时期住在都柏林时的邻居。她的丈夫常常喝得烂醉,回到家便打她。她和她女儿经常出现在我家门口,哭着说被赶出家门了。有时候她们鼻子流血,有时候嘴唇裂开。她们常常出现在像这样大雨滂沱的夜晚,每当这时候,我母亲便会去叫醒住在旁边教堂里的卡拉汉牧师,他赶来后会陪她们在房间里聊一个小时。我记得她们哭喊道:"没有他我活不下去。"年幼的我心想她怎么还说这种话,我已经想象过多次要如何杀死那个虐待她们的男人。里奥也会是这样的人吗?他疯了吗?——不,不可能的。

一转眼我已越过了"比尔之齿",一直在工作的雨刷开始发出吱吱地摩擦着玻璃的声音,这说明车窗已经干了。雨停了,我甚至可以看到几颗星星。那该死的暴风雨去哪儿了呢?

里奥和玛丽的房子在一片黑暗中等待着我。花园前没有车,车库的门紧闭着。我减速慢行,屏息观察房屋周围的动静。这栋房子建在海滩边的岩石旁,岩石上空一片虚无,平静的海面上只有一层细浪缓缓地推动着沙滩,一切都呈现出井然有序的模样。

我把车停在围栏旁,下车走进花园。夜晚的风凉凉地吹在脸上。说真的,那该死的暴风雨到底去哪儿了?房屋的前厅响起了慵懒的小夜曲。

我试图推开门,但是门被锁了,从门旁的窗户窥视客厅,只能看到一片黑暗。

我按响了门铃,拳头猛捶木门。

"里奥,里奥,你在里面吗?能听到吗?请回答我!"

我等了几秒,如果里奥不吱声,我准备从车库的门进屋,因为车库是和厨房相连的。如果车库的门关了我就打破客厅的窗户钻进去。

正当我要行动的时候,花园上空出现了一道亮光,我抬头一看,是二楼一间房的灯亮了。我看到窗帘上闪过的人影,接着听到下楼的脚步声。几秒钟后,客厅的灯也亮了,门开了。我站在门口,咬紧牙关,紧握拳头。

"皮特!怎么了?"

正是里奥。他穿着黑色浴袍,睡眼惺忪,一脸惊讶。虽然有点生气,但是看起来非常健康,跟所有在半夜里被吵醒的人一样。

"什么怎么了?"我说,"这正是我要问的。"

一阵短暂的寂静后,里奥先是从头到脚打量了我一番,再望了望花园。他看了看表,抬头说:

"皮特,现在是凌晨三点钟,你敲了我的门,所以不应该是我问你吗?"

我死死地盯着他,很显然,他还不知道玛丽在我家。我犹疑要不要告诉他,他的妻子在半夜里跨过整片海滩来向我求救,现在正在我家,浑身湿透,瑟瑟发抖。

我深吸了一口气,双手捏住他的肩膀,已经准备好向他解释这一切:

"听着,里奥,"我开始说,"我不想吓唬你,但是……"

正当这时,一个黑影在他身后移动。"小心!"我警觉地喊道,顺势把他往我这边拽,但要拖动这个年轻时是拳击明星的老头不是这么容易的事。就在这时,那个黑影已经走到了他的身边,而我也认出了那究竟是谁。

那一刻,我的神经几近崩溃。

是玛丽!她身披一件华丽的丝绸浴袍,光滑的红发束成马尾,脸上带着困意且没有一滴泥渍。

"到底怎么回事,皮特?"她靠在里奥的肩上,用一种仿佛这是我制造的恶作剧的那种语气问道。

"我的上帝!"我说着,嘴里蹦出一串连我自己都觉得奇怪的笑声,"我的上帝。"

7

"接下来发生了什么?"朱迪坐在商店办公室的小型皮沙发上,兴致勃勃地听故事,"你回家了吗?"

这是第二天下午一点半。我带着两个硕大的黑眼圈出现在她面前,说"我要告诉你一件事"。等朱迪赶走了研究灯塔模型的英国游客之后,我们来到后面的小房间。房间里放着一个大柜子,里面塞满了朱迪的纸灯、小佛像之类的东西,整个柜子像一座佛教的寺庙。房间里还有两张老旧但是舒服的皮沙发以及霍利亨太太留下来的茶几,上面摆着一壶绿茶,阴阳图案的烟灰缸上燃烧着香烟。

"我们一起回的,"我抿了口茶说,"起初他们坚持要我留在那里,但是我确定家里的门敞开着,那个不知道是谁的女人还在我家。里奥不让我开车,他俩快速换好衣服陪我一同回去。"

"然后呢?"朱迪那双蓝眼睛比往常瞪得更大了。

我开始绘声绘色地跟她描述当时的情景。

"什么都没发生。房子一片漆黑,门锁着,客厅里不见人影,一丝痕迹都没有。而之前我看到破碎地倒在地上的围栏也好端端地在那里。地面是干的,没有下过雨的迹象。"

"真见鬼!"朱迪说。她吸了一口烟管,大口吐着烟圈,然后递给我。"让人不寒而栗。"

"不寒而栗的是我,"我缓缓吐出烟圈,"我当时非常确定那个女人还在我家,所以我对他们说得先报警再进屋。"

里奥很认真地思考后,说我们不能再等了。他下了车,绕着房子转了一圈,然后回到车里问我是否带了钥匙。我说带了,就在兜里。我问他有没有发现什么,他说没有,但还得确认一下才行。他说他从后门进去,让我从正门进,玛丽则待在车里观察有没有人从里面出来。

"我的妈呀,真像《警界双雄》里的场景,很显然里奥曾经当过警察或者从事过类似的职业,对吧?"

"侦探,"我纠正她,"但一个 60 岁的人能够如此冷静地安排这一切,也让人很惊讶。"

"继续讲,然后呢?"朱迪说。

"里奥和我在客厅碰头。门厅一尘不染,一点儿痕迹也没有。我睡过的沙发依然凌乱,琴谱上留着我睡着前做的笔记。我们仔细检查了家里的每一个角落。那个女人不见了。"

"至少在现实世界中不见了。"

"我们在家里沏了一壶茶,里奥和玛丽让我复原'噩梦'。玛丽带着一副难受的表情听完了整个故事,'知道自己成为一个高清版的噩梦女主角并不是一件令人愉快的事。'她开玩笑说,'你的邻居也跟你一样做梦,但是穿着睡衣站在雨里可不是天天都能听到的故事。'"

"里奥呢?"朱迪问,"他说什么了?"

"你是知道他的,他以惯常的幽默讲述了自己如何梦游着从三楼摔下去折了腿的故事。总之,他把这一切都归结为梦游症。"

"你可能梦游吗?我看你睡觉就像一根枯死的树干,连梦话都没有讲过哦。"

"我和克莱姆结婚十年,她也没跟我提过,不过我的舅舅埃德温是梦游症患者。有时晚上他会在冰箱里撒尿,有时会在半夜穿着睡衣出门晃荡,但从来不记得自己做了什么。他的妻子常常穿着长袍出去追他把他带回家,有时甚至一晚上出去两次,但他从来不记得自己为什么要起床,也没去想过。但我不同,我清晰地记得我当时做过的事,不仅如此,我还记得为什么要那样做。我开了车,这是真实发生的事情。"

"我也不认为这是梦游,"她说,"至少不是一个普通的梦。你刚才的描述让我觉得像是谵妄综合征,或是'清醒梦'。"

她看了看我充满疑惑的眼神。

"这很奇怪,"她一边往两个印有中国龙图案的茶杯里倒茶,一边说,"但也有这种情况。有人在梦的中途醒来,'意识到'自己正在做梦。这种情况一般发生在青少年时期,但在极少的成人身上也会出现,实际上有人终身保留这种能力。"她停顿了一会儿,说,"怎么了?你为什么这么看着我?"

71

“没什么，”我笑了笑，“我只是突然想起，这家卖熏香和瑜伽课程的商店的女老板是心理学硕士呢！”

“傻瓜……”

“你认为我就是这样吗？”我继续说，“只是一场梦？如果是梦的话，那我什么时候醒的呢？”

“这就是你的故事中无法解释的地方了。也许是你走出门坐上车的时候醒的，也许更晚一些。你刚才说暴风雨突然间消失了，或许就是那时候醒的。我听说有的梦游症患者能开好几英里车去买汉堡，然后回家。但你的情况有点不太一样，有可能是那场闪电事故的后遗症。”

我早上醒来的时候想过这个问题。我的头依然很疼，尽管我已经吃过药了。吃早餐的时候，我上网查了一些资料，发现了跟我类似的情况。在遭受电击后通常会出现非常真实的噩梦和骤然惊醒的情况。电击带来的睡眠困难一本书都写不完。

但是，为什么我看到的是那样的场景，而不是其他场景呢？比如说可以是海滩上狂欢的海豹，或者在半夜里一辆满载《花花公子》女郎的迷路的车，再或者像《爱丽丝梦游仙境》里的彩色世界和会说话的猫呢？

“你觉得我应该回医院跟医生聊聊吗？”

“我认为你应该等等，”朱迪说，“医生只会给你镇静剂之类的药片用来麻醉你的神经。你再忍耐几天，说不定只是时间问题。如果再发生昨天的情况……”她站起来走到写字台旁，拿了一个活页小本，一侧别了一支铅笔，“你可以尝试着写下来，据说有用。"

音乐电台播的架构乐队的歌曲已经结束了好一会儿了。朱迪把烟管放在烟灰缸上，说要出去买点东西，让我在这里等她回来。"今晚你就住这儿，皮特。旅店里一位客人也没有，我觉得在发生了这些事后你现在也不想回那所房子。"

我睡了过去，醒来的时候快八点了。突然一阵门铃声把我拉回到现实世界，我听到朱迪在门口和别人说话。她回到屋里看到我睁着眼睛躺在沙发上。

"我很抱歉，"她说着，一边取下旅店的钥匙一边说，"我本想把旅馆只留给咱们两人享用的，但是来了不速之客，都是些贝尔法斯特音乐家，是专程来参加这周末的费根音乐节的。"一共来了五位音乐家，加上他们的女朋友，他们几乎住满了所有房间。

我告诉朱迪别担心：

"没关系的，我回海滩。"

"不必了，我会告诉他们去邓洛伊找住的地方。"

我拒绝了她的提议。我知道她需要钱，虽然她从没开口说过。是的，她经营着商店、瑜伽培训班和旅馆，但是几乎好几个月都做了"月光族"。有时我打开她的冰箱，发现只剩一些牛奶、黄油和苹果。但她出于骄傲不愿意接受借款。

"我们还有一张沙发床，对吗？"

"太窄了，而且你总说睡在上面硌得屁股疼。"

"好吧,我有一个主意,不如我们去喝个大醉,回家就感觉不到疼啦!"

我们照做了。

我俩一走进费根酒馆,切斯特就跟我握手,然后全身颤抖装作触电的样子。开鞋店的阿德里安·卡希尔把两个灯泡塞进我的耳朵,试验是否能亮。估计仍需要几个月的时间,这些对我的恶作剧才能相对少一些,这就是我住在这个太阳底下无新鲜事的小镇上不得不面对的东西。

渔民多诺万和他的朋友认真地研究我手臂上的疤痕——虽然现在已经不太明显了,但依然可见——问我是否还有感觉。我跟他们描述了时不时的头疼。他立刻给我开出了药方,"哈珀先生,你需要喝一品脱啤酒。医生说了:'每天一品脱吉尼斯酒。'"

好吧,这是我第二次不顾医生的嘱咐喝酒了。我站在酒馆门口,一边品味唇间柔和的啤酒味道,一边抽高卢牌香烟,同时不忘和路过的人打招呼。音乐家们不一会儿也走进了酒馆,坐在壁炉边那一桌。音乐响起来。

十点左右,里奥和玛丽也走进了酒馆。这个时间段的酒馆人满为患。周五的克兰布朗没有按时睡觉这一说,唯一的规定便是要喝到壁炉燃烧完最后一根泥炭,或者酒桶滴完它最后一滴黑色的黄金。

里奥斟满一圈杯子,端到朱迪和我坐的桌上。玛丽提议大家为了健康干杯。

"为了精神上的健康。"我补充道。大家爆发出一阵笑声，我也觉得大家都需要开怀一笑了。

和大家聚在一起，热乎乎地吃肉喝酒，伴着热情洋溢的长笛和提琴声，我满心欢喜地进入了微醺的状态。由于晚餐没吃什么，酒精迅速流入我的脑袋，我感到那阵熟悉的疼痛像坏掉的时钟再次开始嘀嗒作响了。我和里奥与酒馆的熟客们坐在一起，人们在舞池中心舞动。里奥和镇上的两位"政治学家"多诺万、凯里激烈地讨论欧盟，于是我的思绪逐渐远离了周遭的喧嚣，沉浸到自己的世界中。

有人唤醒了我，是玛丽，她拉着我和大家一起跳舞。

"来吧，哈珀先生。我们来看看你能用上帝给你的双腿做些什么。"

我错误地接受了她的要求。一站起来，吉他手便开始弹奏《棉眼乔》的和弦，大家围拢在我们身边，我拼尽全力不出洋相，只能紧紧抓住舞蹈科班出身的玛丽，任凭她带着像陀螺一样地转圈。一阵醉意袭击着我的头部，我放开手，扑倒在一张放满酒杯的桌子上，把酒弄到了三个小伙子的身上。随后在我屁股着地的一瞬间，全场爆发出雷鸣般的笑声。

"我觉得你有点儿醉了，哈珀。"朱迪说着扶我站起来。

"是的，"我承认，"应该醉了。"

地面的酒水不一会儿就干了，小伙子们也换上了新酒。这时候女邮递员特雷莎·马隆醉醺醺地出现在我身旁，开始和我攀谈。她说当她听说我的事故时多么担心，问我好些了吗，还疼吗，有什么她可以为我做的吗。她一边抚摸着我的头发一边说着这些话，当我意识到的时候，她的双峰已经紧紧抵住我的胸脯了。朱迪在酒馆的另一头和组织电影节的女人们聊天，不断向我戏谑地挤眉弄眼。她难道是小镇上唯一一个不知道我和朱迪的那些事的人吗？

我和朱迪摇摇晃晃地走出费根酒馆时已经是凌晨三四点了。朱迪一路上都在拿特蕾莎·马隆诱惑我的举止开玩笑。

"我听说她可是经常在你的地方停留很久呢，"朱迪说，"你有没有……"

"嗨，朱迪，什么话呀，我几乎连邮件都没有。"

"我可是知道她的确给你发过传单。"

我们回到那张旧沙发上，下面的弹簧和我们预料中一样不舒服。我们充满激情地亲吻和抚摸对方，但我太累了，没能进行到下一步便睡着了。

半夜里我被身旁的动静惊醒，是朱迪。

"不要，求求你了，"她抽噎着，"不要，不要，不要……"手在毯子下面不停地乱动，像是正在反抗着什么人。

我在黑暗里惊恐地四处张望，但什么也没有看到，我意识到这是朱迪在做噩梦。我抱了抱她，在她身旁静静地等她缓过来。

"求求你，求求你。"

每当看着她无助地被噩梦困扰，我的心里便五味杂陈。但她跟我讲："不用管我，这是由于焦虑引起的噩梦，我一会儿就好了。"

看着她消瘦的身躯在我怀里颤抖,谁会因为焦虑颤抖成这样? 那你背上的伤疤呢,朱迪,也是因为焦虑吗? 一条长长的疤痕从她的臀部一直延伸到她的脊椎。在我们头几天晚上在一起我抚摸她的时候就发现了。

"哇喔,你的后背上有条美丽的疤痕呢。"我对她说。

她在床上猛地转身挡住那条疤,"那是一次摩托车事故留下的,"她飞快地解释道,"我不想提。"说完她便起身去做早餐。

从那时起我便确信她有个秘密,她的生命里有一段并不想提起的往事。

"没事的,亲爱的,我是皮特,我在这儿。"我望着她被恐惧的乌云笼罩的精致的脸庞。

"不!"她把手放在我胸前,将我推开,"不要,求求你,求求你了……"

朱迪,是谁? 发生什么了?

有一次我问她谈过几次恋爱,平常我不爱问这些的,但那天晚上她告诉我她正在和住店的阿根廷小伙子共进晚餐。于是我嫉妒得发疯,彻夜没合眼。当然了,我绝没跟她承认过这件事。说到底,我们两人之间只是没有任何承诺的男女关系。但是第二天我提出这个问题,她照例像往常那样回答我:"有过一个男人,在一起很久,结局很痛苦。"没了。

她慢慢平静了下来,我抚摸她,轻轻地吻了她,直到她完全停止了颤抖。她逐渐放松双手,重新放到床垫上,整个身体也松软

77

下来。嘴里说了一些不知所云的话,然后陷入沉睡。

而我还清醒着无法入睡。玛丽像幽灵般站在我家门口的样子让我难以平静,还有里奥浑身是血地躺在那里的场景。我又想起了在风雨交加的夜晚出现的声音。今天晚上,别出门。而现在朱迪做了可怕的噩梦……有那么一刻,我觉得也许一切都是有联系的,不过很快又忘了这个念头。

周末,我和里奥把剩下的围栏也打磨了,开始刷油漆的工作。那些天天气很好,没有雨,微风宜人,所以我们努力想赶在天气变化之前刷完第一层漆。周日中午,玛丽带着前一天做好的乳蛋饼来了,我们坐在花园里共进午餐,愉快地聊天。他们察觉出了我的异样。

我承认自己头又开始疼起来。尽管我每顿饭后按时服药,但似乎只能在几小时之内缓解疼痛,每天晚上都会在眩晕和疼痛之中醒来,再接着入睡。我和医生约了两周后复查,但他们俩极力建议我提前去看医生。于是周二的早上,我又出现在了邓洛伊社区医院。

阿妮塔·瑞恩用她美丽的微笑迎接我,她今天涂了火红色的口红。

"哈珀先生,最近好吗?"

"依然很疼,"我对她说,"脑袋里疼。"

而且这些药物似乎无法触及脑袋里的怪兽,它就像找到了一个偏远的藏身之处,时不时地来一次,有时一整天不来,有时突然就出现了。

我一边说,医生一边查阅我的报告。当我讲完后,她交叉着指甲涂成金色的双手,若有所思。

"你过去有偏头痛吗?我是指事故发生之前。"

"没有,"我回答说,"我只是工作时间久了头会有些疼,但是第二天就好了。当然,由于职业关系,我也有颈椎问题。"

"噢,你的职业,"她翻阅文件查找,"我这里没有记录。"

"音乐家。作曲家。"我说。

她那双绿色的眼睛变换了神采,我已经对这种眼神习以为常了。

"噢,真有趣,您都写一些什么样的曲子?"

"流行乐,电影配乐,有时候也写些音乐剧。"

瑞恩医生的眼睛亮了起来,一时间忘了手头的工作,嘴唇弯成了一抹微笑。

"有哪些是我熟知的吗?我也算是个音乐迷。"

我举出了人们熟知的例子,问她是否看过由海伦·博蒙特和马克·哈蒙德导演的《救赎》,几年前BBC最火的电视剧,讲的是一战中一群护士与士兵的故事,现在已经播放到第三季了。

"别告诉我里面的音乐是你写的!我喜欢开头的钢琴旋律。原来你住在这儿!"

"我只是在这里住几个月,为了完成一部作品。"

"噢,当然了,这对艺术家来说非常常见,不是吗?不管怎么说,真是太巧了。"她将视线移回我的病例,"让我们看看,你的情况比较特殊。你所描述的悸动性头痛是典型的偏头痛表现。但这种偏头痛一般不是由脑部损伤造成的,比如您遭受的电击。您的情况是持续的疼痛,有时甚至会影响您的睡眠。这种痛感有阵发性,在一天之内会减轻……这有些奇怪,我们应该做个内部检查看看。"

她一边用手电筒检查我的眼睛,一边问我关于疼痛的问题(与三周前的问题一样)。然后我便像微波炉中的比萨一样被塞进了吵闹的核磁共振仪之中。

瑞恩说报告出来后一两天内会给我电话,在此之前只能依靠药片来镇痛。这次的药是一日三次的 β 受体阻滞剂,用于缓解头痛。

在她开处方的时候,我借机描述了这几天做梦和梦游的情况。我没有将细节全盘托出,只是讲了我认为所发生的事情的大体情况。

瑞恩医生的眼神变得严肃起来。

"噩梦和幻觉是电击的常见后遗症,但我从没听说过梦游的病例,这有可能是由于受到过度惊吓造成的。"

"我觉得您没搞明白……"我说。当我发现自己这句话听起来有点傲慢的时候已经晚了。

瑞恩微笑着接受我的指责。

"人类大脑并不是简单的方程式,哈珀先生,但我明白您的疑虑。如果您需要的话,您可以咨询其他专业机构。"

"对不起,我不是那个意思……"

"我明白,别担心。在这个案例中没有一位医生能保证自己百分百了解情况,您稍等……"

她站起来,走向书架,拿出一本黑色的记录本开始翻阅。

"在贝尔法斯特有一位知名专家,他叫考夫曼。他曾发表过大量关于通过催眠治疗梦游症和睡眠障碍的论文,是这方面的权威,您也许应该找他咨询一下。"

瑞恩将那位专家的姓名和电话写在一张纸上,并将纸条和处方一并递给我。

"我认为您的头痛会在一段时间内自行消失。"

我点点头表示赞同,试图弥补之前的无礼。我离开办公室,想起朱迪说过"他们只会给你开更多的药片",我决定在打电话给贝尔法斯特的医生之前停止服用这些药片。也许瑞恩医生是对的,疼痛会自行消失。

那天下午我不想独自一人待着,但朱迪忙着旅店的事。当我经过"比尔之齿"的时候,尽管我非常想去里奥和玛丽家拜访,但是双手不听使唤地将方向盘掰向另一个方向。

到家时,海浪正温柔地抚摸着沙滩,几片云静静地漂浮在远处的地平线上空。我脱下鞋子,光脚踩在草地上。两天前刚修剪过草,也许又该修剪一次了。我不想回家面对那架无法弹奏出新的美妙旋律的钢琴,只想暂时逃避面对它的焦虑。

我停在木栅栏面前。里奥和我刷白的那一截围栏在绿草的掩映下泛着白光。我跪下来仔细观察围栏周围的泥土,仍然坚实平整。草深深地长在里面,没有一丝被移动或者拔出的痕迹。我抓住栅栏晃了晃,栅栏的木桩牢固得像棵树。

我仍清晰地记得几天前看到它们碎成几块倒在散乱的泥土上的模样,像是遭到猛烈撞击而被连根拔起一样。我坐在草地上,在那里坐了很长一段时间,思索着。那天晚上到底发生了什么?内心有个声音告诉我:这是一种象征、一则预言。

过了一会儿,我的脑海里突然产生了一个念头。我回到屋里,迅速在一堆文件夹和杂志里找到电话记录。

我要打给我的朋友、带我看房子的中介伊莫金·菲茨杰拉德。看来运气不错,她接起了电话。她的声音轻快明亮,我能想象她那张长着雀斑的脸和她那双爱尔兰人漂亮的眼睛从 iMac 电脑屏幕上分神的样子。

"皮特,你好吗?"

两周前,我想打电话给她询问关于化粪池下水道的事,现在我正好以这个话题开头。我解释完后,她答应我派人来修(意思就是一个月以后)。她还嘱咐我在池上加盖一层金属板或者网格,避免割草机再次碰到。然后她问:"一切都好吗?你习惯你的新生活了吗?"

我一时不知如何回答这个问题,所以决定直截了当地问她负责这栋房子多久了,印象中是否发生过奇怪的或引人注意的事情。

"我们五年前开始接管这栋房子。房子属于美国芝加哥的一家人,爱尔兰人后裔。他们在一个夏天来到这里,迷上了这里的传说,便买了这栋房子,但是再也没回来住过。从那以后这栋房子只出租过三次。三年前租给了一个美国家庭。两年前的春夏租给了一位研究候鸟迁徙的德国学生。2007年2月也出租了,非常奇怪的是我这里没有掌握更多信息。怎么了,皮特?你在天台发现了一具尸体?还是一堆宝藏?"

"最近一次租房的是位女士吗?"

"档案里没有记录,抱歉,皮特。也许是我们公司的人疏忽了,他们有时会这样。钱是通过电汇预付的,我可以帮你查一查。但是你得先告诉我到底发生了什么。"

"事情很荒唐,你听了会笑的,伊莫金。那天一个朋友来我家做客,她说在房子里感受到'某种存在',我们当时喝了点酒,她说她对这些东西有特殊的第六感,她感觉到一个女人的存在。"

"什么?鬼?见鬼,皮特,你别吓唬我……"

"我没有当真,"我打断她,"但我很好奇,这里是否发生过什么。"

"好的,我会查查,皮特。但不要四处散播,这所房子已经够难租出去了。"

"好的,伊莫金,谢谢。"

挂掉电话后,我感觉自己像个傻子。我能感觉到她语气中明显的嘲讽,不过问这些问题的确很愚蠢。我走进棚子,启动割草机,开始给院子修草。发动机的噪音像雷声一样打破了下午的宁静。

第二部分

1

　　杰普和贝阿特丽丝已经到了离多内加尔最近的贝尔法斯特国际机场，我觉得我们可以借机去拜访一下老哈珀，老人已经一年没见孙子孙女(他管他们叫"荷兰仔")了。我从多内加尔驱车去接他们，准备在都柏林住一晚，然后再到克兰布朗度假。

　　一周前我跟克莱姆通过 Skype 商量了这件事，她表示同意。她提议旅费由我们两人共同承担，但是我坚持孩子们在爱尔兰期间的所有费用由我一人出。她就是如此自负，我目前手头也拮据，但是我也决不会让老尼尔斯——克莱姆的新对象——为我和孩子们美好的假期出一分钱。

　　因为和她通过视频通话，我可以看到她。现在的她留着一头卷卷的短发，很好看。她的皮肤更加黝黑了，我猜想应该是常和尼尔斯去异国情调的地方度假的缘故。总之，她还是那个聪明、有魅力的女人，只是我们现在的谈话已经与以往不同了。我总是讲一些老掉牙的笑话，试图逗她笑或者讨得她的欢心。但是我不得不面对一个冰冷的事实:这个女人已经不适合我了,她已经不爱我了。

她说,尼尔斯要去土耳其出差,她打算陪他同去,所以不能和孩子们过暑假了。她要去土耳其中部的卡帕多西亚。我说听起来真棒,但是我的语气一定带着讽刺和嫉妒。

"你看起来好像生病了,"她说,"最近怎么样?"

"没事。"

我被闪电击中了,从那以后我看到了一些奇怪的景象,但是我现在一切正常。

"我弹了一晚上钢琴,你知道的,这里成天没什么事可做。"我假笑。

"很好,你怎么样? 在创作吗?"

我知道克莱姆的话并无恶意,但从她的嘴里说出来却像是直接攻击。你想知道什么? 我怎么回答! 我没有弹一晚上钢琴,而是在床上辗转反侧回想我生命中的那些不如意,我四点左右到厨房喝了一杯威士忌热牛奶。我只睡了一个小时就醒了。我的生活就这样继续。

"我在慢慢地开始,但是很坚定,"末了,我说,"我正在进入一个新阶段……"

有个声音从她身后传来,是尼尔斯的声音。克莱姆分了一会儿神,错过了我那句关于创作生涯和精神世界的话(实际上我只是修剪草坪和给栅栏刷油漆)。然后她转过头来给我一个苦笑,说要挂掉了。尼尔斯在等她,也许是要做什么很棒的事情吧,或许是一个大型社交聚会,或许是被乐队环绕的高级餐厅,那些我无法企及的华丽的东西。

"现在,我必须走了,皮特,不要忘了准备去机场接孩子的手续,好吗?下周我再打电话给你。"

杰普和贝阿特丽丝乘爱尔兰航空从阿姆斯特丹飞往都柏林的航班于 7 月 10 日抵达。

我早早地起床去"安迪家"购物,东西塞满了整个沃尔沃的后备厢,我又买了一杯大拿铁和两个巧克力棒,两盘路上听的车载CD——尼尔·杨的《收获》和弗利特伍德·麦克的金曲选辑。

我开了一整天的车,中途只在巴利高利休息站停下来吃了一些炸鱼和土豆条。下午我终于开上了都柏林正值高峰期的环线,从环线到崭新的国际机场航站楼的这一路与我当时离开这里寻找新生活时已经完全不一样。时间还很富余,我可以喝杯咖啡,在机场规定区域抽一根香烟。

五点半的时候,爱尔兰航空 EI611 航班由于近地强风晚点 20 分钟后才顺利落地。杰普和贝阿特丽丝出现在人群中,他们紧跟着机场地勤,由于是第一次独自出门,一脸严肃地手牵着手。贝阿特丽丝 13 岁,拖着一个粉红色的拉杆箱,而 8 岁的杰普则背着自己的乌龟背包。看到他们,我的心头为之一振,三个月不见,他们长高了将近 20 厘米。

他们一开始没有认出我,他们站在地勤的身旁,皱着眉四处看,带着"爸爸在哪里"的表情站在那里。杰普先认出我,他放下手提箱,跑向我,扑到我的怀里。紧接着贝阿特丽丝表演杂技般地飞奔到我的另一侧,我们几乎摔在了地板上。他们抱怨我扎人的胡须,贝阿特丽丝对我的马尾辫做了一番讽刺的评论。我回答说这总比任其无法无天看着合适,我已经两个月没理发了,走在街上随时都会被抓。

"他们不会抓你的,爸爸,"杰普说,然后看着微笑的金发蓝眼的女地勤说,"我爸爸可有名了!"

我把"无人陪伴儿童"回执表递给地勤,她瞥了一眼下方的签名,然后用无线电向登记台再次核对详细信息,结束了对孩子们的看护。

"整个飞行期间他们表现得很好,"她抚摸着杰普那头总能激发起成年人无限柔情的金色头发说,"他们俩真是非常勇敢的孩子!"

下午六点半我们到达都柏林。这座古老的城市一如往昔的模样。被出租车堵得水泄不通的圣母院街。奥林匹亚剧院周围,游客们像碳酸饮料里的气泡一样聚集在圣殿酒吧,音乐腾空而起,与来自啤酒厂的烟雾混杂在一起。这就是我又老又脏但乐趣十足的都柏林。

我那伟大的帕特里克·哈珀——体型仍旧像公牛一样,坚硬的下巴,刮得干干净净的脸,短发,老香料的香水味——正守在自由街的家门口欢迎我们。他已经做好了一个爱尔兰鳏夫能做的最好的晚餐:炖培根、烤土豆和一个在超市买的新鲜出炉的大冰淇淋蛋糕。

晚餐期间,孩子们的欢声笑语填补了我和父亲之间的沉默。

他们非常兴奋能来这里度假,不停地问关于多内加尔和海边别墅的问题,还对我们整个暑假要做的冒险的事进行规划。

"我们可以游泳吗? 可以买一艘充气船吗?"

"噢,当然了,这是北海,但也许会有海豹咬你噢!"

"《孤独星球》上说有个叫'巨人之路'的地方,你可以带我们去吗?"

"当然了孩子们,我们可以做你们想做的所有事。"

"你也跟我们一起吗,爷爷?"贝阿特丽丝问。

我的父亲苦笑着摇摇头。

"不,亲爱的,没有什么能让我离开这个区了,海边的漂亮别墅也不行。"

父亲问他们学校里的事,他们一如既往地回答"一切顺利",一听就知道是在撒谎。我知道杰普成绩不错,但是仍然没有什么朋友,贝阿特丽丝呢,各方面都更差了。她说一切对她来说都无关紧要,因为她长大后要成为音乐家,像她老爸一样,我小时候成绩也不好。"是吧,爸爸?"每当这时,我就会在心里诅咒自己为什么要在孩子们面前吹嘘显摆。

贝阿特丽丝去年通过了高级中学测试,在荷兰的教育体系中,这意味着"有能上大学的智慧并有机会成为社会的领导者"。伍德西区的老师同意培养她(老师说这是衡量标准之一),所以她除了要学习诸如拉丁语课程之类的高级中学必修课程以外,还可以选择一所新的学校上一些新的课程。

　　克莱姆在尼尔斯的支持下已经准备好资金供她申请阿贝拉学院,这是阿姆斯特丹最好的学校之一,也是尼尔斯的荣耀。而贝阿特丽丝却宣布说她要放弃培养资格,和另外两个好朋友去东边的学校。她有一个颓废的父亲,且刚经历了父母离异,这种青春期的阵痛使得她对自己的未来是否光明漠不关心。克莱姆向我求助,我和贝阿特丽丝相处了一整天,和她谈论生活、决策以及方向错了是多么难回头。"莫愁前路无知己。"嗯,我觉得当时是我的错,是我劝说她进了阿贝拉学院。入校两个月后,她就因为和人打架被要求叫家长来。

　　克莱姆向我讲述了这一切后,我回到阿姆斯特丹,带女儿离开了那所学校。圣诞节,我和孩子们度过了一整周,我们一致决定保持冷静,甚至连尼尔斯也开始反思自己当时的决定是否正确。克莱姆花 1000 欧元请了一位儿童心理学家,他只告诉了我们一个常识:离婚意味着不稳定性。所以我们决定夏天到来的时候,让孩子们远离喧嚣,和我共度三四周。多内加尔就是我们心灵的避难所。

　　我把孩子们安顿在我的旧房间里,那里很多年没有人住过了。房间的墙上还贴着我的"瘦李奇"乐团、齐柏林飞艇乐队和皇后乐队的海报,还有一张我青春期听的第一场音乐会的海报:《蓬齐与帕内尔街蹦蹦房间里的僵尸》(1990 年 5 月 26 日)。

　　"这是你的房间吗,爸爸? 你睡在这里吗?"

　　"每天晚上,"我回答说,"直到我 18 岁。"

92

"然后你遇见妈妈,就去阿姆斯特丹了,对不对?"

"是的,就是这样。"

皇家音乐学院的学位证和体育奖杯上已经落满了灰尘。将他们安放在儿童床上后(杰普睡在爸爸为他在地板上铺的小床垫上),我试图从旧书柜里寻找一本故事书读给他们听。贝阿特丽丝说不用找书了,他们的 iPad 里有卡通片。"我们在家一直这么做。"

"爷爷的房子里有无线网吗?"她问。

"无线网?我不知道……应该没有吧。"

"好吧,我去偷邻居的网用。"

还没等她的父亲张开嘴反对这个主意,贝阿特丽丝已经找到了一个开放的网络,并已连接上,开始检查电子邮箱、WhatsApp 和 Facebook 账号(她的一个叫安妮可的朋友上传了一窝小猫的照片)。

我陪了他们一会儿,他们便开始看卡通片。我猜克莱姆大概早已忘了我们给孩子讲故事的老习惯,或者说,孩子们不再感兴趣了。没过多久,杰普渐渐倦了,贝阿特丽丝也睡着了。我便悄悄地离开房间回到楼下。

父亲坐在舒适的沙发上看电视,沙发靠着的窗户正朝着自由街。这几年来他应该每天都是这么过的吧,我想。一个人维持着生存所需,没发胖也没有消瘦,但是头发已经全白了。穿戴整齐,但看得出,穿的仍然是妈妈还在的时候买的旧衣服。想到这儿我的内心已经泣不成声,但是表面上,我仍然努力微笑着。

我坐在餐桌前的椅子上，递给他一根烟，但他说已经戒掉烟和酒了。"你妈妈从来都不喜欢我抽烟喝酒。"我尊重他的新原则，把烟揣进了大衣里。我问他想不想喝茶，他点头。我便去厨房烧水，我瞥了一眼冰箱和橱柜，结果没有太令人震惊。里面放着食品、罐头和一些水果，没有酒，一切都整洁有序。上帝保佑，我的父亲依然神志清醒。母亲去世后，作为他唯一的儿子，我的内心常常愧疚挣扎，也许我应该更亲近他，每分每秒地照顾他。但是，和克莱姆的婚姻失败后我回到了都柏林，我意识到，如果我回到都柏林和父亲生活在一起，将摧毁我内心仅有的自尊。

我端着在阿姆斯特丹买的粉红色的旅行纪念茶壶和两个杯子。那是贝阿特丽丝的洗礼日那天，我的父母买给她的。她是我父亲唯一认识的孙女，后来杰普出生的时候，父亲只是通过照片和电话认识杰普，直到我们带他回来见爷爷。自从妈妈去世后，没有什么能让他离开都柏林，确切地说是离开这所房子。

我们喝了茶，不痛不痒地聊了一会儿。然后他问了我关于克莱姆和离婚的事情。我跟他讲了克兰布朗、新朋友和新房子的事。我省略了朱迪的部分。我开始谈论我的创作问题，但他从来不感兴趣（也许对于爱尔兰铁路的前雇员来说这的确是一个十分无聊的话题）。"孩子们怎么办？"他问，"他们是最受伤害的，你要记住，皮特，如果你们利用他们来进行战争，上帝是不会原谅你的。"

上次我告诉他贝阿特丽丝换了新学校，也提到了她在旧学校的问题（虽然克莱姆的出发点并不是太错，因为社区学校已经成为毒品、斗殴的摇篮）。上次我还问他过得怎么样了，他说这不需要操心。"看看你的周围，孩子，一切都是你的母亲离开时的样子，而我也一样。每天下午在沙发上度过。有时我也去酒吧喝上几杯，开心开心。然后我回家打开门……有时候我会幻想着你妈妈在家，听到我回来，她会用音乐般美妙的声音叫我的名字。

"我希望她能给我一个拥抱，因为她总是这么好脾气，能驱赶我脑海中所有的魔鬼。我想象着她在我身旁，一边看电视一边默默地织围巾，正如我们共同度过的千万个枯燥而幸福的夜晚。你想知道我过得好不好吗？如果我有胆量，我想挖出我的心脏，我想在铁轨上奔跑，或者把头塞进烤箱里。但是我不能，因为她要我继续活下去，但我活得好艰难。我住在自己狭隘的洞穴里，等待末日降临那一天。你能明白吗？"

短暂的沉默，整个房间里只剩下电视的背景音乐。

"两个星期前，我出了点事故，"我开始说，"没什么大碍，我在海边的别墅附近被闪电击中了。"

父亲的目光从电视上转过来：

"该死的……你……"

"我很好，只是有点头疼，但医生说这是正常的。我是幸运的。疼痛进来后会出去，就像子弹一样。"

"啊，皮特，我很高兴你没有大碍，"他说着，拍了一下我的肩膀，"你可以去买张彩票。"

"是的，他们也这么说，"我笑着说，喝完了杯中的茶，"但你知道奇怪的是什么吗？那天晚上我离开家之前，有一种不好的预感。好像我内心有什么东西告诉我'今晚不要出门'。"

我的话落进了空气中,电视里帕迪·莫洛内的长笛填补了沉默。我的父亲僵硬地盯着电视,眼睛一动不动。

"爸……你听到我说的话了吗?"

"是的,"他最后说,目光并没有从电视上移开,"预感,你的意思是就像你的母亲一样,对不对?"

"嗯……是的。"我回答,"我是这么认为的。但当然,我知道你不信……"

"这是真的。"他打断我,"你妈妈有一种天赋,我猜想你也有,一种第六感,或者类似的东西。"

我难以置信地眨了眨眼,不敢相信自己的耳朵。我看着我的父亲,发觉他的眼睛里含满了泪水。我觉得我的脸颊和喉咙开始燃烧,这是回忆母亲的代价。

"我总是拿这个事情开玩笑,你知道吗?每当她跟我讲你的叔叔文森特和那枚纽扣的故事,我总爱唱反调。"他说,"在一个家里,总要有人活在现实里,去抵消这些疯狂的言论……我承认,起初不相信她,但科克的航班事故发生后……你知道我是什么意思吧?"

"是的。"我说。

"事情确实如你妈妈所说,那天早上她哭着醒来抱住了我,告诉我她在梦里看到的葬礼。中午电台播报新闻的时候,我正在车站工作,不得不走出房间透气。我当时吓坏了,你知道吗?我怕你妈妈……生病什么的。所以我一直回避这个话题,但它的确是真实的。现在你告诉我你的事,我猜你可能遗传了她的……'天赋'。毕竟,你妈妈也是从她的家族遗传得到的。这就像某种东西一直遗传了下来。"

他的话回荡在我的耳边,一股寒气贯穿我的身体。父母遗传给孩子,那么如果杰普和贝阿特丽丝……

父亲继续安静地看电视,仿佛想看完某一集。其实我不认为他正在聚精会神地看电视,只是没有话要跟我说了。半个小时后他起身关掉了电视,并说要上床睡觉了。

"我给你留了两条毯子,"他指了指壁炉前的沙发,"如果你冷可以打开壁炉,或跟我再要一条毯子。你知道你妈妈对毯子的热爱,我的房间里还堆着二十多条在那招蛾子呢。"

"晚安,爸爸。"

父亲从我身边走过,将了将我的头发:

"你也是,儿子,有时间去理理发吧,呃?"

"你在……开玩笑吧?"

我躺在沙发上,裹着羊毛毯,闭上了眼睛。本以为一天的奔波之后我会昏睡过去,但我的身体拒绝投降,再加上,隐隐作痛的脑袋,一切都令人沮丧,瑞恩医生也拿我毫无办法了,就算开出药房里最"毒"的药也无法缓解我的痛苦。那么我接下来应该怎么办?那个贝尔法斯特医生的名字最近几天都我脑海里盘旋,但我不想毁了本该和孩子们共度假期的计划。上帝啊,我继续忍耐吧。

我从外套里掏出香烟,用毯子盖住肩膀,来到小花园里吸烟。

这是一个晴朗的月夜,我一边抽烟一边望着远处在星空映衬下都柏林房顶上歪斜的烟囱。回到房间的时候我恰巧经过那架古老的立式钢琴。我坐在凳子上打开琴键盖,象牙和木头的陈旧的气味飘进我的鼻子,将我带进回忆中。

音乐家? 赶紧停止你的胡思乱想吧,皮特·哈珀! 你是裁缝和铁路工人的儿子,你知道吗? 我们家没有贵族! 你的身体里流淌着工人的血……别想逃脱你的命运! 别做白日梦啦,还是踏踏实实学一门手艺吧。这是你的错,孩子妈,都怪你把那些疯狂的想法塞进孩子的脑袋里。

我在凳子下面发现了一本旧乐谱,上面匆忙潦草地记录着旋律。

是的,妈妈。我抚摸着我的早期作品,感觉眼里流出了苦涩的泪水。都是你的错,所有的一切。

也许是烟草或者分心缓解了我的疼痛,我躺在沙发上,在这件旧家具上辗转几次之后终于合上了眼。

不一会儿我醒了,我睁开眼睛,只见月光洒满了房间。我闻到一股刺鼻的烟味。

我抬起头来,看到餐桌上的烟灰缸里,烟头仍在黑暗中冒着烟。我记得自己的烟头已经扔在花园的垃圾桶里了,这只能是父亲的。但是爸爸,他不是说不会再在屋子里吸烟了……

我重新躺回沙发上,突然瞥见烟灰缸旁边有些别的东西。我站起来，走到桌子旁，桌上还放着一个威士忌酒瓶和半空的酒杯。桌子的中间摊着一张报纸。

我有些隐隐担忧，父亲半夜起来喝酒，难道不记得我正在客厅里睡觉吗？但我的注意力慢慢地被报纸所吸引，这是一份《爱尔兰时报》，在月光的照耀下，我看清了新闻的标题：

多内加尔惨案

一场暴力犯罪夺走了平静小镇克兰布朗四个人的生命。

一根香烟仍在烟灰缸里燃烧，薄薄的烟柱升入房间阴暗的空虚中。然后，我注意到，这酒瓶完全是空的。

告诉我这只是一个梦。

这张占据了封面的三分之二的照片非常暗，但我还是能辨认出一名站岗的警察的身影。这是在海岸附近的某个地方，可能是任何一个地方。我能清晰地分辨出的是爱尔兰警察脚下白床单遮住的四具尸体，像四个幽灵。照片的近处是警察用来保护犯罪现场的塑料带子。

任凭我凑得再近，我也无法看清楚图片下方的小字。新闻的内容也同样如此，那些字都太小太模糊了。我再次仔细端详那张照片，发现自己非常熟悉，这是里奥家的屋顶吗？我的喉咙想大声尖叫，尖叫声足以穿透墙壁和窗户，叫醒整个城市。我立刻跑到门口找电灯开关,我要读这条新闻,却又非常害怕我即将读到的内容。也许里奥、玛丽和……难道朱迪也……

但父亲为什么一个字也没跟我提呢?难道他不知道我就住在那儿吗?难道是今天下午发生的事?什么时候呢?

我摸到了电灯的开关,霎时间光亮让我无法适应,我感到头部一阵刺痛。我靠在墙边,直到能够再次睁开眼睛。

就在这时,我注意到眼前有些不一样了。

眼前是明亮的房间,我回到桌子旁,只见桌子上是空的,没有报纸,没有威士忌,也没有香烟,只有一直摆放在桌上的老桌布和用假花装饰的装餐巾纸的瓷盒。

2

"告诉贝阿特丽丝该我玩了。"

"iPad 是我的。"

"但妈妈说我们一起用!"

"贝阿特丽丝,求你了……"

伴随着弗利特伍德·麦克合唱团的音乐,我们一路向北。后座上我的两个小鬼在争论这电子产品的归属问题,而我则沉浸在自己的思考中安静地开车。

你什么都没看到,一切都是因为那该死的闪电,医生都说了幻觉很正常,会逐渐消失的,你必须要像个成年人一样处理这件事。难不成你想因为几个噩梦毁掉孩子们的假期吗?

"好吧,等我玩完这局就给你,稍等一分钟。"

"你这局已经玩了半小时了!"

"哎,你别太过分了,再说了你也没有表,你怎么知道时间?"

但爸爸承认了妈妈确实可以看见幻象,能预知未来。我还记得那个声音告诉我晚上不要离开家,也许我看到的这些幻象是……是……

当我们终于驶离了劳斯郡,我几乎已经快要理清那张报纸的含义了。一个小时之后,我心中已经有答案了。"这是电击引起的超现实梦魇。"我应该开始服药,或许我真的应该去咨询一下医生给我介绍的心理学家——考夫曼。等过了这段时间孩子回家后,我就打电话给他。但现在我唯一要做的就是专心开车,安全地把孩子们送到海边的房子里,尽你所能给他们提供一个愉快的假期。他们已经度过了糟糕的一年,你还记得你开口向他们解释整件事时他们的表情吗?"有时候两个成年人不想继续一起生活了……""但你们不是两个大人,"他们的眼睛似乎在说,"你们是爸爸妈妈,是我们世界的地图,除了你们,我们没有别的了,你们明白这意味着什么吗?"然后是新房子,新学校……多亏他们的父母以及成年人所谓的感情和归属,他们吃了太多苦。因此,你得停止那些荒谬的想法,别再有恐惧,好好地做一个父亲该做的事,别再次让他们失望了,皮特·哈珀。

大约下午六点,我们终于回到了家。此刻的海景蔚为壮观,一些罕见的椭圆形的云朵栖息在海洋上空,就像外星飞船一样,四周装点着黄昏时分最后一道彩色阳光。金色的海和粉色的沙滩连成一片。就在这美丽的景色之中,我们的房子出现在高高的山上,四周是翠绿明亮的草坪。

"噢,爸爸,"贝阿特丽丝说,"这就像一个梦!"

"是的,女儿。"我轻抚她的脸蛋。

孩子们想立即到海滩上玩,风很大,但毕竟在车上待了这么久,想舒展舒展胳膊和腿是正常的。于是我把车停下来,我们顺着连接海滩的木板台阶一步步朝大海走去。杰普开始敞开外套,像风筝一样逆风蹦跳,贝阿特丽丝也照做,"看啊,爸爸! 我要飞了!"

也许是他们嬉闹的、天真的想象力让我忍不住加入他们。我飞快地跑起来,跃入空中,脱掉我的风衣抛入强劲的风中。但风席卷着我,我摔倒在一个沙堆中。地心引力让我很快意识到我不再是一个小孩,而是一个 200 磅重的 42 岁的成年人。杰普和贝阿特丽丝跑过来拯救我,他们各抓着我的一只手把我拉起来,我们手挽着手朝着房子的方向走去。

玛丽正在精心地为我们准备晚餐。我们还没走到她家门口就闻到了食物诱人的香味:新鲜的面包、派……杰普和贝阿特丽丝有些害羞,他们躲到我的身后,想变成隐形人。里奥给我们开的门,他向他们伸出了手,"很高兴见到著名的杰普和贝阿特丽丝!"他说。贝阿特丽丝回答说:"我很荣幸见到你。"杰普重复了姐姐的话。"一看就受过良好的教育,是吧,先生!"他大声说,朝我使了个眼色。

几分钟后玛丽像往常一样穿着得体地出现了。她为孩子准备了两袋"欢迎礼物"。每袋包含一个绘图板、蜡笔、橡皮擦和各种糖果。杰普和贝阿特丽丝在得到允许后怯生生地表达了感谢,便迅速拆开礼物开始在桌上画画。

"要小心哦,不要弄脏了!"我警告说。玛丽撤走了一些老照片和烟灰缸,以便腾出更多空间给孩子们。

几分钟后朱迪也赶到了。听到她停车的声音,我开始变得有些紧张。孩子们听我说起过朱迪,但以为她和里奥、玛丽一样,只是我住在海边的新朋友,仅此而已。我原本打算在开车的时候向他们巧妙地解释,说她是爸爸的一位"非常特殊"的朋友,跟女朋友类似,但一路上没找到一个合适的时机。

里奥为了缓解紧张,便在我们面前消失,去厨房"给玛丽打下手"了。

"你来开门吧?"他问。

*不要跑,你这个胆小鬼。*我心想,点了点头。

打开门的时候,朱迪也显得有些紧张,我们都没有行贴面礼,反倒几乎同时愚蠢地笑起来。"你想和我握手吗,亲爱的朋友?"我注意到她的妆容和穿着与平日里有一丝不同。她穿了一条黑色短裙和一件淡紫色上衣,给人一种"好老师"的印象,就差一副眼镜了。

她走近壁炉旁的咖啡桌,杰普和贝阿特丽丝正在专心地画画。

"你好,"她伸出一只手说,"我叫朱迪。"

"你好,朱迪,"杰普说,在她的脸颊上一吻(不管怎么说他继承了我哈珀家的基因特质,对美女很有品位),"我叫杰普。"

"我叫贝阿特丽丝。"我的女儿说,"我喜欢你的辫子。"她指着朱迪的头发,朱迪的头发就像两根藤蔓从额头一直延伸到后脑勺,形成一个蝴蝶结形状。

"你要是想,也可以跟我编一样的辫子。"朱迪说,"你有一头非常漂亮的头发。"

"你也是,"贝阿特丽丝礼貌地说,"你也住在这里吗?"

这难道不是一个愚蠢的问题吗?我想也许她以为朱迪是里奥和玛丽的女儿。

"不,但里奥、玛丽和你的父亲是我的朋友,他们邀请我来这里吃饭。我住在镇上,你们今天来的时候路过那里了对吧。我在一家商店里工作。"

"服装店吗?"贝阿特丽丝说。

"呃,也卖二手服装,但实际上什么都卖:书、影碟、纪念品……"

"我长大了想设计衣服,或者像爸爸一样当个音乐家。"

"聪明的小姑娘!"里奥喊道,他正端着盘子出来。

"你呢,杰普?"朱迪问,"你长大了想当什么?"

"电视台主持人!"杰普说,所有人都被他坚信不疑的表情逗乐了。

玛丽邀请大家上桌,于是杰普和贝阿特丽丝坐在我的两旁,贝阿特丽丝让朱迪坐在她另一侧。

嗯,我想,这还算是一个顺利的开头。朱迪朝我会心一笑,我注意到里奥和玛丽也相视而笑。

第一道菜是鱿鱼圈配莫萨里拉干酪和番茄酱拌沙拉。一整天只在加油站吃了三明治和几袋薯条的孩子们狼吞虎咽，差点就直接用手抓了。

玛丽问他们第一次独自乘飞机是不是很刺激。

"空姐给我们玩具玩，"杰普说，"然后就开始了争夺战。"

杰普所说的争夺战引发了笑声一片，于是大家开始拿飞机上发生的争夺开玩笑。

朱迪说她在阿姆斯特丹有一个好朋友，并回忆说几年前去了阿姆斯特丹。

"你有在女王节扫货吗？"

在女王节的最后一天（4月30日也是荷兰国庆日），贝阿特丽丝准备好了在冯德尔公园跳蚤市场兜售的三明治，并且几乎被抢购一空。也许是因为她是市场上唯一一个除了卖三明治还准备了新鲜的桑格利亚汽酒的卖家。杰普（我是从克莱姆那知道的）则在一棵树下弹琴，他弹了两小时马拉那民歌却只赚到2欧元18分，于是放下乐器宣布说要放弃那些无聊的吉他课程，因为目前看来指望弹吉他养家糊口是无望了。而他的父亲——我坚决支持他的决定。

里奥斜倚在杰普的椅子上和他聊天。

"你会喜欢这个地方的，孩子。这是一个充满梦幻的地方。你的父亲给你讲过莫纳汉修道院吗？它建在悬崖边上，在古代它一年内被维京人袭击了两三次，依然岿然不动。那个年代的僧侣非常顽强。据说，他们在附近埋了大量的宝藏，以防维京人找到，现在宝藏仍然埋在那里。"

"真的吗,爸爸?"杰普瞪大了双眼问道。

莫纳汉修道院目前仅残存着三面摇摇欲坠的墙壁,过去的辉煌已经荡然无存。

"呃,孩子……如果真有人埋了东西在地下,我觉得没有人能够找得到,因为一定埋在了 1000 多米的地下。"

我留下杰普和贝阿特丽丝与里奥和朱迪玩耍,起身帮玛丽收拾桌子。我端着一堆盘子走进厨房,玛丽让我放在水槽旁边。厨房是一个方形的空间,窗户外面是沙丘,有一扇通往车库的门,这是几年前里奥修建的非法建筑。除了一个黑色电冰箱之外的所有家具都是用层压轻木做的。冰箱门上至少贴了十多个冰箱贴,来自维也纳、阿姆斯特丹、伦敦……

"放下吧,我们把它们放进洗碗机。"看到我拿了块洗碗布,她说,"这趟都柏林之旅顺利吗?你的爸爸怎么样了?"

"还活着。"我回答道,"他还留着一口气,但我觉得他看到孩子们倒是很高兴,这是我这么久以来第一次看他笑。"

玛丽的话很少,通常和人保持着一定距离,所以当她抚摸我的肩膀给我一个温暖的微笑时,我有些措手不及。

"我很抱歉你的父亲仍然这样,但也许生活会给他一个理由,一个真正好的理由……让他从哀悼中解脱出来。"

"是啊……也许……"我咽下嘴边的话,说,"谢谢你,玛丽。"

她把所有的盘子都放进了洗碗机,轻轻地关上了门,然后拍了拍手笑着说:"看到有多快了吗?"接着她让我帮她拿一碟干净的放牛排的盘子。

"你的头还疼吗？晚上能睡着吗？"

"差不多吧。"

"医生有什么新说法吗？"

"医生给我开了些新药，但我决定不吃。这些药物的毒性会破坏人体正常的机能。我每天服用一些阿司匹林止痛，目前为止没什么大问题。医生还给了我一个贝尔法斯特的用催眠法治疗睡眠障碍的专家的电话。"

"你还在做奇怪的梦吗？"她故作沉稳地问。话音刚落，我却感到一丝沉重。我又想起了父亲餐桌上的报纸，标题上赫然写着"多内加尔惨案"。照片上，警察的双脚上蠕动着蛆虫，死的四个人到底是谁也无从得知。

我笑了笑。

"做了一些噩梦，但不像上次那样'严重'到半夜三更来吵醒你们。非常抱歉吓到你们了。"

玛丽笑着把牛排扔进锅里。

"我很高兴听到你这么说。我真的很担心，皮特。我跟里奥不同，我信与梦境相关的东西，我认为梦是有缘由的。"她说着，用叉子把牛排叉起来，"这块熟了，递个盘子给我。"

桌上摆了六个盘子，还有一些沙拉和烤土豆。我拿起一个盘子放在平底锅旁边。玛丽小心翼翼地将牛排铺在盘子里。

"你的意思是……这个梦带给我某种讯号？"我问。

玛丽盯着锅里新下的牛排，说："如果经常重复某个梦境，有可能是，如果只梦到一次可能就不是了。"

我又想起了那张报纸，还有梦里倒在血泊中的里奥。

"嗯，我明白了。"我吞吞吐吐地说，然后默默地拿了盘子放在灶台边。

"如果是不断重复的梦就意味着某种信息，你应该试着破解它。你明白我的意思吗？"

我沉默地看着玛丽，试图从字里行间品味这句话的意思。她到底想告诉我什么呢？

"大功告成！"她说着，把第二块牛排放到盘子里。我们四目相对了许久，然后她说："如果你需要找人聊，我随时都可以，皮特。"

"谢谢你，玛丽。"

"现在趁它们凉掉之前把这两盘端到桌上去，让大家趁热吃。"

桌上交谈正欢。贝阿特丽丝兴奋地讲着不久前去西班牙南部旅行的见闻，杰普把他的绘图板摆在桌布上，让里奥替他画恐龙。杰普正处于迷恋恐龙的阶段。

"不对……"他纠正里奥的画，"原角龙的脖子上应该有盾牌！"

"啊哈，当然，当然！"里奥说。

"来吧！"我说，"我们先吃饭，吃完后你可以让里奥给你画整个系列。"

吃完主菜,我们一致认为今晚玛丽的厨艺超常发挥。

等待上甜点的时候,我注意到杰普已经安静了好一会儿了,我开始表示怀疑,几分钟后,杰普证实了我的怀疑。他站起来,走到我身边,凑到我耳边低声说:

"爸爸,我得去趟……"他涨红了脸。

"洗手间对吗,我的小冠军?"我低声说。

他尴尬地悄悄点头。肠胃不舒服是一件非常难受的事,而更加令人着急的是要在陌生的房子里方便。

洗手间在楼上走廊的另一头。我起身抱歉说我们要去"处理一项紧急事务"。幸运的是,这会儿贝阿特丽丝正在跟大家讲阿姆斯特丹船屋的趣事,我和杰普急忙上楼,没有引起大家关注。

进了洗手间,我遇到了一件几个月没和孩子们共同生活的父母们都经历过的事。我弯下腰帮杰普解皮带,他一边回答说:"现在我自己可以了,爸爸。"一边把裤子脱至脚踝坐到坐垫上。

"我在外面等你哦,儿子,祝你好运。"

我走出来掩上房门,低声地笑。

楼上共有三个房间:里奥和玛丽的卧室——一个布置了一张双人床和一个宽敞更衣室的舒适的大房间;一间客房;一间闲置的房间,也就是所谓的"办公室",里面放了里奥的健身器材,玛丽独自在家也会在里面玩电脑打发时间。我双手背在身后,在走廊里悄无声息地走动,听着客厅里的欢声笑语。我想,朱迪和孩子们的第一次见面并不糟糕。另外,里奥和玛丽真是一对可爱的邻居。想想今晚美妙的晚餐,他们甚至还准备了小礼物!而最棒的是今天一整天我没有头疼,当然并不是说完全不疼了,我仍然能感觉到跳动,但今天没有发作。好像全身的器官都在告诉我:"你快好起来,杰普和贝阿特丽丝来啦!"

我在几乎占据了走廊一半空间的书架旁踱步,到了楼梯口又折返回来,轻轻地敲了敲洗手间的门。

"一切都好吗,我的小冠军?"

几秒钟后从里面传来杰普的声音:"是的,爸爸。"听起来像一个正在挖宝藏的家伙。克莱姆的便秘被可怜的小杰普继承了,相反地,贝阿特丽丝和我则能尽情享受清空肠道的喜悦。

我又开始在走廊里踱步,这一次我在书架前停了下来。书架很狭窄,放置在客房和"办公室"之间的过道上。架子的正中央摆放着书籍、影碟和小型 CD。书架的一侧贴着里奥和玛丽年轻时的一些老照片。其中一张照片上,他们在麦田里拥抱,背景是橙色的天空。另一张则是长满棕榈树的海滩,里奥抱着玛丽向海边走去,玛丽的表情则像是在挣扎。我抑制不住内心的羡慕。我深知,在心底里多么希望克莱姆和我也能像里奥和玛丽一样,幸福地活到 60 岁,那时候我们也会有一个类似的照片墙,还应该有一堆孩子,我们的孙子也许会在周末或圣诞节来看望我们。

不知不觉,我的手碰到了一本马克·吐温的小说集,这是一个早期的版本。我快速翻页,随机停在一页上读起来:

问:您怎么会觉得并非如此呢? 但是告诉我,墙上的肖像到底是谁？难道不是您的兄弟吗？

答：啊，是的，是的，是的！现在我想起来了，那是我的兄弟……威廉……我们叫他比尔。可怜的比尔啊，见鬼！

问：这……难道他死了？

答：我觉得是，虽然我们不能肯定。他身上有很多疑点。

问：我很抱歉，那么，他失踪了吗？

我往后读了一会儿便觉乏味，于是将书放回书架。我看了看浴室的门，杰普还没有结束的迹象，于是我开始欣赏那些照片打发时间。看到那些大峡谷、约塞米蒂国家公园和鲍威尔湖的照片，我回忆起和克莱姆新婚宴尔开着大篷车穿越传说中的66号公路，一路从芝加哥到洛杉矶旅行的时光。把影集放回原位的时候，我的目光落在了书架底部的纸卷上。纸卷上有经常被展开来看的痕迹，我突然意识到这是一幅油画，玛丽没有将它装裱起来，而是卷起来放在书架底端。

一定是出于某种原因被藏在这里。我想。脑子里突然闯入了要翻开来看的想法，我有点震惊，仿佛有个声音在脑海里说：对，就是这样，皮特！

千万别这么想，这种偷窥的鬼念头是从哪里冒出来的？

我试着在书中腾出一个空位把影集放回原位，但是整排书失去了平衡，像多米诺骨牌一样倒了下去，书架边缘的几本顺势滑落到了地上。

加油,笨手笨脚先生!

楼下传来阵阵笑声和谈话声,我庆幸没人听到楼上的动静,要不然还以为我在翻箱倒柜。或许我已经这么做了?我把书从地上拾掇起来重新放回书架上。

看看吧,就一眼!那个声音仍然盘旋在我的脑海里!

我应该忘记一切,转过身继续在过道里踱步,或者敲敲门看看杰普的情况,反正我绝不会翻看这幅画,因为它藏在那里肯定是有原因的。玛丽把所有的画都挂在家里了,唯独这幅不同,一定是有她的原因的。一个声音在我脑海里盘旋,我无法控制它:

来吧,你还等什么呢?你知道你无法控制。

我抬头看了一眼楼梯,交谈声和笑声仍在继续。楼梯老旧得一有人踩上去就会吱吱作响,一旦有人上来,我将有充裕的时间来收拾残局。而至于小可怜杰普,还没传来坦克开过的噗噗声。

如果你是一个做过恶作剧的小孩,此刻的心情应该跟我一样。

当我展开纸卷的时候,绘画的柔软香味扑鼻而来。画幅不大,长约50厘米、宽约40厘米。这是一个孩子的肖像,一个几个月大的婴儿。孩子躺在类似棉团或者浮云上,他的表情是快乐祥和的,整个画面给人一种平静的感觉。孩子的脸画得极其细致,明亮的眼眸凝视着站在画前怔住的我。

虽然我知道自己已经越界,应尽快物归原位,但实在难以将视线从画上挪开。画面的右下角有一个签名,我以为会是 M.柯根并且"柯根"的首字母"K"应该是连写的,正如玛丽在所有画上的签名一样。但是这次不同，签名是另一个名字——"琼·布兰查德"。

琼·布兰查德，会是谁呢？很明显是另一位画家。会是镇上另一位女士吗？但是他们夫妇为什么藏着一幅别人署名的婴儿肖像画呢？

"楼上一切都好吗？"

里奥的声音从楼下传来，我打了个哆嗦，赶紧卷起画纸，往里一扔，但是掉了下去。

"是的……不太顺畅，"我把画放回原位，然后我探出头对下面的里奥说，"不过不太严重。"

"好的，别着急啊，"里奥开玩笑地说，"告诉杰普甜点已经上啦！"

"我会转告他的，有点额外的动力总是好的嘛。"

我转身走向走廊尽头，正打算敲杰普的门问问看问题是否已经解决了，突然瞥见有什么东西掉在书架前面的地板上了。原来是一张剪报。

大概是我翻书的时候从某本书里掉下来的吧，又或者是被卷在那幅画里面的……我捡起来仔细看。这是半张报纸，可以看出是被人悉心剪下的，从报纸的一边可以看到东方文字的广告片段，另一边剪得很平整，可以看到一则新闻：

2004 年 12 月 14 日，东京

114

东京湾附近飘着一艘无人帆船。

初步断定船员是一对定居在东京的美国夫妇,目前已在一起绑架案中遇难。

吉姆·雷恩斯福德,东京。

救援大队于星期二中午在距东京市区 50 英里的东京湾附近发现一艘漂浮的帆船,上周当局确认其失踪,救援直升机发现船上空无一人,整个下午都在搜查船上那对定居东京的美国夫妇。

船长 29 英尺,于周日下午两点起宣布失踪。码头工作人员报告称这艘帆船在"没有提交超过一天航行备案"的情况下出航时间已超过一天。

一位渔民向海上救援警察报告说有一艘帆船漂浮在海面上,下午证实就是"愤怒号",随后警方通过备案登记册查到了该帆船的驶离港。

虽然不能明确船员失踪的原因,但从东京湾这两天良好的天气情况以及海警对船只的初步分析来看,目前已排除海上事故的可能性。初步判定为一起绑架案,其他细节并未透露,但警察说他们"仍必须彻查船只,如果是海盗所为,那么接下来一定会提出赎金要求……"

卫生间水箱的哗哗声把我惊醒,我连忙把报纸对折起来,塞到书背后放那幅画卷的地方,暗自希望报纸原本就是从那里掉出

115

来的。我把手背在身后,等待杰普从洗手间里面出来。

"我好了,爸爸!"杰普说着走出洗手间,脸上洋溢着无限轻松和满足的表情。

我还没从刚才的新闻中回过神来,敷衍着给了他一个祝贺。

回到餐桌上,我尽量掩饰刚才发生的事对我造成的冲击,但是还是显露在脸上,被朱迪发现了。她在桌子底下掐了一下我的大腿,小声问:"你怎么了?"我朝她笑着摇摇头。一小时后,我们三人都开始哈欠连天,于是决定回家。

回到海边的房子,杰普和贝阿特丽斯抱怨说床太凉了。的确,一周前铺好的毯子和床单已经变得潮湿,所以我下楼给他们准备些热水袋。在我拿着热水袋回到房间的时候,他们已经精疲力竭地睡着了。我把热水袋放在他们脚下,坐在杰普床边上看着他们。

我看了看表,已经过了午夜。从理论上讲我也应该累了,前一天晚上没有睡好,今天一路从都柏林开车回来,吃了一顿丰盛的晚餐后,我本应精疲力竭,然而奇怪的是我却没有丝毫困意。

我走到客厅,坐在沙发上打开苹果电脑,打开谷歌主页,输入以下几个词:

"布兰查德"+"柯根"+"东京"。

我在找什么?一种关联吗?试图确认一个奇怪的理论吗?

……一对美国夫妇居住在东京……

如果比想象的更简单呢?也许那对美国夫妇是"另一对"呢,

是他们的朋友或熟人？呃，对了，你记得里奥在他的故事中提到过东京吗？

接下来的两个小时，我都全身心投入到在网络上用不同的词语组合进行搜索——"布兰查德"＋"柯根"，"东京"＋"骚动"＋"柯根"，"帆船"＋"柯根"，"失踪帆船"＋"东京"＋"里奥·柯根"＋"玛丽·柯根"……但并没有搜出实质性的有用信息。

在加州纽波特海滩有个叫理查德·柯根的人，他拥有一个帆船出海的个人网页。我还发现一对居住在马提尼克岛的布兰查德夫妇，一个40多岁的男人和一个年轻的女孩，出现在多张加勒比海上帆船的照片上。但没有一张照片里的人像里奥或玛丽。

搜索引擎给我列出了名叫里奥·柯根的几个人，但他们都不是我的那位邻居。有一位里昂的画家，还有一位纽约的律师。我点击他们的 Facebook 和 LinkedIn 的个人资料图片，没有一人（至少在我浏览的前 100 或 200 条中）有一丝一毫地像我的邻居。玛丽的情况也是这样。结果并不令我感到意外。现在许多人避免将自己的个人信息泄露在网上。

我结束了对邻居枯燥乏味的搜索，开始搜索自己的信息。"皮特·哈珀获得英国电影和电视艺术学院奖最佳配乐奖"，这是两年前了……"皮特·哈珀被列入现代作曲家名录"，这也是该死的两年前的新闻……最后，我搜索"克莱姆"，让我吃惊的是她居然注册了 Facebook 账户，上面展示着她和尼尔斯近期的美好旅行，和我在一起时，她却从来没有这样过……难道我给她丢脸了吗？

突然一张照片跳入眼帘，照片的背景是热带海滩，可以看到热带主题的鸡尾酒，他们在正中间亲吻。这让我愤恨、嫉妒，我感到自己受伤的虚荣心在胃里翻江倒海，索性合上电脑走上楼。我扫了一眼孩子们的卧室，杰普已经移动了位置，贝阿特丽丝姿势没变，睡得正酣。你甚至可以在她的可爱的肚子上用纸牌搭一个小房子，第二天早晨一定会安然无恙。刷过牙后，我倒在床上，盯着屋顶发呆。我想跟里奥谈谈关于油画和剪报的事，我可以说自己是偶然发现的(事实上也的确如此)，但转念一想这未免也太过荒谬。画妥善地保存在书架里，是我有意翻看的。这就好比我承认自己翻看他老婆装内衣的抽屉，友谊一定会戛然而止。所以我决定闭嘴。也许我可以以另一种方式来谈论此事，又或许事实上这一切都不重要。

想着想着我就睡着了，做了一个梦。

梦里出现了一个繁星满天的晴朗夜晚，我在客厅里弹奏钢琴，窗开着，大海的声音传进屋，与音乐完美融合。

那是一段非常棒的旋律，我也不知道灵感来自何方，但可以肯定的是它是这很长一段时间我能谱出的最好的曲子了。我的手指漫步在钢琴上，准确地弹奏那段仿佛已经练习了多年的陌生旋律。旋律发自内心，流入指尖，我想：我终于又回来了！我应该把它写下来，不能忘了……但我又如此地确定，弹奏的旋律来自我的内心，绝不会被忘记。

我应该打电话告诉帕特，就算是吵醒他我也不在意，他应该会非常高兴听到我说皮特·哈珀又回来了。我的双手和我的思

118

想重新做回了朋友,我的小工厂又开工啦!我觉得自己再也不会重复那些沉闷的下午,因为我再次找到了灵感的源泉。

但随着旋律的推进,有一个键突然哑了。它只能发出一个沉闷的低音,像一把锤子击中手指的声音。

接下来又一个键坏了。

咚,咚,咚。

我低头看向琴键,发现键盘上鲜血淋漓。

键盘很脏,我的手指的血印到处都是,我把双手翻过来,发现手掌上全是血,但没有伤口……那么这些血是哪里来的呢?我按下一个琴键,只见缝隙里冒出红色的血水,一直滴到地板上。

我惊愕地起身,凳子翻倒在地上,发出大铁锤砸地般的声响。

钢琴盖是合上的,但我从来没有合上过。我慢慢地走近盖子,摸着它的边缘小心翼翼地抬起来。我意识到出事了。金色的边框呢?我只看到黑暗的内箱,我把手伸进去,碰到热乎乎的液体。整个琴腔里全是……

我的上帝!

血……

我慢慢抬起琴盖,努力往里看,只见鲜红的血泊里躺着一具赤裸的身体。

是手脚被捆绑着的朱迪。

"帮帮我,皮特!"她呻吟着,"他要回来杀了我。要么今天要么明天,求你帮帮我。"

我整个身体开始颤抖,"我会带你离开这里,朱迪,我来救

119

你。"我试图找到支撑琴盖的金属棒,但是怎么也找不到……

"求求你,求求你……他是魔鬼,他只会玩弄我一段时间,完事后就会杀了我,把我切成碎片。"

突然,我感到客厅里有什么东西。我合上钢琴。朱迪仍在里面说着可怕但毫无意义的话。我转过身来,发现客厅中央站着一个人。

"没时间了,皮特。"

她秃着头,皮肤上那些可怕的黑点使她看起来像一个怪物,一具骷髅,像一个化疗病人在生命中最后几天的样子。

"妈妈?"

她穿着那件她在家总穿的绿袍子。尽管她的模样很可怕,但是眼神中透露出来的悲悯和温柔使这个噩梦突然变成了一个美梦。在我还没来得及靠近她,在她消失在空气中之前,她张开嘴,说:

"离开这所房子,皮特。"

3

随着夏天来临,小镇因为游客的到来忽地热闹起来。公路开始变得生机勃勃:大篷车、汽车和摩托车在海岸沿线来来往往。"安迪家"不仅增加了食物储备,还开辟了一个专门的烧烤区,在这里可以买到准备一个快乐的家庭聚会所需的所有东西。现在"安迪家"永远有三四个人排着队在进行采购。另外,小镇里随处可见新面孔,听到新口音。除了科克人独特的口音,还有英国、苏格兰、北美,抑或北边某种都柏林口音。而整个冬天都像一个孤独避难所的费根酒馆,现在每一天都充满了生机与活力。基思·道格拉斯在后院搭了一间啤酒屋,四周围绕着啤酒桶,你可以坐在这里舒服的椅子上抽烟。

住在海边别墅的头几天,一切都是那么幸福和平静。每天早上,我会在孩子们起床之前为他们准备一些烤面包、煎鸡蛋和熏肉。我们一边欣赏宁静的海上风光,一边坐在院子里吃早餐,然后再去海滩边嬉戏。如果遇到刮风,我们就沿着岸边散散步。杰普找到了一张渔网，他喜欢在岩石洞下面收集贝壳、石头和海蟹之类的东西。不出我所料，几个星期后他又热衷于到小山洞里寻宝，幻想着可以在里面发现宝藏。（里奥说里面有僧侣藏的宝藏，不是吗？）如果天气热了，我们甚至下海洗澡。杰普热爱下水，总得游到水齐脖子深的地方才肯罢休，直到皮肤泡皱了才出来。三天后我去邓洛伊给他买了一套潜水服，虽然天气不错，水温一直保持在 16 度，但我也怕他感冒。相反地，贝阿特丽丝更喜欢裹在毛巾里看书。我们第一次正式拜访朱迪的时候，她送给贝阿特丽丝《暮光之城》第一部，她已经完全陷进去了，花了两天两夜看完了第一部分，我不得不逼她早点把灯关了。我呢，则开始尝试玩在院子屋檐下找到的冲浪板，虽然现在我还不能双脚站立冲浪，但是至少已经能保持跪姿，还能在被浪打翻之前向孩子们打个招呼。

朱迪习惯下午出门，我们常常一起散步。我们经过漫长的沙丘小径，脚边是草和沙，这是温暖的夏日午后消遣的好地方。朱迪和贝阿特丽丝习惯走在我和杰普前面几米，她们总是有说有笑……看起来相处得十分融洽。杰普和我则按照我俩的方式走着：寻找小动物，捡捡木棍，收集一些奇形怪状的小石头，通常我会把这些放在一个袋子里。自从里奥给他讲了维京海盗和修道院僧侣的故事，他就坚信我们会偶然发现被埋藏的宝藏。他会朝着在沙滩上看到的任何闪闪发亮的东西跑去，然而很多次捡回来的却是碎酒瓶，我不得不勒令他赶紧扔掉。

霍利亨夫人商店和"安迪家"争相售卖海滩用具，所以朱迪这周非常忙碌。周二她向我借沃尔沃汽车去邓洛伊拉个大订单:小塑料铲子、桶、耙子、吊床、沙滩伞、泳衣、太阳镜、T恤、短裤……

"这些通通能卖掉吗?"我问。

"夏天的人都很疯狂,况且今年天气看起来不错哦。"她回答说。

天气预报确实预测了七月和八月上旬的好天气。尽管可能会有一两次暴风雨,但是总体上来说还是不错的。

"小概率情况下会有暴风雨(可能在某个午夜突然有乌云、雷鸣和闪电),但总体来说天气不错。"

一天,卸完货物后朱迪来还我的车,我便邀请她留下来和我们一起共进晚餐。傍晚时分,星星初现。孩子们正在院子里玩飞盘,我和朱迪一边准备晚餐一边闲聊。这是一个非常温馨的时刻,她和孩子们都在我身边,我们住在一所面朝大海的房子里,一起准备丰盛的晚餐,饭后我们会一起看夜场电影。我突然意识到,此时此刻在这样的场景里,我的脑海中的克莱姆正在逐渐被朱迪替代,是她在弥补我那支离破碎、我十分怀念的家庭生活。但无论如何,我很享受这种感觉,确切地说,我感觉幸福。这对我来说是很久没有过的一种新鲜的感觉。

不过当孩子们回到屋子里,我们就没那么亲密了。

"啊,这是熊抱吗?"当我从背后抱住朱迪的时候,她惊讶地叫道。这时,杰普和贝阿特丽丝已经走远,"你小心点,万一被他们看到……"

"我有点情不自禁。"我说,"你今晚为什么不留下来呢?"

她摇了摇头："我们已经说好了，皮特。"

是的，我们已经谈过了。这听起来很有道理：有孩子在家里，她在这里过夜会感到别扭。对我来说也不容易，不过也许孩子们已经有心理准备了。毕竟克莱姆和尼尔斯也同居了。我肯定孩子们已经看过尼尔斯早晨穿着睡衣、蓬头垢面地刷牙的样子。朱迪应该比那个形象要雅观一些。

"但是有时候我们也应该……"我在她脖子上亲了一下。

"他们问你什么了吗？"

"没呢，还没有。但是他们会问的，我了解他们，他们的小脑袋里面一定在思考这个问题呢。"

"你打算怎么跟他们说呢？"

"我怎么知道啊，说我们是好朋友……呃，我不知道。我们算什么呢，朱迪？情侣吗？"

她低下头，继续在砧板上切番茄片。

"我知道了。"我继续说，"可能这个词有点严肃，可能……"

"不是这个意思，"她说，"好吧，你可以告诉他们我们是情侣。"

听到她这么说，我的心里小鹿乱撞。

"除非，这对你来说是个问题……"

"不，不是的。"我急忙说，"我的意思是，在 21 世纪的词典里这并不意味着我们一定要结婚。"

"在 21 世纪的词典里，我喜欢你，你也喜欢我，我们相处得很好，不和其他人发生关系。我们不用签署任何文件，不用互戴戒指,试着真诚地对待彼此。我们可以自己给这段关系下定义。"

"朱迪,这是这两年里我听到的最浪漫的情话了。"

她转过身来,双手搭在我的肩膀上,深情地吻了我。

"我可不是在跟你浪漫呢,你且走且看吧。"

这时我们听到了杰普在屋外的哭声,紧接着贝阿特丽丝拿着飞盘从院子里跑进来。

"杰普受伤了,爸爸!"

我们连忙跑出去。杰普正抱着膝盖坐在草地上,身旁是化粪池,我立刻知道是怎么回事了。他被该死的化粪池的排水沟绊倒了,我的割草机被磕坏了两次。

"我一直想着买个金属板盖住它,"我告诉朱迪,"但是我总是忘记,因为这个排水沟被草覆盖了,很容易被绊倒。"

我把杰普抱回客厅,朱迪问我急救箱在哪里,我让她去客厅的储物柜里找找。她找到一个大大的金属箱子,里面装有棉花、创可贴、碘酒,都还没拆封(我从邓洛伊的药店买回来后就再也没动过它,很奇怪的是也从没有需要用的时候),里面还有瑞恩医生曾经给我开的止痛药,我也没动过。

我把棉花浸上碘酒,开始为他的伤口消毒。他一直追着飞盘跑,脚踩进了排水沟被绊了一下,磕到了膝盖。伤口看着很吓人,所幸的是并不深。

"你觉得他要不要打破伤风疫苗?"

朱迪说没必要,因为伤口主要是石头划的。

"用点碘酒就可以了。"

我清洗伤口时，朱迪问了我关于急救箱里的 β 受体阻滞剂之类的药的问题。

"这是你在医院里开的处方药吗？"她问。

我点点头。

"天哪，你幸好没有吃这些药！"她说。

贝阿特丽丝坐在我身边，抚摸着弟弟的头给他鼓励。我最后用过氧化氢给他冲洗了伤口。

朱迪一直站在我旁边，我注意到她一直安静地看着一张从急救箱里面找到的纸条，表情略显惊讶。

"你从哪儿弄到的？"她展开纸条递到我面前。

"是的，考夫曼。"这张纸条是瑞恩医生写的，上面有一位贝尔法斯特心理医生的名字和电话。我最后一次去看医生的那天，回来后就把这张纸和其他药一起扔到急救箱里了。实际上我已经把这件事抛到脑后了。"瑞恩医生向我推荐了他，"我说，"他好像是治疗睡眠障碍问题的专家……你认识他？"

"这是……我在大学里的教授，但令我惊讶的是瑞恩医生向你推荐了他。"

朱迪的表情激起了我的好奇心，她的眼睛里有种类似于恐惧的情绪。

"我告诉瑞恩我做的一些梦。她告诉我试着找找这个专家可能更好，你觉得值得去预约一下吗？"我瞥了一眼贝阿特丽丝和杰普，想着可能现在不适合聊这个话题。

"也许吧，"她回答说，"但是我觉得现在采取治疗措施是否有些为时过早？再加上你已经好几个星期没有再做这些噩……"她又看了看杰普和贝阿特丽丝，"呃……激烈的梦了，是不是？"

我想起了最近的一个梦，还没有跟她讲，梦里的她被绑着，置身于一片血泊中，告诉我某个男人会杀了她……

"哎哟！"当我把蘸有碘酒的棉花按到伤口上时，杰普抱怨地叫了一声，可能是我下手有些重了。

"不好意思啊，小冠军，"我一边放缓了劲一边说，"嗯，我现在还是会做怪梦，但不是特别严重。"

"是因为闪电吗，爸爸？"贝阿特丽丝问道，就像她什么都知道一样。

两天前，我们从海岸上漫步回来的时候，我给他们讲了事情的大致经过，因为我确定他们最终总会从某个地方听说这件事。我的版本则比较概括，而且删除了最严重的部分（例如我躺在水沟里，昏迷超过 15 分钟）。在孩子们面前，这个经历就被简述成"爸爸当时刚好下车把挡在路上的树枝移开，突然一个闪电劈到附近，然后就被烧伤了，就像当我们将手指靠近燃烧的蜡烛时也会被灼伤一样"。

"是的，宝贝，就是因为闪电，"我回答道，"但我现在已经好了。"

"朱迪，你看到那个树状的烧伤疤痕了吗？好神奇啊！"

"是的，贝阿特丽丝，当时伤痕特别明显，但现在几乎看不见了，不是吗，皮特？"

事实上，伤痕几乎完全消失了。

"我认为你的头疼也会逐渐消失的。当然了,你也可以打电话给考夫曼咨询一下。"

"不用了,算了吧,"我说,"过段时间再看看吧。"

我拿起朱迪准备好的膏药涂在杰普的伤口上。然后孩子们就出去玩飞盘了。

做完晚餐,看天气不错,我们在露台上摆好桌子,在夕阳下吃晚餐。朱迪开始劝说我关于露天电影节的事,离节日只有十天了。

"所有人听到你要演奏都很兴奋,你觉得怎么样呀?"

我跟她商量过,决定弹奏埃尼奥·莫里康内为电影《天堂电影院》写的主题曲。这段我几乎不需要准备,因为我已经弹奏过无数次了。朱迪也觉得这个主意不错。她告诉我她为这个活动准备了一个八个音阶的键盘。几年前,费根酒馆的道格拉斯夫人曾经在莱特肯尼参加了一个成人钢琴会,从此,她家就多了一架积灰的电子琴。

"应该可以凑合用。"我说。

"你还要准备一个开场白。"她说。

"像演讲一样吗?"

"不用,就几句话。像'亲爱的邻居们,大家好,很荣幸今晚在这里……'这样。你是这两百多人中唯一一个做过电影工作的,而且还和知名导演说过话,他们都很想知道这是怎样的感觉。你也可以讲一些趣事呀,别紧张。"

晚餐后,大家一起看了一部电影,半夜朱迪就离开了。我目送她的"英伦小钢炮"的后车灯消失在"比尔之齿"上方，脑海里浮现出她读到那张纸上考夫曼的名字时奇怪的反应。

"他是我的大学教授。"

一个是治疗睡眠障碍的专家，一个是饱受噩梦困扰但是不想谈论的女孩。

好吧，她也不是唯一一个……

第二天早上发生了一些事，提醒我需要睁大眼睛保持警惕。

我们照旧出门沿着海滩散步，杰普继续寻宝，贝阿特丽丝跟我聊天。当我们走到海滩尽头的时候（有很多黑岩石形成的洞穴），杰普的网已经装满了。他把捡到的贝壳和石头塞进我的口袋里。贝阿特丽丝开始在沙滩上写自己的名字：B-E-A-T-R-C-E……

"啊！少了一个'I'！"杰普喊道。

"好吧，杰普你写写看你的名字，让我看看你是不是够聪明。"

杰普把脚伸进沙子里，开始写一个大大的"J"，当他马上要完成的时候，海浪打上来了，瞬间冲掉了大半部分。杰普气得踢了一脚浪花，结果把裤子弄湿了。他姐姐就对他大笑起来。不过现在杰普也越来越厉害了，先跑过来向我抱怨，但他马上又觉得这事还是得靠自己报复回去。

他向他姐姐跑去，贝阿特丽丝正在转圈，被他猛地泼了一背的水。贝阿特丽丝迅速泼回去，杰普浑身湿透。自此，姐弟开始全面大战。贝阿特丽丝追逐杰普向岩石那里跑过去。他跑得越来越快，就像身后真的有危险一样。我看得哈哈大笑，直到他跑向一个洞穴。

"杰普!"我大声喊道，"嘿,杰普!"

但他已经跑远了,风很大,他很难听到我的声音。他加速跑起来,已经甩开她姐姐两米多,迅速躲进一个小洞穴里。这个洞穴是所有洞穴里面最小的一个,他姐姐根本进不去。贝阿特丽丝向躲到洞里的杰普踢了一脚沙子,但是杰普已经消失在洞里了。洞口不超过半米高,而且海浪都快冲到洞口了。看到杰普消失在这个狭窄的黑洞里,我感到非常不安,便迅速跑过去。贝阿特丽丝正跪着尝试着往里看,但是洞里太黑了,一点光都没有。

"杰普!"我大叫道,一点也不在乎我的喊声听起来是多么疯狂和害怕,"快出来,立刻出来,太危险了!"

我的喊声在洞里回响着,但是回声非常短。没有回应,我的心脏跳得越来越快。贝阿特丽丝望着我不说话。我们都意识到可能出事了。

"杰普,快说话啊!"贝阿特丽丝叫道,"快出来呀!"

我担心他已经找到另一个出口,那里只有被海浪磨光的尖锐石头,可能还会有些浪花拍出的泡沫。我爬到岩石上面,哪怕赤着脚有点受伤,我还是试着寻找洞穴的另一个出口。

"杰普!"我的声音里带着浓浓的恐惧,"你能听到我的声音吗?儿子!"

几秒钟内,我的眼前几乎闪过所有可能会发生的可怕的事情。

没办法,我们只能回到海滩边。贝阿特丽丝尽力试着钻进洞里,我弯下腰来靠近她。

"你能看到他吗?"

"是的,我觉得我看见他了。"她回答。

"杰普!"我又叫了一声,"儿子,听着,请赶紧离开那里。另一头有海浪和……有些东西会伤害你。"

几秒钟以后,他从黑暗中爬了出来。

我把他抱起来,仔细确认了他没有受伤,吻了吻他。

"儿子,发生了什么?"

杰普没有回答,他抱着我的脖子,把脸埋到我的肩上,我能感觉到他面颊上的眼泪浸湿了我的肩膀,他很害怕。

我不知道发生了什么,刚才看起来一切都很正常。

"他只是处在一个奇怪的时期。"贝阿特丽丝说,"他马上就好了,给他点时间。"

"奇怪的时期?"我问道,"你在说什么?"

"他有时候会这样。妈妈告诉过心理医生。但是不严重,他只是会变得安静,就像去了另一个世界一样。有的时候他会紧张得出汗。只要等这些时候过去就可以了。"

回家后,我给杰普洗了个热水澡。但是他还是很冷,于是我就坐到浴缸里对着他,一边给他全身和头发上打上肥皂,一边轻抚着他。他很安静,一直紧闭双眼,避免泡沫进到眼睛里。

"你现在感觉怎么样?暖和些了吗?"

"嗯……"

水漫到他的肚子,渐渐地我能感觉到他放松下来,不再颤抖了。我继续给他打肥皂。他的两只小耳朵在我的手掌心里柔软得像两条小鱼。

"儿子,在洞里发生了什么? 你为什么哭了?"

他没有立刻回答,大概一分钟后他开口了,看起来很痛苦。

"我很害怕。"

他很小声地说,好像不想让别人听到。于是我也刻意压低声音来跟他交流。

"害怕什么?"

"有人在追我……一个怪物。"

"一个怪……"我止住我的话。不,不要这样哈珀先生,不要质问和怀疑。

"谁呢,儿子?"我问,"你看到他了吗?"

"没有……"杰普说,"我只是……突然感觉到了他。"

"当你姐姐开始追你的时候吗? 但是你知道是她呀,不是吗?"

"是的,我知道。但是还有其他东西。"

其他东西?

当我给他冲完头发后,我用双手抱住他小小的脑袋,顺便亲了他一下。我想起了我的爸爸曾经告诉我的一句都柏林俗语:有其父必有其子。

为什么不呢? 为什么你坚信自己就是最后一个?

"这事之前发生过吗?"

"有时候。"他回答道。

"这事发生时你有什么感觉呢?"

杰普睁开眼睛,看着天花板,好像在试图回忆。

"害怕。好像有什么事要发生了。"

"发生……在你身上吗?"

"可能是我,"他边玩着泡泡边回答,"也可能是其他人。"

"谁呢? 比如?"

"比如学校的门卫艾菲里奇先生。"

"他怎么了?"

"他儿子在一场车祸中死了。"

"你预感他要出事,是不是?"

"是的。"

"在出事之前吗?"

杰普很惊讶地看着我,点了点头。

"你告诉过妈妈这些吗?"

"没有。"

"那其他人呢? 比如妈妈带你去看的那个心理学家。"

我想象可怜的杰普坐在椅子上,某个心理学家对他提了一千零一个教科书上的问题,但是都不在点子上。而杰普对这个秘密缄口不言。

他摇了摇头。

"这种事在你身上也发生了吗,爸爸?"他问。

"我想是的，"我说，"有的时候，但是我也说不清是什么时候。"

"这是件坏事吗？"

杰普已经睁大了双眼，耳朵也竖了起来。这真是哲学问题。就像"上帝真的存在吗？"或者是"小孩是怎么来的？"，又或者是"为什么妈妈和你不再相爱了？"，你可以从他的小小的嘴巴、大大的眼睛、竖起的耳朵随时准备听重要的回答看出来。

"不是的……我觉得没有好坏之分，杰普。这就像人长耳朵一样，有时候你听到欢快的音乐，而有时候你也能听到噪音或是你不喜欢的声音。就是这样，我们只是能预知一些东西。改天我再给你讲讲你祖母和曾祖母吧，等你再大点，我再给你解释更多的事情，儿子。"

"知道了。"

"不管发生什么事，你都可以跟我讲，明白吗？"

"明白了，我们可以再泡会儿澡吗？"

"当然可以，"说着，我又拧开热水的水龙头，"但我们不能待太长时间，好不好？否则你的皮肤会泡皱的。"

"好的，爸爸。"

我们沉默着，感受着热水舒服地流过身体。我靠在浴缸上看着他，他正在用泡沫造船。我非常担心，就像杰普刚被医生诊断出一种世界上最难以治愈的罕见病一样，可能我的父亲曾经也每天如此担心我母亲。

周二上午天气晴朗。里奥和玛丽很早就打电话告诉我们奥洛克夫妇约我们一起出海游玩。

码头在一个泻湖边,离镇子五英里远,那里提供各种帆船服务。我们在那里见到了奥洛克夫妇以及他们那两个12岁的双胞胎儿子,布莱恩和巴利。一见面,他俩就把注意力转到贝阿特丽丝身上。这天贝阿特丽丝头上戴了一顶在朱迪店里买的宽边帽,配上一副太阳镜,看着像一位大明星。这两兄弟一下子就被迷住了,争先恐后地要扶贝阿特丽丝上船。但贝阿特丽丝在阿姆斯特丹已经习惯了自己上船下船,她拒绝了双胞胎的帮助,利落地跳上船,留下惊呆的兄弟俩。

我在心里偷着乐,像大多数这个年纪的女孩一样,贝阿特丽丝开始发生变化。现在她对着装已经不再随便,也不让克莱姆帮她剪短头发或者扎辫子了。上次和克莱姆通话时,她提到有个小伙子在家门口转悠了很久,还发现了女儿在柜子里藏的情人节巧克力。"你觉得现在是不是应该跟她谈一谈关于保护措施的事了?"我问她。克莱姆告诉我几年前她已经谈过了。可以想象,贝阿特丽丝很快就会变成一个美丽的女人,她所有的遗传基因就会告诉她如何处理恋爱这种新的问题。虽然有些时候仅仅是游戏,但几年后事情就会变得严肃起来,她可能会伤心,会有山盟海誓也会有心痛流泪,又或者更糟……早孕、遇人不淑……但是我不打算想太多。作为一个父亲,我只希望能让她青少年时期受到的伤害尽可能最少。

自从我出事的那天晚上起,我就再也没有见过弗兰克·奥洛

135

克,刚好利用这个机会好好感谢一下他。他们告诉我是他下车扶我到里奥的车上的。

我们沿着海岸线航行,路过了风景极好的悬崖、巨大的盐沼,看到了郁郁葱葱的半岛,上面建有古老的瞭望塔和灯塔,还有一些比我的房子更偏远的屋子。

玛丽曾经在北爱尔兰生活过多年,业余时间喜欢观察鸟类和阅读资料,于是她非常权威地给我们介绍了当地我们能看到的所有罕见的候鸟。她确信春天的时候我们能看到从非洲和加拿大飞过来的一些鸟类。

劳拉和玛丽分别护在杰普的两侧。杰普穿着救生马甲静静地坐在船后面,拿着小小的望远镜,正在观察船后的小海豚和鲸鱼。两个双胞胎还是一样在船头围着贝阿特丽丝,尝试着通过小笑话和航海知识引起她的关注。看到贝阿特丽丝和她的两个新朋友说说笑笑,我觉得他俩至少应该不会像他们的母亲那样无趣和乏味。

此时,里奥、弗兰克和我在船舵处一起喝啤酒,聊着关于帆船和航海的事。

"我正在尝试说服里奥做个终身投资,"弗兰克说,"我知道你喜欢航行,我们出发的那个码头刚好在卖一艘帆船。哈珀,你对帆船有兴趣吗?"

我承认这是我一直想尝试的东西,但是由于懒没做成。弗兰克鼓励我去做,他还给了我一些初期的指导:"时间是从五月开始到十月结束,几乎就是半年时间,多内加尔的风也很适宜。"然后他走到船头,叫一个儿子来帮忙扬帆。里奥留在这里掌舵。我不可避免地想到在他家不小心找到的报纸,我觉得这时正好有机会问一问。

"买帆船或许的确是个好主意。"我尽量顺着这个话题谈下去,"你什么时候学会的航海?"

"几年前在泰国学的,但是我只会操作六到七米的小船,还没操作过这么大的,但是'坏人'奥洛克先生一直在游说我。你怎么看呢,皮特?你说我应该把剩余的积蓄都花在帆船上吗?"

"我觉得你在做决定前应该先跟你老婆聊聊。"

说曹操曹操到,玛丽走过来拿冷饮。

"所以我亲爱的老婆,你怎么看?"里奥问,同时噘着嘴唇索吻。

玛丽吻了他一下,然后摸了摸他的光头。

"我不觉得我们的退休金足以支撑如此奢侈的花销,"她说,"如果你想要一艘帆船,你应该和那个之前遇到的德国百万富婆交往,她叫什么来着?"

"好啦……好啦……"

"你难道不知道他曾经有个很有钱的女朋友吗,皮特?那是他在迪拜工作过的一家酒店里的客户。她每天都打电话给他,常常找一些借口见他。"

"她对我期望很高呢。"里奥开玩笑道,"我可是一个帅哥呢,当时要是跟她发展下去,说不定我现在已经有船了。"

"我也应该找一个魁梧的健身教练,而不是像现在这个任性

137

的小老头。"

"什么！你说谁是小老头？"

他们夫妻拌嘴的时候，我转过身享受海风吹过发梢，头脑也似乎清醒起来。

前几天，我把晚上的空余时间都用来上网随便搜索着玩。在某种程度上，我有些为这种偷窥行为感到羞愧（为避免某一天被发现，我甚至会把电脑里面的搜索历史清除掉），但是关于那篇藏在柜子深处的报纸上神秘文章的记忆一直像一个大大的问号存在我的脑海中。在第二轮搜索中我终于找到了一个结果。我在澳大利亚报纸的电子版中找到一篇关于"愤怒号"失踪的报道，但是非常简短，并没有照片或者是失踪人员的介绍。我没能发现更多关于这个事故的记录。"愤怒号"失踪的船员再也没有出现过，或者至少没有报纸报道过相关消息。还有就是琼·布兰查德的那幅小孩的油画，和报纸藏在一起。我脑海里突然有了一些疯狂的想法，但是尝试克制着自己不去细想。我不喜欢说闲话，同样也不希望我是第一个在我朋友身上提出这些奇怪想法的人，答案已经不重要。里奥和玛丽是我认识的人中和我最亲密的朋友，我不想打探他们的生活。我决定不再谷歌搜索他们了。朱迪曾经告诉我："恶念像白蚁，你若任它活在你的脑海里，它就会生吃了你。"

几个小时后我们看到一群海豚向北边游去，于是决定跟着它们向海洋远处驶去。这将是永生难忘的美好回忆，我记得我和杰普走到船头，海风吹在脸上，每当海浪拍到脸上我们就大叫，每当海豚出现在我们身边我们就满心兴奋。"爸爸！你看！这里还有一只!"我紧紧地抓住他让他靠着我。这一刻,我对大海的敬畏和对儿子的爱交织在一起。

这天晚上,我在厨房准备晚餐的时候,贝阿特丽丝站到我的旁边,带着一副"快来问问我在想什么"的表情。

"朱迪是你的女朋友吗?"

"我的女朋友?"我一边试着控制压力锅的平衡一边回答,"她是我的朋友,一个非常好的朋友。"

"但是,你们接吻了,不是吗?"

"好吧……我承认是的。我想我们是情侣关系。你觉得好吗?"

"嗯。"她把手插进口袋里,一副"我就知道"的表情。

"听着,"我试着转移话题,"我们为什么不聊聊其他事呢? 比如聊聊你的小男朋友们?"

"男朋友们? 我只有一个啊。"

"等一下,你说什么?"

"妈妈已经知道啦,她也同意了。"

"好吧……你去摆桌子吧。"

晚饭后,我们又把话题延伸到学校矛盾中。一切要从一句羞辱的话开始说起。"我可能有点讨厌,但你就是平胸,贝阿特丽丝·哈珀!"课间休息后这句话被写在黑板上。是一个叫马蒂·范·瑞金的同学干的,她是贝阿特丽丝最大的敌人,现在为了报复贝阿特丽丝几天前指责她显摆。然后呢,显然她们打了起来。贝阿特丽丝有一腔热血,马蒂也不是吃素的。她们打坏了一张椅子和教室里的几块玻璃。刚进学校她就上演了这样一出"好戏"。校长让她们请家长,所以贝阿特丽丝的继父尼尔斯就去了,他要尽可能地降低这件事的恶劣影响。

"我很讨厌这样,爸爸。我讨厌学校里的一切,她们都是群自以为是的人。我想转学,和克拉迪还有克里斯一起去东边的学校读书。她们说那里的人都很正常。为什么我一定要待在我不喜欢的地方?"

我尽力尝试着安慰贝阿特丽丝,向她保证回头会跟她妈妈谈,我建议在解决这件事的时候,她也应该学着找出学校好的方面。

"我相信肯定不是所有人都是笨蛋,贝阿特丽丝。"

"所有人都是,爸爸!真的,你要相信我。"

我心想,这个地方听起来我也不是很喜欢。我会跟克莱姆谈这件事,虽然我已经差不多能想到她要怎么回答我了,她一定会说:"我不准备仅仅因为这一年她过得不好就拿她的未来开玩笑。她有很多机会去获得更好的生活,而我的任务就是避免她错失这些机会。"

这也是克莱姆和我一直没有很合得来的一个方面。对她来讲,我的世界观很幼稚,就是凭着直觉行事,随遇而安,不为外界烦恼,她则认为不能万事都听其自然。

她说这是90%的家庭都会犯的错误。她认为确保孩子们得到良好的教育应该是父母的第一要务。可能这也与她的家庭环境有关,她的爸爸是一个酒鬼,在哈莱姆区当修桥工人,而她的妈妈大部分时间都在咖啡馆玩牌。克莱姆不得不独自奋斗,包括支付自己的学费,一步一步打拼获得一个梦寐以求的律师职业。

"你有没有想过他们为什么叫我'巫婆'或者'独裁者'?那是因为我每天盯着他们督促着他们工作。"她说,"一开始我要忍受着你的失败,然后我还要忍受你的成功。你已经习惯了自我感觉良好,每天 24 小时低着头盯着肚脐,这可能对音乐家有好处。但作为一个父亲,一个丈夫,这一点用都没有!"

这是大概一年前她在阿姆斯特丹大街上对我说的话。当时我们站在警车旁边,尼尔斯正在接受一场紧急的唇部缝合手术,那是我刚刚打伤的。我从没见过她这么生气,以为她会揍我一拳。事实上我也希望她能揍我一顿。那是我应得的。

尼尔斯·韦丹柯,那天下午我刚刚揍过的那个男人,是市里著名的建筑师,也是西区一个新小区的设计师。那种带阁楼的住宅小区如今已经变成市中心新的成功模式了。他的设计工作室和克莱姆的办公室在王子运河边的同一栋楼上,他们是在一个露天花园派对上认识的。

"我相信我们可以好好解决,皮特。相信我们可以选择一种对我们和对孩子都好的方式来解决这段关系。我想要一个干净利落的离婚,没有吵架也没有怨恨。"

随后,我们以教科书般的方式向孩子们透露了这一消息,一场任何家庭心理学家都挑不出错的交谈。尽管如此,看着杰普和贝阿特丽丝消化这个消息可能是我一生中最痛苦的事情之一了。贝阿特丽丝连续好几个星期都拒绝接受这个现实,她以为我们只是在生气,几个星期后便会雨过天晴。杰普开始尿床,行为表现也像个婴儿似的期望获得更多关心。那时我才明白为什么很多夫妻不离婚,甚至觉得有时出轨也并不都是坏事。"听着,克莱姆。你去跟尼尔斯在一起过你想要的生活吧,但是不要拆散我们的家庭,好吗?"

在那一刻,我宁愿没有孩子,宁愿自己是一个24岁的男孩,就算需要忍受孤独的痛苦。也许我应该做一次长途旅行,或者夜夜买醉,又或者去参加城市里的聚会,寻找露水情缘,慢慢重拾我的自尊心。但是相反地,我决定自我毁灭。

我开始对疼痛上瘾,一心想折磨自己。从那时起我停止了创作音乐。我敲不出一个音符了,因为满脑子都在想克莱姆可能在哪,可能在做什么事,是不是跟尼尔斯在一起……

我开始跟踪克莱姆,起先是她工作的地方,接着便是她经常出入的酒吧和咖啡馆。有时候会碰巧看到尼尔斯来找她共进午餐。他们亲吻、牵手。还有时候更甚,我跟着他们一直到尼尔斯的公寓。我在外面淋着雨等着,想象着这个时候他们或许在做爱。我知道这很病态,但是我的脚似乎钉在那里了,无法挪动。

麦克斯·希弗劝我多出门走动,他甚至组织了一些聚会和晚宴,邀请了他所有的单身女性朋友,想让我重新振奋起来。但是可怜的麦克斯很快就后悔了。他的邻居们问他那个经常睡在梯子上酗酒成瘾的人是谁。那段时间,我只有在接两个孩子的时候才是清醒的。我每两天去接一次,我们会一起遛一圈,然后把他们送到以前的家门口。最痛苦的是站在门栏边跟孩子们道别,那里曾是你每天擦鞋的地方。他们看着你,问你为什么不进来。你独自徘徊在长长的街道上,整座城市突然间变得陌生起来,好似整个世界突然都开始敌视你。

我一直坚持玩那个游戏直到他们抓住我。尼尔斯的邻居好几次看到我下午在他家门口逗留,并告诉了他。尼尔斯什么都没说。一天下午,他在克莱姆洗澡的时候下来找我。他从侧门出来,出其不意地抓住我,我根本没有时间逃跑。他说他可以想象到我有多痛苦,但是这种跟踪已经构成骚扰罪了。他叫我离开,说再也不想在附近见到我。我开始烦躁起来。一切实在是太糟糕了,再加上我喝多了,我一把抓住他的脖子,大声地告诉他真正的犯罪是勾引别人的妻子。他比我高一个头,把我重重地撞在墙上。但这个时候我比他更加愤怒,于是我左右开弓,对他一顿乱揍。然后就像电影里演的那样,邻居们打电话叫了警察。克莱姆下来,歇斯底里地尖叫着说我疯了。尼尔斯的嘴唇裂开了,他一边和邻居说话一边摇头。我坐在地上,抽着烟。

尼尔斯说他不会起诉我,但也不想再看到我这样,否则他的律师会不留情面地来找我。帕特、麦克斯和其他几个亲近的朋友试图帮助我。我和福克斯的合同搞砸了,但在某种程度上我很高兴,因为我现在没必要创作了。我觉得自己应该远离这一切的一切,即使这意味着我必须忍受与孩子们的分离之苦。那段时间,我如同行尸走肉一般,非常暴躁易怒,总是忍不住想伤害我周围的人。所以我逃走了。我找到了特雷莫雷海滩的一个房子，然后发现这正是我所需要的。我要在这里慢慢忘记伤痛，忘记克莱姆，忘记尼尔斯，忘记我曾经有过一段幸福的婚姻生活！我要改头换面，重新开始，这是在阿姆斯特丹无论如何也做不到的。

律师们介入，把我们的财产一分为二，房子将出售。同时，尼尔斯给克莱姆提供了一套东部的大房子，克莱姆接受了。很自然地，法官判孩子们跟尼尔斯一起生活，因为他是荷兰社会真正的名人，而他们的亲生父亲在爱尔兰只是一个拮据的音乐家，甚至在阿姆斯特丹还有暴力和酗酒的小前科。我的律师们建议我不要对抚养权有异议。另外克莱姆在这方面也很大方，她并不阻拦我和孩子们一起。她并不是一个愚蠢的女人，也不自私。杰普身上开始出现问题的时候我才证实了这一点。我知道她想带孩子们一起去国外旅行，自从她跟尼尔斯住在一起后，她便习惯这种旅行方式，但我猜她发现有些事情变得无法控制，那时候她便知道孩子也是需要亲生父亲的。

也许我是一个糟糕的丈夫和父亲，总是以自我为中心，只为自己的工作而活，为治愈脆弱的虚荣而活。当孩子最需要我的时候我却离他们而去。我本想变得更坚强，以更体面的方式来忍受我的痛苦。但事情就是这样，我试图以我的方式来恢复，而不是像好莱坞电影里面的那种方式，在那里，英雄们总是拥有钢铁般的意志，并且总能做出正确的决定。

夜晚天气转凉,我决定点燃壁炉。事实上并不需要,但杰普从第一天开始就想点燃它。贝阿特丽丝练习着尤克里里,杰普和我则躺在地毯上在纸上画恐龙。"这是三角龙,爸爸。""这是剑龙。""这是雷龙……当它咆哮的时候,听起来像雷声。"

那一刻,我看着杰普在纸上涂涂画画,听着贝阿特丽丝弹奏着轻柔的旋律。我想象着 20 年后的杰普在大画板上作画,而贝阿特丽丝拉着小提琴,而不是弹尤克里里。她周围坐着很多音乐家,她会在不同的管弦乐队里演出。

"你会永远待在这儿吗,爸爸?"当我们在地上摆弄恐龙大军的时候,杰普问我。

"这里?你是说爱尔兰?"

杰普点头,视线没离开他的恐龙。

"哦,不,"我很自然地回答,"不是永远,一直到我完成几件事。"

"然后你就搬回阿姆斯特丹?"

"可能吧,或者去其他一些城市。"

可能是其他地方,远离尼尔斯和克莱姆,远离那座城市所有的朋友们。也许是南部的某个地方,马斯特里赫特或者布雷达附近。我可以修剪草坪,粉刷栅栏,认识一些新的邻居。他们也许会比较可爱和风趣,就像里奥和玛丽一样,也许不会。

"无论如何,肯定离你们很近。"

"朱迪会和你一起吗?"杰普问道,好像知道我的心思一样。

"你们希望她一起吗?"

他笑着点头。在房间的另一侧,贝阿特丽丝也转过头来表示肯定。

"拜托! 爸爸,一定要说服她!"

"对。"杰普把一个恐龙放到我的背上,"一定要哦。"

"好吧,但是我不知道她是否会同意。她看起来很享受这里的生活,包括她的商店还有这里的一切。也许她不喜欢这个主意呢。"

"她会喜欢的。你只要好好问问她就行了。她是你的女朋友,不是吗? 你们很般配,大家都这么说。"

"什么? 大家指的是谁?"

"里奥和玛丽啊。他们在船上说的,但你没听到。"

我笑了。杰普继续将一堆小恐龙放到我的肩胛骨上。

"还有,你一个人住在这里是不好的。"贝阿特丽丝又继续说道,好像在背诵一篇精心排练的独白一样,"妈妈有了尼尔斯,而你现在也有了朱迪。这样很好。但是你现在孤独地住在这里一点都不好,像爷爷一样……"

她提到我父亲,这让我震惊。我抬起头,而贝阿特丽丝却已经垂下目光,低头盯着尤克里里,脸颊红通通的,好像知道她刚才的话触碰到了我敏感的神经,默默地等着我的反应,可能我会斥责她,诸如此类的。

但我一句话也没说,这个 13 岁的女孩的话让我陷入了沉思。我想到我自己,想到父亲,想到实际上我们并没有什么不同。可能都受伤了,然后藏起来,期待答案能从天而降。

这时,杰普又拿着他的玩具恐龙,让它沿着我的脊椎开始往上爬,直到爬到我的头顶上。

"噢噢噢! 这是丛林!" 当杰普推着他的恐龙经过我的长头发时,他这样说。

我不禁笑了。

"小心点!" 我逗他,"上面可能会遇到真的野兽哦。"

贝阿特丽丝开始用尤克里里弹奏一些熟悉的旋律。

"在海的某个地方……" 她低声吟唱,"某个地方正等待着我……"

"嘿,我在你这个年纪也弹过这首歌……"

"我的爱人正站在那鎏金的沙滩上……" 她旁若无人地继续唱道,甚至像歌唱家似的放大了声音。

我站起来,坐在钢琴旁。这架钢琴最近对我来说就像一位不希望被打扰的老图书馆管理员。"好了,今天我们就开心起来,老伙计,准备好了吗?"

没有任何华丽的姿势或者仪式,我直接开始。杰普坐在我的腿上,我给了他一个节拍器玩。

我们开始一起弹奏起来。

"看着那航行的船儿……"

"那本书里还有什么歌?" 我指着那本从朱迪店里买的尤克里里的乐谱书问道,"有披头士乐队的歌吗?"

"《在我的生命中》?" 贝阿特丽丝读着目录。

"我记得有些地方……" 我哼唱起来。

"披头士乐队是谁?"杰普问。

"你妈妈没给你们放过披头士的歌吗？我的老天啊,我觉得我应该负责你们的音乐教育。听着,杰普,他们是世上最好的乐队之一。"

"怎么开始呢?"贝阿特丽丝问道。

"不要担心副歌,我用钢琴弹奏。你只要弹和弦就行。"

"好的。"

"我应该做什么,爸爸?"杰普问道。

"嗯,杰普,你打节拍,像这样:一,二,三,四。这很容易,一直这样做。"

杰普上下摇动着节拍器,直到找到一个好的节奏。音乐虽然不是杰普所擅长的,但他的节奏感很强。

在几次错误的开始之后,"哈珀乐团"开始了正常演奏。这是多么美妙的时刻!那架老旧的钢琴穿上了她的礼服,开始正常发声。贝阿特丽丝仿佛赋予了尤克里里个性一般,无所畏惧。我们俩一起唱起来:

我记得有些地方,在我的生命中

虽然有些已经改变

有些再也没法变得更好

有的已经逝去,有的依旧还在

所有的地方都有属于它们的时光

那里有我铭记的爱人和朋友们

148

有的人死去了,有的人还活着

在我的生命中,我爱他们所有人

我们变成了一个团队。有人说过,如果你想知道是否真的爱
或者恨一个人,你应该和他一起去旅行。我要补充的是:如果你
想看到某人的灵魂,你应该和他一起演奏一曲。那天下午,我们
三个的灵魂似乎找到了共鸣,连我们自己几乎都没意识到。这首
披头士乐队的歌可能也是这种演奏风格最好的选择了。我鸡皮
疙瘩都起来了,看着孩子们在我经历了这一切后还是跟我在一
起,我忍不住要落泪,但是我竭力忍住了。他们经受住了父母带
给他们的暴风雨,笑对现实。

《在我的生命中》结束后,我们又一起合奏了《甜蜜战车》和
《圣者的行进》,然后贝阿特丽丝又转向吉他。我们先调了一下
音,有了这六根弦,我们就可以弹奏一些更欢快的歌曲了。她给
我展示了一首"石器时代皇后"的歌——《无人知晓》。

"爸爸,别踩踏板共振了,这可是摇滚!"

弹奏完以后,我们休息了一会儿。壁炉里,炭已经烧成了几
束橙色的火焰。外面,海浪轻轻地拍打着沙滩。我们打开电视,
开始看我们几周前从朱迪店里借的《千与千寻》。看到一半的时
候,杰普疲倦地躺到我的膝头,张开双腿,一只胳膊伸着朝上,这
个奇怪的姿势表明他要睡着了。贝阿特丽丝和我觉得这很好笑,
但是过了一会儿贝阿特丽丝也开始打瞌睡,最后,在放到千寻从
澡堂里逃出来从巫婆那里解救父母的时候,我抱起杰普把他送到

楼上,然后以同样的方式把贝阿特丽丝送回房里。她中间醒了过来,抱着我的脖子,在我七天没刮胡子的面颊上留下了一个香甜的晚安吻。

"好蛰人!"

那天晚上外面刮了一阵奇怪的风。一整天都没事的我又开始头痛了。嘀嗒,嘀嗒,嘀嗒……像一只老式时钟。那些药片我已经吃了一半,但是我也明白了这些药一点用都没有。

我闭上眼睛,等待头痛过去。

4

我睡了几个小时,但醒来后疼痛又回来了,而且变本加厉,变成难以忍受的刺痛感,我忍不住睁开眼睛,大喊一声:"天啊!"外面的暴风雨像往常一样敲击着房子,仿佛我又回到了上次梦里的那个地方。

疼痛渐渐退去,像一条毒蛇袭击了猎物以后便撤退一样,它又安静地藏回了我的头部深处。钟表的嘀嗒声就好像我的老狱友。我浑身是汗,却不愿动弹,一直躺在杂乱的床的中间。我闭上双眼,试图重回梦里,但失败了。暴风雨、汗水、头痛,这一切让我无比清醒,难以入眠。

更不用说楼下的门被风吹得轰隆隆响了。

不可能又开始了,不,我不想起床,这又是一个噩梦。

我听到几声噪音,仿佛很遥远,夹杂着呼啸的风声。但显然是从楼下传来的。我悬着心仔细辨认,其中有楼梯的嘎吱声,我病态地猜想这是一个杀人犯的脚步声,但是实际上这也应该是风造成的,或者是旧木头之间的摩擦声。突然又一声巨响,这次更加清晰、有力,整个屋子都能听到,那就好像现实生活中的一记大耳光一样。我突然担心孩子们在房间里也会听到,如果我不起来的话,可能杰普或者贝阿特丽丝也会起来的。这将会更糟糕,一定会更糟糕。

我睁大了眼睛。

又是你吗,玛丽?

我回想起我与朱迪最近的一次谈话。难道这和她告诉我的那些清醒梦一样,我也在做梦吗?这似乎是不可能的,周围的一切我都感觉是真实的。我能触碰床单,我的睡衣被汗水浸透了。黑暗中,我伸手摸了摸自己的头,能感觉到杂乱的头发散落在枕头上。风猛烈地撼动房子,但是在多内加尔,这很稀奇吗?

不管了,继续睡吧。

我试着深呼吸,一次,两次,三次。我告诉自己这个噩梦会像它们出现时一样迅速消失。漫长的一分钟,我什么也没听到,除了外面一直未停的暴风雨。风声、雨声、远处隆隆的雷声。现在赶紧入睡吧。一只羊,两只羊,三只羊⋯⋯

然而又传来一阵响声,那是坚实而有力的敲击声。应该是门砰地撞上某个东西的声音,就好像它原来是开着的。

我一个挺身坐起来,不再多想,也不再犹豫。如果那是梦,就像朱迪说的,那应该是我的生命里最离奇的经历了。就在那时,我想起了笔记本。

我踩到地毯上,当我走向壁橱的时候,能清晰地感觉到我的脚趾踩在蓝色的羊毛纤维上。是的，这似乎是真的。我伸手抓住壁橱门把手，我能感觉到它的冰冷，以及手指间磨损的黄铜纹理。这就好像我抽了很多大麻，又可能玩弄了某种带有类似仙人球毒碱的东西一样，让我能在这些幻觉中感知到真实的细节。它是真实的，甚至可以确认这就是现实。

我打开壁橱的门，听到了吱吱作响的铰链，闻到了樟脑球的香味，那应该是有人在我搬来这里之前放到抽屉和壁橱里面的。我在黑暗中摸索着大衣。大衣口袋里放着朱迪送给我的小笔记本，还有一个打火机和揉皱的面巾纸。

没有哪个梦里会有揉皱的面巾纸。

我又坐回床边，打开床头灯。我把笔记本放到床头柜上。这是一个红壳带线环的 3M 笔记本。我甚至注意到贴在封面上的价格标签——7.5 欧元。一支黄黑颜色、顶上还带着粉红橡皮擦的铅笔插在螺旋环里面。我拔出来，打开笔记本，开始写：

今晚暴风雨又把我吵醒了。可能还有撞击声。我不敢确定，得去看一看。一切都感觉很真实，包括这支铅笔和这张纸在我手里的触感。注：确认这个笔记本值 7.5 欧元。

就在我开始怀疑自己听到的声音，觉得这一切都是我的想象的时候，楼下又传来另一个声音，听起来像是在拖什么东西。然后我听到门那儿发出砰的一声，几乎在同一时刻，一阵雷声作响，我突然又不确定声音是从哪里传来的了。在起床前我又写下一些东西：

我感到害怕，我的恐惧如此真实。我要去楼下看看。我听见有东西在移动。

杰普和贝阿特丽丝睡在他们的房间。我没有打开卧室的灯，但我能看到他们在被子下面安静地呼吸的样子。我小心翼翼地关上门，赤脚走下楼去。一股冷风从客厅里灌了进来，我感觉鸡皮疙瘩在睡衣里面扩散开来。

楼下的一切都蒙上了阴影。窗户上印着一幅黑色和深蓝色的画。玻璃被风吹得呼呼作响，雨滴也在不停地敲击着窗户。门厅那里的又一声巨响把我的注意力又拉了回来：门开了。

风像一双无形的手把门打开，又关上，不停地敲打着门框。这就是我之前听到的声音，也是冷空气吹进来的原因。

现在我要去看看玛丽是否还活着。

我深吸一口气，朝门口走去。

好吧，如果这是必须要做的事，那就赶紧结束这一切吧！

当我走到门厅时，浑身颤抖，不知是出于寒冷还是恐惧。我双手抓住门把手，钥匙在锁上晃来晃去。门上插着钥匙，但是我可以发誓我睡觉前把它锁好了，就像平时一样。

我想把门关上再上床睡觉。但我没有这么做。如果这是真的，我需要一个答案；如果这是一个梦，我要彻底理解它的寓意。

我猛地推开门，好像要把藏在背后的那个人或幽灵抓住，但是没有人。一阵风和雨吹进屋里，打湿了我的脸。如果我手里拿着笔记本，我会写下：雨是冷的，风也是真实的。我能听到夜晚的海浪声，空气中有咸咸的味道。

在走廊的壁橱里有一双旧雨靴。我把它拿出来穿上，套上肥大的黄色雨衣，然后拔下门上的钥匙，将它塞到雨衣口袋里。我找到开关，打开院子里的两盏路灯。这两盏灯亮起来，好像黑夜中的两团萤火。

雨停了，风还在呼啸，院子里的草被吹得一会儿倒向这边一会儿倒向那边。远处的大海笼罩在黑暗中，海浪不停地拍打着海岸。目光所及之处的沙丘在夜色中泛着冰冷的白光。

当我望向远方的时候，突然看到了栅栏。

又坏了！它在风中像拨浪鼓一样摇晃着。坏了，坏了，坏了……怎么坏的呢？

我走过去，蹲在一旁仔细检查。我刚粉刷完没多久，它还是新白的。有东西粗暴地敲打过它，把它从土里连根拔起，就像上次一样。两块木板被切开了，有大概两米的一段倒在地上。

如果这样还能说服我自己这一切只是梦，那简直是太疯狂了。因为我能触碰到带有毛刺的木头的边缘，我可以把我的手伸进因栅栏倒下而留在地面的黑洞里。我蹲下来，看着栅栏，再看看屋子，想搞清楚到底发生了什么。突然身后闪过一道亮光，很快照亮了房子的前面。起初我以为那是一道闪电，但当我转过身来，我注意到这束光消失在"比尔之齿"后面。

当它再次出现时，又在山的另外一侧，就像灯塔的光束穿过了黑暗。但那不是灯塔，因为它在移动。而且是从里奥和玛丽家的方向移动过来的。

我站着一动不动，浑身冰冷，寒风吹进我的脖子里，吹得我雨衣上的塑料沙沙响。

我该去看看吗？那里能找到答案吗？

光束穿过天空照进云层里，雨越下越大。我想我知道那是什么，我想去面对，于是我沿着道路向山顶走去。

靴子踩着沙砾嘎吱嘎吱地响，耳边风声呼呼，冰凉的雨水打湿了我的头发。我想说这一切是真实的，但还是忍不住怀疑。这也是我没有开车的原因。我不敢开车，因为不想死在车里，走路比较安全。如果我在这个梦中醒来的话，顶多就是一个穿着睡衣、靴子和雨衣在午夜闲逛的傻瓜。

走到一半时我才发现那束灯光似乎在向我靠近。灯光闪烁着，消失在山的阴影当中。与此同时，我听到远处传来汽车发动机发出的隆隆声在逐渐靠近。

我放慢速度。灯又亮了，这次清晰地朝着我的方向。发动机的声音越来越大，一分钟后，我正好走到路中间，一辆开着前灯的汽车正好向我开过来。车开得很快，非常非常快。

我猜一定是里奥。我很快看到了四个灯（一对前灯和一对雾灯），应该是里奥的路虎。我甚至站在马路中间挥动手臂，这样他就会看到我，然后停下来解释一下为什么他会在深夜里像疯子一样开着车。

那个两三吨的大家伙跳起来就像一头愤怒的公牛跃向"比尔

之齿",扬起一堆沙子和尘土,红色的尾灯一照就像一溜血迹。我以为它会向左边转,驶向克兰布朗。也许他家发生了什么紧急情况……但是出乎我的意料,那辆汽车继续朝我开来,径直奔向我家。

"哎呀!"

我站在窄窄的公路中间,一边是沙丘,另一边是峡谷。直到那时我才意识到他没有足够的时间刹车。

"停!"我喊道。

汽车在狭窄的公路上全速行驶。里奥一定是瞎了或者是醉了,因为他根本没有试着停下来。我先看了看沙丘,又看了看峡谷。我心想着跳哪边好呢!在我跃向峡谷边缘的那一刻,汽车从我旁边擦身而过。

我重重地摔在地上,胸口撞到沙丘,痛得嗷嗷叫。那辆车在离我的头只有几厘米的地方呼啸而过,扬起的沙子落到我的嘴里和鼻子里,我紧闭着双眼。我翻过身,却突然发现背是悬空的,紧接着滚下山坡。整个过程中我被地上的树根和蒺藜不停地划着,有的时候还会撞到一些石块,一直滚到一堆灌木丛里才停下来,那些刺让我遍体鳞伤。

好吧,到此为止吧。现在你睁开眼睛,就裹着被子躺在床上。不要担心这些伤口,马上就不疼了……

但是当我睁开眼睛的时候,发现浑身都是沙子,嘴里也有很多。这清醒梦也太糟糕了吧。这就像裤子拉链卡到了下体一样真实,好疼。但是梦里不会疼的啊。

157

我坐起来，感到胸口一阵疼痛，连呼吸都很困难，但肋骨应该没有断。我把嘴里的沙子都吐了出来，然后用睡衣的袖子擦了擦眼睛，直到能睁开眼睛看清外面。我在"比尔之齿"的山脚，那里有些大石头，要是撞到它们估计一定脑袋开花了。那可不是开玩笑的。

不管是谁，我真想揍你一顿！我一边想着，一边咬牙切齿看着高处。

非常幸运的是我的耳朵没有受伤，听到了前面汽车刹车的声音。那辆车在我的家门口停了下来，我刚把我的孩子们丢在里面，他们还在房间里睡觉。我很着急，于是赶紧跑回去，试图追上他们。

我急忙赶向那里，全然不管我的腿受了伤，也不管在沙子里面跑起来有多么艰难。我能看到汽车的大灯还亮着。吵醒了孩子们吗？可能没有，他们的房间朝西。但是汽车弄出的动静这么大，不好说……

我与沙丘平行地跑着，到了最后那段路，我看到了那辆车。它停在我家外面，我的车旁边，但并不是里奥的车。

不，这不是里奥的车，是别人的车。

那是一辆有滑动门的 GMC 商务车。16 岁的时候，我梦想着买一辆这样的车，这样就可以带上我的冲浪板走遍法国南部的海滩。昏暗的灯光下它呈暗红色，还有铬合金的轮毂和黑暗中亮着的 LED 尾灯。

有人站在车旁。我数了数,一共三个。他们是谁呢?太远了,我看不清。

我又靠近了一些,在离他们大概还有20米的地方停下了脚步。刚在沙子上跑过之后,我大口地喘着气,慢慢走进,我要看看这些不认识的家伙,就是他们差点轧到我,想到这里我不禁血液沸腾。我想大喊:"你们是疯了吗?还是怎么了?"然后再揍他们每一个人一顿。我想他们可能是迷路的游客或多内加尔海岸的冲浪者。

但当我走近时,我清楚地看到其中一个。那是一个大块头,肩膀像坦克一样宽,没有脖子。不是冲浪者,也不是游客的打扮。他穿着一身黑衣服,一件中长款的风衣,看上去更像入殓师或者卖保险的。他走到车灯前。我看见他背在身后的手上握着一个闪闪发光的东西。我赶紧停下来,屏住呼吸。

他的手里拿着一把长刀。

这是异常煎熬的几秒钟,我能听到自己剧烈的心跳。

他们肯定是欧洲的犯罪团伙,玛丽(还是劳拉?)几个星期前在晚餐时还提到过。他们要来打劫我的房子,而且可能是在抢劫了里奥和玛丽的家之后。他们对里奥他们做了什么?他们又要对我们做什么?

我躲到墙后面试图快速思考,虽然现在我喉咙发紧,心跳加速,血压飙升,头也好像要爆炸一样。天哪,这感觉就像在游泳的时候碰到鲨鱼。现在最好是走过去一拳打在他的脸上。

我又探出头来,感觉自己已经完全暴露了,但其实并没有。这时,那个胖子朝房子走去,突然从车上下来一个人拦住了他,开始跟他说话。从我这边可以看到,那是一个很苗条的女人,穿着深色衣服,但她背对着我,我看不见她的脸。有一瞬间我怀疑他们并不是罪犯,尽管他们拿着那一把亮闪闪的刀。我安慰自己,也许他们只是迷路了,根本就不想伤害我们。什么罪犯会如此明显地暴露自己呢?可转念一想,这才是最可怕的地方:他们不害怕被看到。

当那个胖子和女人在讨论什么的时候,那辆暗红色的汽车旁边出现了第三个人。我看不清他的脸,但可以看到他在抽烟。从他嘴里吐出的烟飘散在空中,被商务车的灯光照亮。

房子仍然漆黑一片。我祈祷贝阿特丽丝能从窗户往外看,当看到三个陌生人时,能到我的房间找我。当没看到我的时候,能察觉到出事了,然后打电话给朱迪、警察,或者消防员和其他人。

她是个聪明的女孩,她是个聪明的女孩,皮特。拜托,贝阿特丽丝,拿起你最爱的 iPad,发挥它的作用吧,发送电子邮件、推特和脸书消息给所有人!求救啊!

我沿着墙后面走着,头压得很低,以免被发现。现在离他们只有几米远,我甚至能听到他们在低声交谈。

再给我一分钟,只要一分钟。我默默祈祷着。

如果我能到木头梯子那里,我就可以从另一侧悄无声息地爬上去,然后就能绕到屋子的后面。再然后呢?天哪,我也不知道该怎么办。从厨房里拿一把刀，或者拿一把我曾经在棚子里看到过的斧头，躲进孩子们的房间里，做好防守。

我继续屏住呼吸往前走，紧贴着墙，直到离他们足够远，迅速冲向梯子。我从扶手的另一侧开始往上爬。商务车停的地方，灯光照不到屋前草坪和厨房区域，这样我就可以爬到木梯子上面，跳到草坪上，贴着地面匍匐到我们每天吃早饭的那块小露台。我很高兴这里的桌子和椅子没收走，这样我就可以躲到下面，一边休息一会儿，一边观察一下情况。

那个胖子又向屋子走来，手里的刀背在身后。他也不是真胖，但是这个词却很好地描述了他的外貌。他身材很宽，个子也不高，整个人像一个柜子。他的风衣袖子卷起来，可以看出我的肱二头肌比他强。他的步子很小，看起来挪动身体很费力。他的脸很黑，是地中海地区的长相，粗眉毛，黑头发。也就只能看出这些了。跟他一起来的还有另一个抽烟的男人。相比之下，他又高又瘦，移动起来像条蛇。他的长相比较独特：戴着黑色圆框眼镜，像约翰·列侬的邪恶版本。他的头发被剪成二战时期的头盔状，紧贴在脑袋上，就像刚在头上浇了一桶水一样。他穿着皮夹克和黑色紧身裤，手里拿着一支长枪。

那个胖子（就这样叫吧）消失在我的视线里。他一定是到了前门。但现在"约翰·列侬"（很抱歉用了列侬先生的名字来形容这样一个罪犯）却走向我这边。我躲在桌子底下。周围是一堆椅子。我跪着，把自己缩成一个球，屏住呼吸。

我看着他的双腿从我面前经过，一双黑色锃亮、一侧还有一个厚厚的铜扣的鞋子突然停在桌旁。我听见其他的脚步踩在草地上，是那个女人，她的腿很优雅、很美。到了我们这边时，她压低声音说着什么，但我听不清。

"其他人留在这里，明白了吗，只需要抓住那个婊子。"

抽烟的男人微微一笑，他一直走到房子的后面。女人站了一会儿便回到商务车那里。

"其他人留在这里，只要抓住那个婊子。"她是这么说的。

就在那时，好像前门那里有人按门铃。一定是那个胖家伙。铃声很响，声音充斥着整个房间。孩子们不可能听不到。

我躲在桌子底下，抱着膝盖，几乎要被吓死。那个高个子在厨房门那里，也许他已经设法进去了。或者他只是想确保没有人从那里跑出去，否则就开一枪。我该怎么办呢？他只要拐过来就能发现我。

这时，一个念头突然出现在我的脑海里：阳台的门。那扇门锁不好，因为门闩有点问题。这是我唯一的机会。如果门开着的话，我就可以从客厅里不引人注意地溜进去。但如果那时发出一丝声音的话，我立刻会被判死刑。

门铃又响了，我的思绪回到了孩子们的身边（希望他们没醒过来，希望他们没来找我，希望他们能好好躲在卫生间里）。我转过身面向着门，把手放在玻璃门上，用力往右推。起初，它卡住了，我觉得幸运女神这次恐怕不会眷顾我了，但在我第二次尝试时，它开始向右滑动。打开了！那是一扇又大又旧的门，锈迹斑斑。门开的时候发出了噪音，但是可能因为风声，胖子、"列侬"和那个女人都没有听到。门铃又响了，接着是砰砰的敲门声。我已经设法将玻璃门滑开了足够大的空间溜进去，但其中一只桌腿挡住了我的路，我不想再发出噪音。因此我又用力推了一下，终于，我可以进去了。

我手脚并用地进入客厅，这时门铃第三次响起来。

"喂？有人在家吗？是这样的，我们的车出了点问题，有人在吗？"门口传来一阵叫喊声。

我谨慎地向四周看了看。没有人，但我不能暴露自己。那个"列侬"可能已经进入了厨房，正在走廊走着，或者是拿着他的枪在爬楼梯。我走近壁炉，抄起一根足够重的拨火棍，这可真是件好武器，我双手举着它，走到厨房门口，稍稍探出头。后面的门是锁着的。

我朝过道走去，环顾四周，空无一人，也没有踩在老木地板上发出的嘎吱声。

于是我一步一个台阶轻轻地爬上楼梯，手里攥着拨火棍，随时准备搏斗。我一会儿看看上面，一会儿看看下面，感到心跳得越来越快，就要撑破胸腔。至于这些人是谁，以及为什么来我家杀我们，这些都不重要。难道一只疯狗扑向你和你的孩子时你还会问为什么吗？不，不会，你只需准备好你的拳头，在它咬伤你之前迅速干掉它！我在我家里，就算杀了他们也是正当防卫（即使不是,在这种情况下就让法律见鬼去吧!)。

一楼的过道沉浸在一团黑暗和安静之中。孩子们卧室的门半掩着,透过门缝看不到一丝光,甚至连夜灯淡淡的光都没有。这有些出乎意料,我立刻警觉起来,因为刚才楼下的门铃声和男人的尖叫声应该吵醒了他们,又或许他们已经藏起来了?

我低声喊他们的名字:"杰普,贝阿特丽丝。"但没有回应。

已经有一会儿听不到门铃声、敲门声和吼叫声了。我猜想胖子一定在想办法悄悄溜进来,或许"眼镜蛇"已经毁坏了门锁,很快他将踩在木地板上,整个楼梯将会摇晃。我得快点儿了。

我推开卧室门,门铰链发出吱吱声,像正在演奏的管弦乐队。那一刻,我的大脑已经开启了原始人狩猎模式,它已经下达了指令,往我手臂的肌肉里输送了大量血液,随时准备殊死搏斗;我的耳朵可以听到比平常多十倍的声音;我的瞳孔扩张到极限,准备好观察一切可疑物。

但是,房间里一片祥和。

我屏息仔细检查两张床上的两团被子。先走近第一个,杰普保持着一贯的睡姿。毯子盖到他的下巴,一只小手伸出来放在脸下边。我把手指放到他嘴边,感受到他小小的身体呼出的温暖气息。

我摇晃他的肩膀,低声说:"我的儿子,快醒醒。"

我的小可怜睁开疑惑的双眼,正要说点什么,但我做了个手势让他别说话。然后我叫醒了贝阿特丽丝。

"有人闯进我们的家了，"我对他们说，"你们别出声，贝阿特丽丝，你的电话在这儿吗？"

"有人？"她惊恐地说，"小偷吗？"

"是的，"我回答说，"小偷进屋了，你有手机吗？"

"手机吗？有，但是在客厅的背包里。"

"见鬼，好吧……没事。你们躲到床底下稍等，我去找电话。"

"别走，爸爸！"贝阿特丽丝喊道。

"我马上就回来，你们先钻到床下。"

贝阿特丽丝带着她的弟弟钻到杰普的床底下，那里离门口最远。我走到门口，先贴到一边，然后再贴到另一边，观察过道里的动静，但什么也没有，甚至连一只苍蝇都没飞过。

我走了出去，穿过过道走到浴室，等了几秒钟，看看有没有什么异样，但同样的，房子留给我奇怪的沉默。之后，我两步并作一步穿过走廊走到我的卧室门口。

卧室正对着房子的正面，下面就是大门。我把棍子扔在床上，扑倒在地以防止那些家伙透过窗户看到我。我想回忆起究竟把手机放哪儿了，可能在大衣的口袋里。我爬到衣柜前，小心地打开它，打开时，铰链再次吱吱作响（等一下，我之前关上衣柜了吗？）。在一片黑暗中，我摸到大衣，拽到地板上。然后，当我把手插进口袋，我摸到了熟悉的金属环，那是朱迪送我的笔记本。

我转身看床头柜，我发誓，几分钟前我写完后明明把本子放在柜子上了。

铅笔套在环内,我打开本子,里面竟一个字也没有。

我匍匐着爬到窗口,胸中杂糅着奇怪的情绪,一方面我舒了一口气,另一方面仍然保持警惕。我透过窗帘观察外面,看到夜空中划过的流星。天空中没有云,更没有暴风雨的迹象。海浪拍在沙滩上。院子前面没有停车,栅栏也是完好无损的。

我感到双腿发软。

又来了,我的上帝,又来了。

我不再害怕外面有人会看到我,便站起来拉开窗帘。家门外没有商务车,也没有围堵在门口的杀人犯。

5

朱迪在半夜接到我的电话后赶到我家,我给她讲述了整个过程。"这一次别说什么清醒梦了,这真的不是梦。"

她穿上牛仔裤,开着她的"小钢炮"穿过湿地来到我家,前后只用了 20 分钟。她就像一个医生或者天使一样出现了。杰普仍在发抖,贝阿特丽丝坐在床上哽咽着。

但我坚持:"绝对不是梦。"

我承认,其他的一切都消失了。我写在笔记本上的字消失了。"我感到害怕,我的恐惧如此真实。"我回忆起这句话。

"但……你确定吗,皮特?"

"像我站在这里一样真实,朱迪。你的本子标价 7.5 欧元也出现在我的梦里了,一模一样。"

外面当然一个人也没有,除了朱迪和我的车也没有其他车开过的痕迹。我从车库里拿出手电筒,打开庭院路灯,和孩子们一起仔细检查了房子周围。他们俩不想离开我们的视线,显然被吓坏了,这不是他们的错。

首先,栅栏完好无损地立在那里。我解释说,在我的"噩梦"里,栅栏被破坏,碎得满地都是。而现在这些栅栏静静地立在那里,像生长了几百年的树一般牢固。

其次是暴风雨。朱迪告诉我整晚没有下过一滴雨,只需要检查地面就知道了,道路是干的。

"但是,我,"我摸摸自己的头发,"我很确定我确实在雨中走。我穿着雨靴大概走了五分钟,直到发现车子和……"

我向她展示雨衣、靴子和睡衣上沙子的痕迹,以及我在山上摔倒的划痕,我还给她看了胸部撞击到沙丘的位置。我跟她说如果我们拿手电筒,顺着这条路往上走,肯定会在某个地方找到我的脚印。

"所有这一切都是真的,皮特,"她一边说一边安抚着我的两个孩子,"但是,这有什么用呢?"

天快亮的时候孩子们才重新入睡。朱迪连续讲了三个故事,他们却没有一点要闭上眼的迹象。然后她给他们唱古老的爱尔兰民谣,美妙的歌声让整栋房子变得温暖和安全。终于,朱迪赶走了鬼魂,房间的空气又变得清新了。关于疯狂的爸爸拿着拨火棍四处跑的记忆消失了。我听到他们的呼吸逐渐变缓,半张着嘴巴,从毛毯后面望着朱迪,直到眼皮放弃抵抗,沉沉睡去。

"爸爸做了一个噩梦,非常抱歉吓到你们了。现在睡吧,睡吧,明天将是新的美好的一天。"

等他们睡着后,朱迪回到我的房间。我的头和心脏都很疼。我吃了点药,又喝了点威士忌,然后便躺在床上。朱迪坐在我的床边。我注意到她避免靠我太近,因为我太累了。外面的太阳正在升起。

"如果克莱姆在阿姆斯特丹的话,她肯定命令他们回去。"我说,"他们的继父虽然是个混球,但人家至少不是疯子。"

"皮特……别说胡话了。"朱迪轻柔地"偷"走我放在床头柜上的威士忌,然后将她的手指插入我的发间,轻轻地抚摸,说,"你确实有些异样,但你不是疯子。"

"之后还会发生什么呢?如果在下一个场景里我把他们混同为杀人凶手,那我是不是会用该死的棍子敲破他们的头骨?"

这听起来合理得近乎可怕,朱迪试图不让我受到惊吓:

"你也不知道是否还会有下一次,对不对?"

"这就是我们所'希望的',朱迪,这就是我们祈祷的'好消息'。但是今晚我吓坏了我的孩子们。我把他们拖下床,还冲他们大吼大叫让他们藏起来。这是这回,谁知道下一回会发生什么?我不愿意拿孩子当赌注,对你也一样。现在我希望你坦白告诉我,我是不是可能患上了精神分裂症?"

她咯咯地笑。

"你怎么会有这种想法?"

"谷歌说的。我查到精神分裂症患者会出现幻觉。"

朱迪向我要了一支烟,烟盒就放在床头柜上,我递给她,她点燃一支，鼻孔喷出两缕烟。

"如果一个人有精神上的疾病，比如精神分裂症，他'听到或看到'现实中不存在的事物，但除了这一点，他们还有一系列其他症状，这是你没有表现出来的，明白吗？你所'看到的'是非常有条理的，比如你总能发现起止时间。"

"这就是我区别于精神分裂症患者的地方？"

"这是你和绝大多数精神分裂症患者或妄想症患者的区别，虽然我不能确定是否还有其他和你相似的情况。在我看来，在你身上发生的是现代医学不能轻易'贴标签'的。那三个你从没见过但又如此清晰的人是从哪里来的呢？不断重复地毁坏的栅栏呢？我敢打赌，比起脑叶白质切除术，荣格或弗洛伊德对你更有帮助。"

"什么意思？你是说所有这一切就像一个蕴含着某种信息的梦？"

"当然这只是一个推测，但是为什么不可能呢？一切事实都表明你真切地'活'在你看到的场景中。当你觉得即将遭遇袭击的时候，你移动，行走，还会跳跃。这就像一个清醒梦，或者说，你就像戴了一副虚拟现实的眼镜。但不管怎样，我们要搞清楚的就是你为什么要做这些梦。"

"我为什么会做这些梦？"我闭上眼睛，重复这句话，"为什么呢？像一种威胁。似乎有事情要发生在我们身上。每一次都像是一个碎片，正在逐渐地拼凑成一件完整的事。第一次是玛丽，她当时很害怕，一定是她身上发生了什么。第二次是都柏林，那

170

些死者的画面……"

"都柏林?"朱迪问。

我意识到那天关于报纸的事我还没跟任何人讲过。

"那天晚上,我在父亲家睡觉的时候,我又做了一个……'噩梦'。我应该是看见餐桌上的报纸里边的新闻,说的是克兰布朗凶杀案,一家人都被杀了。但我打开灯的时候一切又恢复了正常。就像今晚……每个夜晚一样。我很快便忘了这件事……"

"还有你觉得重要的细节吗?"

"我不知道,其他的不记得了。栅栏总是坏,我想这是有道理的,因为事情总是发生在同一个晚上。而在今晚,我发现凶手是来家里找某个人的,找某个女人。"

朱迪抽完烟,将烟头摁在烟灰缸里。她沉默了,若有所思了好一会儿。

"你认为我疯了对不对,朱迪?因为你是在这个世界上我唯一能相信的几个人之一。可是最近的一切……一切都是那么奇怪。我看到一些跟现实不一样的东西,我开始不相信里奥、玛丽……甚至……你。"

"也包括我?"

"是我自己傻,你别担心。"

"不,告诉我,"朱迪突然严肃起来,"我想知道为什么。"

"你……也出现在我的噩梦里。非常可怕,跟其他梦一样。而且我发现,当你发现纸条上考夫曼的名字时,反应似乎有些奇怪……请你告诉我我错了,我就是一个偏执狂。"

171

我注意到,黑暗中,她正盯着我。

"你梦到了什么,皮特?"

"你想知道吗? 太可怕了。"

"我想知道。"

我一口喝光了杯子里的威士忌,冰块在嘴里咔嚓响。

"你被捆绑着,眼神里充满了恐惧。有人要来找你,试图伤害你,你向我求救,说'他会杀了你'。但这也许只是现实的反映,我知道你……好吧,你晚上常常做噩梦。我可能已经将这个和其他梦一样埋在心里了。"

"被绑着……"朱迪说,她的嘴唇开始颤抖,"没有其他人出现吗?"

"有……"我回答,不明白为什么朱迪对我的梦表现得如此不可思议。

"一个男的吗?"说罢,我看到她害怕了。

"不,是我的妈妈。"我说,"她告诉我离开这个房子。"

朱迪一只手捂住脸。我不知道她是不是哭了,但她的呼吸变得急促。我靠在椅背上。我们突然互换了角色:现在她是病人,而我是医生。

"朱迪,你还好吗?"

"我没事,皮特,呃……只是有些震惊。"

"我说了什么……"

"要不我们今天到此为止吧,现在还不是说这些的时候。"

我双手放在她肩上,黎明的微光穿过屋子,照亮了她的脸。

我眼前的朱迪与平日迥然不同，她脸色苍白，像被吓坏了的样子。

我伸出双臂想拥抱她，但她抽身离开了：

"我觉得我最好还是下楼在沙发上睡吧。你也睡会儿吧，明天又是新的一天。"

"但是，朱迪……"

"现在不是说这个的时候，皮特，给我一些时间，可以吗？"

她走出房间，我听到她磕磕绊绊地走过走廊。很显然我的话触碰到她内心深处的一块东西。我正要起身追出去，但想到她的性子，今晚一定问不出什么东西，便随她去了。

直到太阳从地平线上升起我才入睡。在此之前，我做了两个决定：

第一是找考夫曼医生，让他无论如何治好我的病。而且这件事情刻不容缓。我是多么希望彻彻底底解决这个问题，重新回归正常的生活。

第二个决定则是关于里奥和玛丽的。如果有什么能和电影的戏剧性比肩，那就是关于这对夫妻的秘密了。虽然我还不知道是什么，但我一定要刨根究底。

6

第二天，一名叫席亚拉·道格拉斯的多内加尔警官在邓洛伊警察局的一间小审问室里接待了我。接待台的一个矮胖红脸的警察一直在推脱：

"您到底要做什么？"他问我，"报案？"

"不，我只是想找你们这儿的负责人聊聊。"

"您是记者？"

"我已经告诉您我不是记者，只是克兰布朗的居民。我想咨询一些事。"

说完之后我便想，也许我可以说自己是一个作家，或者学犯罪学的学生。

事实上，我根本不该来这里，来做什么呢？来问梦里的人是否真实存在？但我觉得有必要采取措施来控制局势。

"说真的，我不会耽误你们超过十分钟，有人肯抽出十分钟来帮个忙吗？"

席亚拉是一位个子高挑的女警官,黑头发,绿眼睛,举止透着军人作风。她在我等了将近半小时后才出来,表现出一种我在浪费她的时间、只想尽快赶走我的架势。

"特雷莫雷海滩?是克兰布朗北部的那片小海滩,对吗?我不知道那里竟然有这么多房子。"

"其实只有两栋。我和我的邻居柯根。他们一直生活在那里,我只是短租几个月。"

"嗯,很好,哈珀先生。我们直奔主题吧,您想知道什么?"

面对这个问题,面对道格拉斯警官严肃的脸、她的军衔以及威严的气势,我意识到自己说的话将显得多么幼稚。

"是这样的……一天吃晚饭的时候,有当地的邻居聊到了安全问题。据说这一带有犯罪团伙出没,比如东欧盗窃团伙之类的。总之呢,我独居……不过现在我的两个孩子来了……好吧,我在想,您认为我应该安装报警系统或者……"

席亚拉·道格拉斯嘴角上扬,勉强挤出一个笑容的弧度。

"哈珀先生。我不能给你安装报警系统的建议,但我可以告诉你的是的确发生过盗窃案,不过大多在无人居住的避暑山庄,而且被盗的也是一些不值钱的东西。两周前莱特肯尼附近发生了一起盗窃施工材料的大案,两个爱尔兰犯罪嫌疑人被逮捕。不过没有东欧人。"

她双手交叉着沉默了一会儿,用一种"够了吗"的表情看我,但我还不打算将屁股从那把塑料椅子上挪开。

"那么您听说过郡外发生过类似的事情吗,比如关于一辆盗窃团伙的商务车的国际逮捕令。"道格拉斯警官应该会以为我是一个私家侦探，或者仅仅是一个无聊的游客，正在等老婆做完头发。

"没有，先生。"她回答说，"这里是多内加尔。我们非常幸运地没有遇到过这样的问题。如果你对这样的故事感兴趣，你应该去南欧之类的地方看看，那里有钱人多，有真正的犯罪。这里的人只会偷铜、等离子电视机、汽车，然后卖给收废铁的。所以呢，哈珀先生，您可以安然入睡。还有其他问题吗？"

她看着我，手指不耐烦地敲击着桌子。

"最后一件事。您接到过特雷莫雷海滩的报警吗？"

"您的意思是指两套房子中的一套？"

"是的。"

"我可以帮您查查，但您知道吗？我开始怀疑您问我这些问题另有原因。"

"什么意思？"

"有什么想告诉我吗，哈珀先生？您似乎很好奇这些房子的历史，难道是您的邻居有什么问题？"

我很想告诉她一切，但迅速忍住了这种冲动。我怎么告诉她呢，告诉一个警察你因为做噩梦跑到警察局来了？这听上去倒像是精神出了问题，现在正好两个孩子在我家（而我最近离婚了），这倒是能够很好地引起警察的注意。

"也许是一个人住在大房子里比较孤独吧。"最后我开口说，"中介告诉过我这一点，但我没理会。有时在夜里听到一些奇怪的声音,我睡不着,再加上老听到一些有关盗窃团伙的传闻。可能在心底里我还是一个城市人吧。"

道格拉斯盯着我,并不是特别相信我说的话的样子。

"这种事情有时会发生。"她终于说,"特别是孩子们来看您,您比平时更加警觉。放松些,哈珀先生。那些声音应该就是羊吃草的声音或者风声。这里可是多内加尔,我们可以开着房门睡觉。"

7

我很高兴那天中午当我敲开了柯根夫妇家大门的时候,玛丽不在家。里奥告诉我玛丽在克兰布朗专心筹备下周四的露天电影之夜。

"你把你家的小可爱们放哪里了?"他问。

"和朱迪在镇上,去港口看海豹了。"

"来杯啤酒吗?"他站在厨房门后问,"现在喝酒有点儿早,但是我出去了两小时,现在口渴。"

"去悬崖边上了?"我提高了音量,因为里奥正在冰箱里翻找。

"是的,先生,"他喊道,"从这里到莫纳汉。我发现空气很潮湿,希望电影之夜不要撞上下雨。"

他从厨房里拿出两罐喜力啤酒,我接过来并说了声谢谢。

"我听说你可是电影之夜的主角,你准备好演讲稿了吗?"

"呃,说实话,没有。我会讲一些关于住在小镇里的美好感受,来自简单事物的灵感……我也不知道,或许可以从书上摘一些来讲。"

"小镇子,大地狱,这是我的看法。现在好事者劳拉正在四处说我们是有钱人,因为我们在考虑买帆船。不过弗兰克是个好人,他一直在给我一些很好的建议。说不定我哪天就会把房子卖了。你知道吗?我特别想买一艘帆船。"

孩子们不停地谈论在船上的感觉有多好。里奥说在孩子们回阿姆斯特丹前我们也许可以再出海一次。孩子们一个多星期以后就要回去了。

我们坐在壁炉旁的沙发上。

"他们回去你会很难过,对不对?"

"是的,非常难过。"我说,"他们才刚来,却要走了。"

"这一点也不令人意外,皮特,他们是如此可爱。他们还那样崇拜你。但是不管怎样,你会尽快回去的,对吗?"

"我想是的。"我说,"等我写出一些东西,然后就必须做决定。也许回荷兰,只要是阿姆斯特丹以外的地方。我在哈勒姆有一些朋友,也许可以定居在那儿,这样的话,也许我每周都可以去看看孩子。"

里奥喝了一大口啤酒。

"我会想念你的,朋友。"

"我也会想你们的,里奥。不过我还会在这里待一阵子呢。你和玛丽呢?你们还没在这里吹够冷风吗?准备把定居泰国的梦想推迟到什么时候?"

"呃……"他笑了,朝我挤了挤眼睛,"不知道,皮特。人有很

179

多梦想,但随着时间的推移,人会慢慢变老,你的梦想会逐渐变成一件精美的瓷器,你除了欣赏它,给它扫扫灰尘,什么也干不了。我也不知道我们会不会离开这里。玛丽已经爱上了这个地方。老婆喜欢哪里我们就跟到哪里,对吗?"

我默默地点头。然后注意到里奥看我的眼神。

"朱迪呢? 如果你不介意我问你的话,朱迪在你未来的计划里吗?"

我笑了,喝了一大口啤酒。天哪,来这里问问题的人应该是我。我看着他,想用我的微笑和眼神代替回答,但他似乎一直在等我开口。

"我不知道。她在这里很幸福,商店就是她的全世界。说服她可不是那么容易。"

"或许只是你开口求她的问题。"里奥笑着说,"如果说我脸上成堆的皱纹教会了我什么,那就是只要你大声说出心里所想,事情就会按照你所希望的轨迹发展。她是个很了不起的姑娘。"

"我也这么觉得。"我回答说,"每当我看到她和孩子们在一起的时候,我会想到其他一些事情。我害怕发生同样的事情,你明白吗?"

"明白……"

他正想说什么,突然厨房里的电话响了,他进屋去接电话,一会儿回到客厅。

"该死的天然气服务。如果他们故意这样停气的话就太差劲了。他们说一周后才会有气,而我两天前就已经没气可用了。幸运的是现在是夏天。不管怎样,我要去'安迪家'买几罐发电机用的汽油。你现在打算做什么?"

我的手指用力地掐着啤酒罐。

"其实,里奥,今天我来是想和你谈件事儿。"我说。

里奥皱了几秒眉头,但随后笑了。

"是我的错觉还是你真的变得很严肃?来吧,不管是什么,说吧。"

"你确定吗?"我说着,从衬衫里掏出万宝路,抽出一支烟递给他,"这得说好一会儿……"

"有这么严重吗?"

"嗯,我刚从邓洛伊回来,和警察谈了谈。"

他愣住了,一口气喝光了啤酒,接过香烟。

"说吧。"

就像憋了很长时间的忏悔者,我把整个故事暴风雨般地一股脑儿全倒出来了。所有的一切在我眼前一幕幕闪过,无比清晰与笃定。都柏林父亲家里的报纸,前天晚上发生的事,敲打在门框上的门,另一个山头上的亮光,"比尔之齿"上疾驰的商务车,两个男人和一个女人,以及闪着冷光的长刀。

当我在回忆所有故事的时候,我心里默默希望里奥能插个话,讲个笑话或者反驳我。但是他没有。他陷入巨大的沉默中,从他脸上只能看到凝重。没有丝毫担心、恐惧或者怀疑。他逐字逐句地听我讲,像是要记下我说的每一个字。当我讲述完后,唯有大海和盘旋在屋顶上空的海鸥填补着笼罩在我们两人之间的寂静。里奥窝在沙发里看着我,双手交叉在胸前一动不动。那一刻,就算他一拳揍在我脸上我都不会感到一丝诧异。

"你怎么看?"说着,我又点燃了一支香烟。半小时之内,我面前的烟灰缸里已经积攒了四个烟头。

良久,里奥终于有了反应。他松开紧抱的双臂,向前坐了坐,手肘撑在腿上长长地吁了口气。目光凝聚在那张摆满了他和玛丽照片的小桌上。

"见鬼,你想让我说什么?我们以为一切都成为过去,但我们错了。我不知道该怎么告诉你,皮特。"

他抢过一支烟点燃,我则继续保持沉默。

"你是一个直率的人,我相信你不会夸大其词或者无中生有。你所讲的一定是的的确确发生的事情,至少你对此深信不疑。我唯一能告诉你的是昨晚'比尔之齿'上没有车开过,你家里没有停商务车,没有人袭击玛丽,至少在我生活的维度里。所以这一切并不能解释任何问题……"

"如果……还有别的意义呢?"我问。

"别的,比如?"

"比如……"我望向天花板,很清楚我将要说的话听起来会多么愚蠢和疯狂。

"一种预感?"里奥说完,喝光了啤酒,目光望着远处的海,"对吗?"

"嗯……虽然听起来很愚蠢,但这就是我想说的。有坏事要发生了,这关系到我们所有人:你、玛丽、朱迪、我,还有我的孩子

182

们……我没跟你们说过关于我家族的事,里奥。听起来不可思议,但我妈妈把能看到未来发生的事情的能力当作一种天赋、一种特异功能。我也有这种功能,而且因为闪电击中我的缘故变得更加强烈了。"

里奥盯着我,不说话。

这话被大声说出来的确听起来很愚蠢。在长时间的沉默中,我想。

他站起来,在屋里来回走着,擦了一把额头,不时看看我。我注意到他变得非常紧张。嗯,这才合乎逻辑。毕竟我告诉他有一个犯罪团伙正在追杀他和他老婆。

"假设你说的是对的,你为什么觉得我能帮你呢?"

"我也不是特别清楚,但这也许和玛丽有关……那些男人是来找她的,这是我的理解。我吧……一般来说不爱咸吃萝卜淡操心,但我还是想问问,你能为这些人追杀你老婆找到合理的解释吗?"

"没有。"他尖锐地回应,然后转过身去,好像在刻意回避自己的脸,"没有……没有解释。"

我不信,听到自己脱口而出:

"谁是琼·布兰查德,里奥?"

我无法阻止自己不这样问。话音刚落下,我感觉里奥就快全盘托出了。他放慢了脚步,静静地停下来,在客厅中央伫立了几秒便迅速转过身来,对我说:

"你是从哪儿知道的这个名字?"声音如响雷,这是我第一次

183

见他生气。

我感到脸在发烧,心中巨大的耻辱让我无法直视他的眼睛。我跟他坦白了自己是如何在晚餐期间陪杰普上楼,又是如何在偶然间发现了那幅油画。讲完后,我便静静等待接下来可能发生的任何事。

里奥可能会抽我几个嘴巴,也可能会生气地对我破口大骂。但是他对着空房间长叹一口气,仿佛试图将刚才听到的话都忘掉。接着他坐在我对面的沙发上。

"琼·布兰查德是一个老名字,多年前,玛丽在油画上会签这个笔名。她最后一次用这个名字的油画就是你看到的那幅,画上的男孩是丹尼尔,我们唯一的孩子。"

里奥的话在空中飘荡,飘进了我的耳朵,让我的呼吸暂停了一秒钟。

"你们的……孩子?"

里奥抬起头,眼睛里充满痛苦。我开始为刚才所说的话后悔了。我极力保持镇定,不愿意张嘴寻求原谅,但在内心里我觉得自己是个十恶不赦的混蛋。

"如果他还活着,"他开始说,"现在应该跟你差不多大,但他还不到一岁的时候就夭折了。我们痛苦得近乎疯狂。我们管他叫丹尼尔。1972 年他出生在巴西。由于提前两个月早产,他患有先天性心脏衰竭。他只活了三个月,就像一只蝴蝶,或者小天使。我透过玻璃箱,只看到他笑过一次,那个笑容永远烙印在我心里。

"在极度痛苦的时候,玛丽画下了这幅画,但一直没有挂在墙上。有时在夜里,她会展开画纸来端详他,对他笑,轻声对他讲话。这让我很担心,于是,我决定带她离开我们居住的地方,到世界遥远的角落生活。这就是我们离开近东去了东南亚的原因。后来我们便再也没有勇气尝试要个孩子,我觉得这是我们两人的问题,我们让时间匆匆溜走,逐渐习惯了孤独,那也许成了我们永远无法摆脱的恐惧。"

"实在抱歉,里奥,我不是有意要揭开你这段伤心往事,我……"

"没关系,年轻人。我不知道是你的大脑还是上帝告诉你的,但我非常感谢你来告诉我。不过,现在我的确很伤心。"

他并没有赶我走,但我明白自己应该自觉离开。我就是这样感谢你邀请我共进晚餐的,我就是这样回报你的好意,在你的家里翻箱倒柜牵扯出你痛苦的回忆。

我夹着尾巴走出门,多么想转身一头撞在门上,道歉千百次。

8

"我觉得自己脑子坏了，朱迪，我想去看那个医生。"

晚上八点左右，我们在霍利亨旅店的厨房里，孩子们吃了饭，贝阿特丽丝在读她那本《暮光之城》，杰普用 iPad 玩"愤怒的小鸟"。

朱迪邀请我们住在这里，避免回到那个让孩子们不寒而栗的家里，我欣然接受。下午我们在镇上散步，出席关于电影节的讨论会。在这期间我都努力在孩子们面前保持笑容，但当只剩我和朱迪在厨房刷盘子的时候，我终于忍不住向她倾诉：

"这真是糟糕的一天。我先在警察局犯傻，最重要的是我伤害了一个朋友。"

朱迪立刻猜出我说的是谁。

"是的，里奥。我跑去他家跟他聊了，其实我想逼他说我没疯，发生在我身上的事情背后有合理的理由。然而事实证明我的行为只是揭开了他的旧伤疤。我承认，从孩子们到他家做客那晚起我就开始调查他的过去。"

朱迪面无表情。

"你真这么做了?"

"偶然间发现的,但是我确实这么做了。我在无意间发现藏在书架上奇怪的东西,便忍不住看了。现在是时候跟你讲讲关于哈珀家族血液里的奇怪的能力了。"

洗碗时,我在她的耳边,低声向她讲述了我的母亲、我的叔叔文森特、那场爱尔兰航空事故,以及暴雨夜我离家前听见的对我讲话的声音。后来我还讲了杰普能"感觉"有坏事发生。当我发现杰普的异样时,我像自己的父亲过去那样试图逃避,自欺欺人地认为只要不说出来,这个秘密就会自动消失。

"你可以认为我是一个疯子。"末了,我说。

"也许你也并不是那么疯狂。"朱迪说。

我问她什么意思,她将手指放在唇边,示意我跟着她。我们走过卧室,瞥见杰普已经睡下了,iPad 掉在床另一边的地板上。上铺的贝阿特丽丝开着小手电,已然沉浸在小说里。

我们静悄悄地走下楼梯。楼梯下面除了一个通道可以通往铺面,还有另一扇门。朱迪打开了那扇门,我们从阴暗的隔间走过去,两旁挤满了微型灯塔、模型船以及摆满二手书的货架。

"我想确保他们听不到。"

"什么?"

"我那天晚上本应该告诉你的事。那天你说你做了一个关于我的梦,你能再重复一下梦中看到的吗?"

她坐下来,打开装着烟卷的小盒子。

"朱迪,我不确定我还想不想说,我今天已经很糟糕了,不想再伤害你了。"

"讲吧,皮特,是我让你讲的。"

好吧,于是我又复原了梦境:她被捆绑着,躺在我的钢琴音箱里,鲜血淋漓,求我帮帮她,有个男人要来杀害她。

朱迪卷起一撮叶片,一边点燃一边听我讲。我讲完后,她用一种恐惧又不可思议的眼神看着我。

"这令人难以置信,皮特,真的。"

"什么?"

"一切都对了,尤其是你跟我讲了你的家族。我也该向你坦白。"她继续说,"唐纳德·考夫曼的确是我的老师,但是,但是他也曾经治疗过我。我是他的病人。"

"你?"

"是的。我曾经有过需要别人帮助的时刻,那是去印度之前。我遇到了……"她深吸了一口烟筒,吐出烟圈,"意外。"

我坐了下来,伸手去寻找她的手,紧紧握住。

"与你背上的伤疤有关,还有那些噩梦,对吗?"

她点点头。

"没有什么摩托车事故,我想你其实已经猜到。而那些噩梦……从那以后,我已经很多年没和人一起过夜了,你是第一个。我知道你心中有疑问,我想着会在某一天告诉你……真的很想,但我害怕。这就像打开一扇让更多痛苦涌现出来的门。"

她长长地深吸了一口烟,然后把烟管递给我,吐出一团香气四溢的烟雾。

"皮特,你是这世上仅有的我能相信的人之一。在很长一段时间里,我都不讲这件事了,但你有权知道。"她叹了口气,"有个男人伤害了我,特别深的伤害。我背上的疤是他弄的,但是跟在我心里造成的伤害比起来只是冰山一角。他的脸仍然会在夜晚出现。"

她无意识地抓紧了我的手。

"事情发生在五年前,当时我住在伦敦,在格蕾丝公主医院做心理医生。这是克兰布朗的人对我在伦敦的生活唯一的了解。但是还有其他的是人们所不知道的,那就是我离开那里的原因。"

"夏天到来的时候,我每天都去摄政公园吃午饭。在那里,我交了一个朋友,他叫……"她停顿了一下,仿佛这个名字让她难以启齿,但她还是克服了,"他叫佩德罗,葡萄牙人,在附近地铁站的快餐店工作,卖沙拉三明治,我最喜欢的食物。于是我几乎每天都去店里买东西,跟他聊会儿天,然后我到公园里一边晒太阳,一边吃午饭、看书。

"一个月后,我逐渐意识到他常常注视我的眼睛,举止更有礼貌,还记得我讲过关于自己的每一个细节。是的,我也喜欢他。当时我单身,和在一起三年多的男朋友刚刚分手,并不想认真谈恋爱,只想认识有趣的人。佩德罗看起来很有趣,笑起来很好看,常常跟我谈论葡萄牙的小镇、海滩、美食和葡萄酒。虽然他这个人的外表不是我喜欢的类型,但我还是挺喜欢他,所以在一天晚上同意和他出去喝一杯。下班后,我们去了公园附近的一家酒吧,佩德罗坚持要付钱,他微笑着说:'在我的国家,我们男人负责一切。'这让我觉得非常浪漫。

"于是,我们开始喝酒、聊天。一切都非常美好,直到我开始感觉昏昏欲睡,我打哈欠的时候我们还为此开玩笑。我对佩德罗说不是因为无聊感到困倦,一定是因为上了一周的班,所以有些疲惫。他笑着说没多想,毕竟这是周五晚上,觉得累是正常的。他告诉我说还有一个更热闹的地方,也许能让我打起精神。于是我们去了一家迪厅,喝完第二杯酒的时候我的眼皮已经开始打架了,佩德罗还在跟我讲他的生活,他说他打算在马德拉岛买一栋小产权房屋。直到最后他提出送我回家。'你这样不能独自乘地铁,'他开玩笑地说,'你醒来估计已经坐到终点站了。'

"迪厅的声音变得模糊起来,我觉得自己似乎醉得有些太快了,突然意识到自己可能犯了个错误,不应该坐进陌生人的车。但我的潜意识就是如此荒谬,而且他把我扶出迪厅的时候,我几乎快睡着了。在我完全昏迷之前,我猛然发现自己没有给过他我的地址。我真是个傻瓜,对不对?"

朱迪用鼻子深吸一口气,一滴眼泪顺着脸颊滑下,她却笑了。我握紧了她的手。

"呃……"我说,"你不用……"

她像没听到我说话似的继续讲。

"他强奸了我。"她轻声说,然后重重地抿了一下嘴唇,"在我睡着的时候。我睁开眼睛的时候发现自己身处一个恐怖的地方。那是一个没有窗户的房间,后来我才知道那是布里克斯顿的一间地下室。我被捆绑在床上，手脚动弹不得，正如你梦见的，皮特。"

"见鬼!"

我从衬衫里摸出香烟，点燃一根。

"我在那里待了两天，皮特，不知为什么，我觉得我现在还在那里，可能我身体的某个部分永远待在那里了。从墙上的抓痕、地板上的女装和血迹可以看出，那个房间里曾经关过其他女孩。我立刻意识到可能这就是我以后的命运。

"我看到了他的脸，所以他绝不会让我活着离开那个房间。每天早上他出门之前，都会往我手臂上注射一些东西，后来被证实是海洛因，然后我几乎睡一整天，一旦醒来便大声尖叫，尽管他用东西塞住了我的嘴。我不断试图挣脱皮质的镣铐，就算弄断我的双手我也要挣脱。最后，一根皮链松动了。我过去总是抱怨自己手腕太细，现在这终于救了我的命，这很讽刺，对吗?

"我的拇指可以滑出来，但是手腕却不行。我毫不犹豫地用另一只手肘猛烈撞击手腕，直到手腕脱臼。终于，我的一只手得以解放，于是立刻扯掉了塞在嘴里的东西，歇斯底里地大喊救命，不过很快嗓子就哑了。如果当时佩德罗用手铐铐我，那么我必死无疑。但那个混蛋肯定以为我白天都在睡觉，感谢上帝，他错了。该死的混蛋先杀害了自己的母亲，然后在那个地下室犯下三起谋杀案。我觉得那三个女人要么手腕比我稍粗，要么身体抵抗毒品的能力没我强。伦敦公布了三起失踪案，分别是 38 岁、41 岁和 19 岁的女性。我并不想了解更多关于她们的细节，她们在那里待了多久，发生了什么，等等，只是问警方要了每个人的照片，这样我

便可以给她们一个微笑，因为她们冥冥之中帮助了我。她们在另一个世界对我说：'朱迪，你可以的！加油！'

"佩德罗下午回来看到我的时候，意识到外面一定有人听到我的尖叫了。他吓坏了。我再次开始尖叫，他跪在地上求我，还猛扇了我三个耳光，把我打得神志不清。然后他宣布说将用跟对待前面三个女人一样的方式给我自由。他说要把我放在浴缸里剁成一块一块的，然后放在锅炉里烧成灰。鉴于我的表现不好，他决定活剥我。

"谢天谢地，一个邻居听到我的叫喊声后报了警，警察及时赶到。他们已经在附近蹲点一段时间了，因为几个月前警察局接到出租车司机报警，说看到一个人背着一个喝醉的女人，那个女人与失踪的女人相似，而她正是上一个受害者。我的哭喊声和邻居（一个名叫阿西夫·萨希德的印度小伙子，往后每年我都会打电话祝他圣诞节快乐）的报警使得警察立刻行动。警察在门外剧烈地撞门，佩德罗知道已经暴露了，便要报复我。他举起切肉刀，在我的背上砍了两刀，警察破门而入，在他胸前连开三枪。"

"那道疤痕……"

"是的，"她说，"这就是结局，但故事并没有结束。在这之后的半年里，我每天失眠，日日被恐惧包围。不管是白天还是黑夜，噩梦无时无刻不笼罩着我。我每天晚上都尖叫着醒来……或者说是恐怖地号叫。最后我找到了一个小窍门：在住满年轻旅客的旅社睡。被三十多人的鼾声和放屁声围绕着，我才能入睡。

"但要从噩梦中走出来还是异常艰难。有天晚上，我独自一

192

人待在医院大厅,突然看到一个长得像佩德罗的人。尽管亲眼见过他的死亡证明和尸体,我还是怕他活过来。那天,我把自己锁在清洁间里,哭了一整晚。

"后来,我开始吸毒。起先只吸食合法药品,你知道的,由于工作原因我很容易搞到这些东西。后来我便吸食效果更强的,就这样我度过了五六个月。在这段时间里,我不能独处,频繁地出入酒吧,与身材强壮的人交朋友。我沉迷于这种状态……直到有一天,我睁开眼睛,发现自己睡在一个陌生的房间一个陌生人的身旁,意识到自己正在通往地狱的路上。医院也帮了我一个大忙:辞退了我。我的主管(当然我当时恨死了他,现在却从内心里尊敬他)对我说,从我频繁旷工和工作状态看来,我确实不适合继续工作下去。他跟我提到考夫曼,因为他知道那是我认识并且尊敬的人,于是他建议我去贝尔法斯特找考夫曼聊聊。好吧,事实上是他强制我拨通了老师的电话,我便去找他了。

"考夫曼听了我的故事后,说他会帮我,前提是我得搬到贝尔法斯特。他说:'我的方案强度很大,但一个月之内会有效果。'

"那是我第一次到爱尔兰,第一眼就爱上了这个地方。周末,只要我不去治疗,我便租辆车开到北部四处转转,我想定居在这里。有一次,我在克兰布朗迷路了,认识了霍利亨夫人。那天下着雨,她的商店是唯一营业的,她给我倒茶,给我提供住宿(那时候克兰布朗还没有旅馆)。她是一个非常讨人喜欢的人,几乎走遍了半个地球。那天晚上,我们两人彻夜长谈,我略过了自己的秘密,不过我觉得她能猜到大部分。她说打算几年之内退休,但不知道谁能来接管她的生意。我猜她已经预料到我会答应,因为当我说我来的时候,她并没有表现得很惊讶……'但在这之前我想去远方旅行一趟,就像您一样。'

"'当然可以亲爱的,'她对我说,'但是别让我等太久哦。'那天晚上,我一年来头一回不用借助任何药物或者特殊方法的帮助入睡了。第二天醒来的时候,我到港口看到老人给海豹喂食,便彻底爱上了这个地方。

"一个半月后,考夫曼和我都有了很大的进展,但是我依然做噩梦。考夫曼如实跟我说:'朱迪,这些噩梦恐怕将继续伴随你,也许是整个后半生。它们是你的一个巨大的伤口,不过至少这个伤口已经止血了。'的确,那个怪物已经被催眠术赶走了,留下的只是模糊不清的声音,已经不再让我无力抗拒。之后,我背着包去了越南、泰国、印度和尼泊尔。学会了灵修和冥想,逐渐可以控制自己的情绪,我能重新开始生活了。当我回去的时候,霍利亨夫人仍在等我,她准备退休后搬到特内里费。"

"真幸运,你回来了,"我抓住她的手,亲吻它,"真高兴你的手把你带到了地图上克兰布朗的位置(你掌纹中的生命线把你带到了克兰布朗),我才能在这里遇到你。"

"我也很高兴,皮特。现在你知道了真相,所以也许你并没有想象的那么疯狂。"

"的确,不过不管怎样,我还得去见考夫曼。我对自己没有自信了,必须试图控制这一切,现在他是我唯一的选择。你能帮我安排尽快见到他吗?"

"没问题,皮特,"她说,"我会安排。"

9

四天后,唐纳德·考夫曼在贝尔法斯特的阿彻街接待了我。朱迪周二跟他联系过,但他日程已经排满了,最后还是靠朱迪的关系才约上了星期日。

考夫曼大约 60 岁,个头不高,长着一双像猫头鹰一样的大眼睛,精神矍铄,说话坚定有力。他穿着高领毛衣,头发别到耳后,看起来智慧过人,朱迪也证实了这一点。朱迪说,他是临床催眠领域的翘楚,著有大量的著作,创新了精神病学和心理学的临床治疗方法。

咨询室就设在他家的地下室里,房间舒适明亮,从窗户可以看到大街上路人来来往往的脚。书架一直延伸至天花板,旁边摆着一张小木桌,桌上的书不可思议地堆砌在小型打字机的两旁,打字机上放着未完成的论文稿。

我一进屋就连声道谢,他摆摆手让我不必客气。

"别客气,朱迪是我的好朋友。"

他给我倒了杯茶，让我坐在浅棕色的真皮沙发上，然后开门见山地说：

"朱迪在电话里跟我讲过一些，但是我想听您亲自讲讲。"

我坐在舒适的沙发里，开始从头讲起。从闪电讲到玛丽的出现，再到父亲家里的报纸……商务车以及里面的三名乘客，或者说是恶棍、流氓、凶手……我逐个仔细描述他们：有着美丽双腿的女人，走起路来像是在踢门的胖子，戴着黑框眼镜、卷头发的沉默男人，我尽量还原自己看到的所有的细节。

考夫曼像一个拥有火眼金睛的巫师，认真听我的讲述，一个字的笔记也不用做。他靠在沙发的扶手上，双臂交叉在胸前，在我一个小时的讲述中几乎没有挪动过身体。我就像一个咳嗽的病人，只需要告诉他我的症状他就几乎已经了解了我的病症。

他问了我一些问题。

"你有没有看表？"

"没有，"我说，"出于某种原因，从来没有……"

"你有没有给别人打过电话？"

"我的手机总是关机。"

"为什么听到敲门声后没有叫醒孩子们？"

我说我不想让他们担心。

"告诉我最后一天晚上你是什么时候觉得凶犯离开了的？"

"我不知道，我猜也许是在重新进入房子的时候。"

他表示需要吸烟，便去了卫生间。我走到门厅，给朱迪打了个电话，问她那边怎么样了。杰普和贝阿特丽丝早上有些担心，因为早上我跟他们解释说我要去看医生，所以不能陪他们去动物园了。

"一切正常，你不用担心。"她说，"你呢？考夫曼怎么样？"

我告诉她考夫曼正在抽着烟斗，朱迪笑了。

"这是他中场休息的借口呢，他总是这样。"

她告诉我说他们要去汉堡王吃饭，之后会去电影院看动画片。按照考夫曼的计划，我大约六点钟可以结束。于是我对朱迪说：

"等结束后一起去吃晚餐。"

然后我便回到地下室，坐在沙发上，考夫曼又给我倒了杯茶。我问他有什么建议。

"你的情况非常特殊，我不骗你，"他说，"我也听说过类似的案例，但是碎片化的。而你所描述的更像一部大型的戏剧。你的大脑非常有趣，哈珀先生。"

我还是笑了，虽然这不完全是我乐意接受的恭维。

"原谅我开个玩笑，哈珀先生。当一个人听过各种各样的故事后，在听到别人变得不正常这种故事时只会觉得很愉悦。就您的情况来说，毫无疑问，闪电造成的电击在你的视觉上印上烙印，所以，在我看来，它就像你情感上或者心理上的扩大器。这也就是为什么你的检查结果都显示正常，老实说，我不认为您身体上有任何疾病。"

"您的意思是我的头痛也是自己想象出来的？"

"我不是说是想象出来的，但是您头痛的原因一定和我们原先设想的不一样。您正在服用的药物,没有起效,所以这与身心紊乱有很多相似之处。另外,我可以给您写下都柏林的一位很有名的神经学家的联系方式,如果想听听其他人的意见,可以去找他,就说是我介绍的。"

然后考夫曼将注意力集中到我描述的细节上,他非常肯定地将这定义为异睡症。

我在网上查到过这个词,知道它是一种与梦游症类似的病症。

"那该如何解释我完全能够记得所有的事情?"

"首先,这是您自己认为的。"考夫曼说,"您无法证实亲身经历了记忆中的事情,没人帮您录下来,也没有目击者。怎么能确定您确实从山上摔下来了呢?也许是您绊到了家里的门框,梦里被演绎为跌下山谷,家里沙子的痕迹也有可能来自其他地方。也许一切都是您自己在梦游中根据实际感觉的重新演绎,哈珀先生。有时候人们分不清'清醒梦'和'现实'。"

"但是……如何解释第一次发生的事情呢?我开着车到了邻居家,这可不是感官重建,我确实到那儿了。"

"我毫不怀疑,但确实有梦游症患者的案例表明有人在梦游的时候开车,甚至可以发生性关系。我自己有个病人睡着的时候能做饭,有时梦到自己得了厨艺大奖。别太焦虑,哈珀先生,您的情况可以解释为大脑由于某种原因在夜间活动。"

"但我到底从哪里得到的那些场景呢?那辆商务车以及车上的三个人是如此真实,我甚至可以听到他们的声音!"

"相信我,您可以从任何地方得到这些信息。也许他们是您在其他城市的火车上两次擦身而过的人……大脑能储存脸部数据长达几十年,并在梦境中反映出来,于是显得是大脑凭空创造的。您看过弗洛伊德的《梦的解析》吗?这本书里讲了一个故事,说有个人梦到自己用草药给动物治病,醒来后仍然记得草药的名字——卵叶铁角蕨。这位名叫德尔伯夫的男人第二天一查,惊讶地发现现实中真有这种植物。可是他几乎没有掌握任何关于药用植物的知识。十六年后一个偶然的机会,这个谜底得以解开。他在瑞士一个朋友家做客的时候,发现了一本药用植物的小册子,上面竟然有他自己的笔记!德尔伯夫的大脑十六年前记录并储存了被遗忘的植物的名字,直到某一天大脑重新组织了一个梦境,将记忆中布满灰尘的角落重新放置在大脑舞台的聚光灯下。

"类似的情况很多,人们大脑的第一反应通常是超自然——前世,轮回,甚至是您认为痛苦的神的愿景。但这些可以百分之百地用科学来解释。听起来很黑暗,但的确是科学。科学仅仅触及人类记忆和大脑宇宙的一小块地方,哈珀先生。我们人类已经能到达月球,但却无法解释我们自己的大脑!您的大脑充满了艺术和创意,它习惯于表达深刻的无意识的情感,在电击的刺激下,您看到的情景变得很极端。至于如何获得这些场景以及象征意义是什么,我们可以用一年的心理治疗去了解。"

"您认为这些场景想告诉我什么呢?"

"您可以自己思考这个问题,"考夫曼说,"您认为自己的生活是美好和谐的吗?"

"不，"我不假思索地回答，"我……好吧，我最近离婚了，非常痛苦。我有两个孩子……我的工作也受到了影响。于是我全身心投入到音乐创作中，但遇到了瓶颈。"

"您有想过这些场景与离婚有关吗？"

"离婚？但是……怎么……"

"可能有一千种方式，哈珀先生，"考夫曼的双手在空中移动，"您生活的平衡被打破了，现实的打击和梦境中的场景都只是创伤的再现。也许您正强迫自己忘记这些事情，您的大脑却以这种方式记住它们。"

医生将烟斗从嘴唇挪开，目光涣散在空气中，仿佛在用眼神追逐空气中的灵魂。

"也许是由于您内心对孩子们过度的保护欲。离婚后，您感到自己父亲角色的缺失……而现在他们又重新回到了您的掌控之下，您的大脑试图在一种受到威胁的环境下重启对孩子的保护机制，谁知道呢……"他把烟斗重新塞回嘴巴，冲我笑笑，仿佛在为自己的出神向我道歉，"这只是没有根据的推论，我们最好应该开始治疗，逐步接近事实真相，不过这需要时间。当务之急是解决您梦游的困扰，因为您很担心孩子们，我能理解这种担心。不过如果您继续高频率梦游，最后伤害的一定是自己的身体。您听说过临床催眠吗？"

"您会催眠我吗？"我控制自己带着笑意的嘴角。

考夫曼也笑了。

"我理解您怀疑的微笑，哈珀先生。电视节目和一些骗子给大家制造了对催眠的错误印象,但请相信我,这是医学界公认的有效治疗方法,特别针对治疗梦游症领域。您不会失去意识,更不会任我摆布。我不会让你像伍迪·艾伦的电影里那样抢银行,整个过程将由摄像头全程录像,您会收到一份副本。现在您愿意接受这样的治疗吗?"

"只要能治好我的病,您做什么都可以。"

现在已是下午两点,办公室的百叶窗全部放下来遮挡阳光,考夫曼将一扇窗户的百叶窗放到一半,让街上的微风和噪音透进来。他上楼拿着一台摄像机走下来,安装在三脚架上,对着我。

"我不是什么魔术师,哈珀先生,只是一个引路人,需要您帮我打开每一扇门。我希望您可以完全放松,忘记您和我在一起。首先,一边有节奏地呼吸,一边缓缓放松自己的身体。您是音乐家,一定能告诉我现在您的呼吸有多快……嗯,一种行板的节奏……现在,我需要您呼吸得更缓慢些,咱们一点一点来。首先,是慢板。现在闭上您的眼睛,您可以将注意力集中在脚部和膝盖……您感觉到它们放松了吗?咱们给它们放个假,让它们自由,直到死去。现在咱们慢慢往上走,膝盖仍然非常沉重……"

我不知道自己用了多久才放松下来,直到考夫曼开始给我描述一些东西,让我想象。

"您走过一片沙漠,温度正好,一阵凉凉的微风吹过。请将注意力集中到一公里之外的远方的一个点上,那是金字塔的塔尖,看到了吗？旷野四下无人，请继续保持呼吸，靠近它。"

出于某种原因，我的大脑将这片沙漠想象成玫瑰红色。正如医生描述的，这是一个美丽的地方。天空中飘着绿色的云，我朝金字塔走去。那是一座深钻蓝色的金字塔，医生让我在它的四个面中的一面找到一扇门。他说我看到那扇门就会认出来，我照做了。于是我站在一扇椭圆形的门前，门上覆盖着一层薄薄的沙子。我用两只手指画出它的轮廓，拂拭上面的沙子，找到了门上的金属手环。

医生命令我拉动手环。我照做了。

"您将看到墙上靠着一把梯子，下面是一片黑暗。现在您顺着梯子往下爬。每呼吸一次就下降一步，呼吸一次，下降一步。"

这很简单，我一步一步往下挪动，脚下的黑暗中总有一个台阶等待我。我感到自己正在穿过一个无穷无尽的空间，不过我不在意。因为金字塔是巨大的，楼梯好像通向非常深的地方。

我的感觉很好，有个声音在引导我：

"你到达底部的时候，拿一个火炬，然后走进通道。我们现在非常近了，皮特……"

通道很窄，一直通向下面的地方，这让我想起了几年前在威尼斯街头看见的楼梯。我继续往下走。墙面上的小砖块又让我想起了都柏林学校的健身房。迟到跑十圈，哈珀！好的！

我继续默不作声地顺着通道往下走。

问问题有什么用呢？生活给你什么你就接受什么，活在当下。我等着你，亲爱的孩子。

203

"谁和你在一起,皮特?"

"对不起,我觉得是我的母亲。"

"别担心,继续走,保持呼吸。"

最后,我们终于抵达了终点。这是一间巨大的古老密室,被地面上散布的几百支蜡烛照得灯火通明,这让我想起了阿姆斯特丹音乐学院的大考场。今天有场音乐会,但是观众还未到场。

"集中精神,哈珀,恐惧可以成为你的盟友来帮助你。"

那声音让我把注意力集中到大厅中央的一个白色屏幕上。那是一个巨大的电影放映屏幕。"皮特,你想在大屏幕上看到什么?"

"我真的可以选择吗?"

克莱姆的脸出现在屏幕上。

就在那一天,我一次又一次地想起了她。那天的天气转凉。我本想好好回想一下,但我的脑海中的记忆有点扭曲了。

她穿着深灰色毛衣坐在厨房里,搅拌着一杯凉了的茶。她在等我。

"孩子们在哪儿?"我问她。

"和我妈在一起,皮特。我不想他们在家……今天……我有件事要告诉你……"屏幕上的克莱姆说。

然后,仿佛被施了魔法一样,地窖、密室,这一切都消失在天际。

"哈珀先生,我们现在要去哪里?"一个声音从某一侧传来。

"好问题!"我喊道,"我自己也想知道。"

现在，我站在"比尔之齿"的顶端，天已经黑了。一片巨大的积雨云飘在上方，好像马上就要向我砸下来，或者说它已经这么做了？

"你看到了什么？"

闪电。它的痕迹残留在空气中，一道疤痕，一道空中的裂缝。它是如此清晰，就落在那棵老树旁边。老树的枝杈向四周延伸，就像女巫手上可怕的长手指。

我小心翼翼地靠近它，因为它可能会烧伤我甚至把我烤焦。我现在离那儿只有一米远。我能摸一下吗？我伸出手，我发现它摸起来有玻璃的触感。一块巨大的、碎裂的玻璃墙。然后在它的另一边，我看到一个人冒着雨在黑暗中向我走来。

过了一会儿我才看清他，我赶紧害怕地往后退了几步。是那几个凶手之一吗？

又过了一会儿，我认出了他。他留着邋遢的胡子，身上的白色衬衫上浸透了鲜血，双眼充满疲惫。"你现在就像鬼一样。"每天早上照镜子的时候我都会这样对我自己说。这句话也很好地形容了我看到他的感觉。是皮特·哈珀在玻璃那一侧的形象。

但另一个皮特·哈珀现在受伤了，还很害怕。他也看到我了，开始一瘸一拐地朝我走来。他的脸肿了，嘴唇上也流着血。

他走到玻璃旁边，站得离我很近。他举起拳头，猛地击向玻璃。轰隆一声响。

那张脸……看起来像腮帮子里面塞了个球，还流着血。他的眼睛似乎很疯狂，显然他的脑子应该也有点问题。

"皮特,你没事吧?"

他一次又一次地敲打着玻璃,另一个哈珀应该是想打开这扇门。这扇根本不存在的门。

我开始发抖。"你想干吗?"我喊道。

"皮特,该上来了,好吗?"

"不! 等等! 现在不要!"

尽管我很厌恶、很害怕,但还是走近那块破碎的玻璃,凝视着另一个我的那双睁大的眼睛。他很害怕地看着我,我看到他的面颊上留着血泪。

"告诉我,皮特。快告诉我。发生了什么?"

"我们来一起数三个数,哈珀先生。一……"

灯光变得越来越亮,我感到自己在远离那个地方。

"来吧,王八蛋。说! 告诉我你想要什么!"

那个肿脸皮特拿掉腮帮子里的东西。他张开嘴,少量黏稠的液体溢出来。他尽可能地靠向我,于是我把耳朵靠向他嘴的位置。

"二……"

我听见他用嘶哑而绝望的声音低声说:"太晚了。他们都死了。"

"三……"

10

异常漫长的一天快要结束的时候,朱迪和孩子们来到了阿彻街。

考夫曼医生之前不想在开始治疗前与朱迪见面,也许是因为他想"避嫌",以保持专业的态度,但是当朱迪出现时,他立刻改变了想法。他给了朱迪一个大大的拥抱,像是老朋友久别重逢一样。朱迪也无法抑制情绪,流下几行泪。早上在酒店吃早餐的时候,我发现她很紧张,她承认是因为来到贝尔法斯特,知道马上就能见到考夫曼。是他在朱迪过去很艰难的日子里帮助她迷途知返。"当时我来的时候就像一个幽灵,但是离开的时候却已经像个正常人了,每次我踏入这座城市的时候都很紧张。"

当朱迪和考夫曼交谈的时候,孩子们就在离他们很近的地方看橱窗里陈列的陶瓷塑像收藏品。

我们约好很快见面,考夫曼说可能会在克兰布朗,因为他从没有去过那里。在我们告别的时候,他和我在走廊里聊天,而朱迪和孩子们已经在大街上了。他说如果能再见到我们的话会很开心。

"治疗期间碰到了一些有趣的事情，值得再试一次。"

我们约定在八月或九月见一面，那时孩子们应该已经回到阿姆斯特丹了。他建议我在那之前要尝试放松地生活，享受和孩子们在一起的时光，尽量少吃药。

"如果又出现其他幻觉，试着写下它，并记得给我发邮件。"

第二天，我们冒着雨安静地开车回去。我的脑子里仍然很混乱。在与考夫曼医生进行了一天长时间的激烈交谈之后，晚上我几乎没有合眼。朱迪睡得也不是很好，在贝尔法斯特的时候她的情绪不太稳定。那天晚上，我们在各自的房间睡觉，她吃了很多安眠药，做了很多噩梦。贝阿特丽丝和她住在一个房间，第二天吃早餐时告诉了我这件事。

"她整晚都在动，好像她害怕什么似的。我把她叫醒，之后我们互相抱着睡着了。"

我们在"巨人之路"停下。糟糕的天气并没有阻止贝阿特丽丝和杰普下车去探索那近乎神话般的玄武岩柱聚集成的迷宫，它们在雾霭中时隐时现。

孩子们在石柱间奔跑，当他们被柱子挡住看不见我们的时候，我们就抓住机会深情拥吻。在孩子们面前，我们这些成年人是有些害羞的，我们在聊天中几乎忘记对方嘴唇的感觉。当我们停下脚步的时候,我看着她美丽的脸庞,注意到她脸上有一两条皱纹,鼻子周围有几颗雀斑。

我们听着孩子们在远处的笑声和叫喊声。我握住朱迪的手,深情凝视她。

"我想和你谈谈。"

她听了后,身体有轻微的颤抖。

"嘿,别担心,"我笑着说,"在你被吓跑之前,我要说我夹克口袋里没有藏戒指哦。"

她点头不语。

"我一直在考虑年底回荷兰或比利时,因为我想离孩子近一点。我需要他们在我的生活里,这是不能逃避的。每三个月见一次有些太少了。"

她脸色变了,噘起嘴唇,目光中有一丝不安。也许这个时候她会更喜欢戒指吧,因为现在听起来像是在说再见。

"你说得对,"她说,"我同意你的看法……这是你应该做的。他们是两个很棒的孩子,应该有父亲的陪伴。"

我察觉到她想抽回手,我便轻轻地抱住她。

"等等,我想知道你是否愿意和我一起去。"我说。

我说完之后又开始紧张起来,好像又回到14岁那年约喜欢的高中同学去柏林的塔拉火车站时的样子。

朱迪瞪大眼睛,轻声一笑。

"什么? 去荷兰?"

"是啊……去大陆上的任何地方。德国、荷兰、比利时。我们可以任选一个啊,只要有到阿姆斯特丹的火车。朱迪,我可以帮你重新开始。比如,我们可以在其他地方开一个像霍利亨夫人那样的店。你勤奋又有才华,我相信不管在什么地方开店你都可以经营得很好。"

她笑了。

"我……不知道说什么好,皮特。"她紧紧握住我的手,"谢谢你,让我在你计划的考虑范围之内,我真没有想到。"

她的反应不在我预料之内。她难道不是应该大声说好的,然后跳到我的怀里对我说不管去哪都跟着我吗?

雨稍微小了一些。

"当然,朱迪……嗯,这一切都发生了,不是吗?我并不是在强求改变什么,但是最近我确实在为你考虑一些事情。我对你的感情非常强烈,并不只是一时冲动。我总是不停地问自己你是不是跟我一样。"

"是的,我也是,"她一边擦着眼泪一边说,"但是这一切实在是……太意外了。"

意外,这听起来像对项目的评价,"不错,但是……"让我的心跌落到了谷底。

"我能再考虑一下吗?我不想这听起来像是在说'不',但你确实让我措手不及。我希望你能理解,我……我不是这样的人,我无法仓促地做决定,如果这听起来不那么浪漫的话,我真的很抱歉。"

我紧紧地握着她的手。

"别担心,我们俩还从来没讨论过这件事呢,听起来的确有些疯狂。很抱歉。我真是个傻瓜,把你置于两难境地。"

"不,皮特,没事的,但你要明白,这是一件……很大的事。它意味着很大的改变。"

"是的……当然,朱迪。"我回答说。

孩子们又从柱子后面窜出来,像两个穿着红黄雨衣的小精灵。

"爸爸! 朱迪!"他们在叫我们,"快来看呀! 我们发现了一个巨型螃蟹!"

我努力朝他们微笑,朱迪也装作什么事都没发生。然后我们冒雨开车回克兰布朗。一路上我放了一张又一张 CD,直到回到小镇。这几天所经历的一切让我不太想说话。

第三部分

1

一辆印着"布莱克视听公司"的黑色商务车停在切斯特的小商店门前。门开了,两个穿黑衣的技术工人带着盒子、喇叭和电缆进进出出。

"他们要把屏幕安在哪里?"多诺万问道。

"在那边,在港口的尽头。"切斯特回答说。

"嗯,我看不到脚手架,不知道他们会怎么做。"

切斯特、多诺万和道格拉斯先生享受着悠闲的早晨和港口热闹的气氛。他们倚靠在切斯特的商店门口,手里拿着巴伐利亚啤酒,观察和评论着来来往往的人以及他们手里的器材。

那天是露天电影之夜,小镇沐浴在节日的气氛中。几个月前他们还在酒吧里面批评着这个主意,但现在他们却觉得很期待。

"所以是女人们想出了这个主意?钱从哪里来?啊!应该是市政厅基金。我们甚至不知道这笔钱的存在!明年我们也应该去申请!我们可以为六国锦标赛申请一个大屏幕!您觉得怎么样?"所有人都表示赞同,手里都拿着一罐喝了一半的巴伐利亚啤酒。但是他们心里明白,女人们比他们更谨慎、顽强,明年的比赛她们还是会赢的。

"你怎么样,哈珀先生?"我走过去的时候大家都跟我打招呼,"我们听说你今晚要弹钢琴了,大家都很期待你的表演!来杯啤酒?"

我微笑着拒绝了。我只是想来买包烟和晨报。"你们见过朱迪吗?她不在店里,有人告诉我她往港口这边来了。"

"我好像在鱼市见到她了。她们不让我们进去,所以我们就待在这里咯。但是她们肯定会让你进去的。你进去,然后告诉我们这些女人在里面干什么。"

男人们爆发出一阵狂笑。切斯特骄傲地露出六颗牙齿。他陪我走进去,按照惯例收取费用。我买了香烟、《爱尔兰时报》,还有一本最近刚到的恐怖小说。当我们回到街上时,多诺万正在问技术人员打算在什么地方安装屏幕,以及如何安装。技工是一个留着淡红色头发和胡须的胖小伙子,此时正大汗淋漓。他告诉我们没有什么要安装的,因为是一个大的可充气屏幕,只要把它的四个角固定在地面上,避免晚风把它吹得晃动就行了。

四位乡巴佬大吃一惊:"充气的?是像那种给孩子玩的充气城堡那样吗?"

"是的。"技工回答道,"但是一面涂着白色的漆料,用于反射放映机的光。"

"天哪!我从来没想过还能这样!"多诺万说。

我利用这个机会做了个自我介绍,告诉这个技工我是音乐家,晚上我会为大家弹奏一曲,钢琴应该也快到了。

他解释说:"我们会把钢琴放在屏幕前,等您表演完我们再把它移走。但是要确保它早点到,这样我们就可以先试一下音。"

我跟这些业余的工程师道别,之后前往鱼市。那是一个装有混凝土和生锈金属的巨大仓库,如今是这场活动的后勤中心。十几个妇女正在掸椅子上的灰尘,准备晚上需要的食物和饮料——为小孩子们准备的吉百利热巧克力,小杯热水和茶包,一桶啤酒。"安迪家"商店的人将会张罗一家小的零食店,甚至还会准备一台做爆米花的小机器。我发现朱迪和劳拉在最里头的那张桌子忙着叠教会捐赠的毯子,因为晚上容易感冒。

"孩子们在哪儿?"朱迪看到我的时候问道。

"他们交了一些新朋友,把我抛弃了。"

这天早上,当我们来到小镇的时候,奥洛克家的双胞胎就在霍利亨夫人的商店里等着贝阿特丽丝了。我问她是怎么在没有电话的情况下约好他们的,她向我解释是通过 WhatsApp。

还有两个英国女孩,她们是双胞胎的朋友。她们也是来这里度假的,住在离我们五英里远的海滩上。一个年纪稍大的男孩是道格拉斯先生最小的儿子。那个男孩叫西莫,他邀请他们去玩他的小摩托艇,于是贝阿特丽丝和杰普乞求我同意。双胞胎中的一个也陪着他俩来找我,帮他们来说服我。

"我们保证只到小湖那里。我们所有人都有救生衣,包括杰普。下午就回来,能赶上电影的。"

给他们一点儿自由并没有什么不好。老实说,早上我还要负责移动道格拉斯夫人的钢琴并调音,为我很期待的晚上的小型音乐会好好准备。我猜他们在与我和朱迪近三天的短途旅行之后,可能更想享受一下和朋友在一起的自由时光。我给了他们一点钱,这样他们就可以在"安迪家"买点吃的。

最后我还是提了一些要求:"贝阿特丽丝,不要和杰普分开。确保他穿上救生衣,知道吗?"

"好的,爸爸。"

"还有你,杰普,跟着姐姐,不要和她分开,好吗? 不要脱下你的毛衣,你还有点儿感冒,知道了吗?"

"好的,爸爸。"

"不要因为其他人做疯狂的事,你们也跟着疯,嗯?"

这一次,他们一起答道:"好的,爸爸。"

之后我走进朱迪的商店,也就是这次活动的"总部",这里能充分感受到节日火热的氛围。三个女人坐在柜台前正在修改印刷的节目单上的错误。

我问她们朱迪在哪里,她们告诉我应该在港口。一辆卡车运了五十张折叠椅到鱼市,几个女人去那里打扫和排椅子了。

"那么一切都好吗? 需要帮忙吗?"我问。

"这里都在掌控之中。"朱迪回答说,"那钢琴呢?"

"我猜应该很快就到了,不是吗?"

朱迪很惊讶地看着我。

"但是……你是说你没收到我的信息？"

"信息？什么信息？"我一边问，一边把手伸进大衣口袋里，拿出手机时，屏幕上显示有一条未读信息。

"道格拉斯太太不能亲自把钢琴带过来，你能到她家去取吗？地址是以利亚路13号。穿过'安迪家'商店，右边就是。"

这是两个小时前发的。

"啊，我没看见。对不起。"

"还有时间。"她说，"你可以吗？……"

朱迪的这种风格我一点都不惊讶。她会一边下着命令（"如果你不这样做，我就杀了你！"），一边语气还很讨人喜欢。当然，我不想向她解释，一个钢琴家不应该在他的演唱会前还要自己去搬乐器，而是应该把手插在口袋里好好放松。但是，这毕竟不是皇家艾伯特音乐厅，而是克兰布朗的鱼市场，并且我已经答应了要全力以赴。

"我不确定它是否能放进我那辆沃尔沃。"我说，"我得试着把座位折叠起来。"

"道格拉斯太太说，她的表弟克雷格有辆货车可以用，但他住在邓洛伊。我想你可以先试试，如果不行的话再打电话给我。"她的声音听起来有些严肃。

"当然，"我说，"我来处理。"

我与她及其他人道别，然后匆匆上路了。

取车的路上我又遇到了在切斯特商店的那些男人。我们互相打了个招呼，但我并没有停下来跟他们说话。我匆忙赶到朱迪的商店，那门口停着我的沃尔沃。就在我快到那里时，我看见玛丽走出了商店，我的双脚停顿了一下，很想转身朝相反的方向跑去。

自从我和里奥谈话以来，这是我第一次见到她，我没有再见过里奥。在那次糟糕的谈话发生后的第二天我试着给他打电话，但他不在家，然后我就和朱迪还有孩子们去贝尔法斯特了。接下来的三天里，我试图忘记发生过的一切，想着回来时再给他打电话聊聊。之前已经忘记的他脸上那种绝望的表情又出现在我的脑海里，让我异常痛苦。

玛丽提着一个纸箱，里面装着修改好的节目单。她说她要去港口的鱼市摆放节目单，问我去哪儿。我告诉她关于钢琴的事，说我要去道格拉斯太太家搬钢琴。

"哎呀，太好了，"她说，"你可以先把我和箱子送到港口那里，然后我来帮你搬钢琴。"

我点点头，有点惊讶。我原以为她会对我有点冷淡的。也许里奥什么都没告诉她？我打开车门，帮她把箱子放在后座上。等她坐到副驾上后，我掉了个头，向镇外驶去。

我不知道里奥有没有告诉玛丽关于我们谈话的内容，所以干脆回避了这个话题。她问我去贝尔法斯特这趟怎么样，在我跟她讲我们的"巨人之路"观光旅行前，她告诉我里奥提到了我要去咨询一个睡眠专家。

"感觉怎么样？你认为有帮助吗？"

我从考夫曼诊所回来已经三天了，确实感觉好了一些。我每天能睡好几个小时，头痛也减缓了，只有些轻微的不适，只要吃一片阿司匹林就能轻松搞定。我告诉她，考夫曼医生确信我的头疼属于心理性的，我也开始相信他了。

"心理上的？你想说……想象的吗？"

"差不多吧。"

"你的梦里有什么？尤其是那些非常真实的噩梦里，里奥告诉我你做过一个。"

看来里奥跟她谈过。

"是的，"我停了几秒之后才说，尽量使声音听起来正常，"考夫曼认为这些都是虚构的，就像在同一时间睡着又醒着。他认为我从床上爬起来，在我的房子和院子里走来走去，我的大脑就杜撰了一个围绕它的故事。"

"你相信吗，皮特？"

"我只想忘掉这一切，玛丽。等杰普和贝阿特丽丝假期结束后我还会去找考夫曼。我愿意接受治疗，只要生活能恢复正常。"

我们已经到了主街和公路的交叉口。我停下来，让两辆法国牌照的房车先走。然后并道向右转。

"皮特，里奥告诉了我一切。"玛丽说，"关于你们的谈话，以及有关你在我们书架上发现了丹尼尔的画像。"

我突然觉得很紧张。

"他还告诉我，你认为这可能是某种警告，某种预兆。"

我应该在"安迪家"商店的第一个路口右转，但我已经完全错

221

过了。甚至都没记起来要转弯。

"翻你家里的东西我真的很抱歉，玛丽。"

玛丽把手轻轻放在我的胳膊上，仿佛想说些什么。我发现已经开过了以利亚路口，看来得找个地方掉头。

"没关系，皮特。我不想说谎，那确实很伤人。但我们能理解，里奥本来想给你打电话来着，但被我劝住了，我让他等你回来再说。我们知道你是个好人，从见到你的第一天我们就知道。还记得那天吗？我们贸然拜访你家，仿佛进了自己家门一般，完全不顾你的感受。你看着我们，仿佛在说：'这两个疯狂的老家伙是谁？'"

我开怀大笑，玛丽也跟着笑了起来。

"我们交不到什么朋友，皮特。"她说道，"随着时间推移，越来越难了。也许是因为我们老了，又或者是因为我们总是搬家。我们和人相处总是很谨慎，只和很少人敞开心扉，而你算一个。"

"我也是，玛丽。"

"那好，就让我们把之前的不愉快都忘掉。里奥可能会比较固执，但没有一件事情是啤酒不能解决的。至于你的噩梦……哎，让我们希望医生说的是对的，那只不过是某种幻觉。如果你还想了解我们其他的什么事情的话，任何事情，都可以和我们直说。"

"任何事情？"我开玩笑地问道——尽管，我脑中确实有一个疑问。

"是的，任何事情，皮特。"

我想问问她"愤怒号"事件,以及那对失踪的夫妇,但现在看来这并不是个好主意。

毕竟我很想修复与里奥、玛丽的关系,并把之前的事情一口气都忘掉。

我在路旁发现了一个可以掉头的小路口,便径自转了过去。我们在沉默中抵达了道格拉斯的小屋,那是一栋颜色明快的白房子,院子里摆满了侏儒模型、塑料蜻蜓以及其他奇怪的手工艺品。凯斯,道格拉斯太太的大儿子在等着我们。在满是蜘蛛网的客厅里,我们发现了一架电子琴。那是一架科音牌八十八键电子琴,配有踏板和一个美丽的支架,而且完美的是它可拆卸。琴看起来很体面,我想。

我们把沃尔沃的座位折叠起来,凯斯帮我把键盘、支架和琴凳放到车上。经过三次尝试,我们终于成功把琴斜放在车里。

之后,我们开车回到镇上,玛丽和我再也没有提起那个敏感话题。我们从天气讨论到了电影,又聊到了天使的性别问题。这次轮到我招待夫妇俩来我家吃饭了,我答应在孩子们回到阿姆斯特丹前请他们来做客。

我把车停到港口附近的隔栏旁。隔栏上面贴着告示:克兰布朗露天电影之夜,如有打扰,敬请谅解。我让多诺万和其他的小伙子帮我把电子琴搬到充气屏幕前铺设的红色地毯上,布莱克公司的员工已经把屏幕安装好了。

其中一个员工已经开始测试投影仪和音响设备,麦克风中传出音乐声。他见我们在摆放电子琴,便走了过来。

"带电缆了吗？我们每个立体声通道要接一条。"他说。

"电缆？我以为你们有。"

他叹了口气，擦了擦额头的汗，说道："要把电子琴连接到调音器上，我们需要两条电缆，每条至少六英尺长。"我们打开琴凳，发现里面只有两本曲谱，一本《克莱德曼曲集》和一些为新手准备的披头士乐队的曲子。道格拉斯夫人从来没有将电子琴接入过外部扬声器，所以她不需要接线。

"我看看我车里有没有。"身旁的年轻人说道。

不巧的是，他们只有麦克风电缆，并不适用于电子琴。

"没人告诉我们要带电缆。你觉得你能找来吗？"他问道。

"我家里有一套。"我说着，低头看了看表，已经6点15分了，"如果我快些的话，不到半个小时就能回来，我们还能有时间调音。"

"你要是有的话，就带两条来，不然我们只能单声道播放了。"他说道。

"好的。"

我跑进车子，升起车窗以隔绝外面"乡巴佬"的窥视，这时才终于可以自由宣泄心中的情绪。

"你到底是怎么跳进这潭泥水的！"

我发动车子，开出了镇子。

不到一刻钟我便开到了家，那时的海面映着仿佛被火烧红的天空，太阳在天空中尽情地燃烧着，片片薄云点缀在太阳周围。海滩空空荡荡，几条帆船在海上漂着。我想起了出发前往泻湖游玩的杰普和贝阿特丽丝,希望他们不要做跳进湖里这样疯狂的事情。

我把车停在路边,径直走进屋里,找到卧室中存放线材、充电器和小型扬声器外接线材的盒子,一阵翻箱倒柜后,我找到了想要的东西——两条厚实的电缆。(我多希望我今早就带上它们。)

我把电缆扔到身旁的副驾上,发动了车子,做好了飞驰过绵延山路回到镇子的准备。我越快回去,便能越早开始调音,我一直担心那架科音电子琴会有些偏音。想着这些,我一只手拉开手刹,另一只手将安全带系好。重踩油门,才发现车子挂的竟然是倒挡,在我松开油门之前,车子便撞上了什么东西。

咔!

发动机一颤车子便停了下来。

"该死的!"我嘟囔道,一边拉上了手刹,"真是欲速则不达。"

正当我解开安全带想下车一探究竟时,却被自己脑海中冒出的念头吓得全身发凉,那也许是唯一的可能。"呃,拜托,老兄!这可不好笑。"我低声对自己说道。

我下车后,发现恐惧变成了现实。

该死的车子压过了栅栏,冲进院子一半的距离,四支板条被压成了两半,巨大的冲击力将它们撞离了地面,轧进了泥土中。

栅栏……

如果有人在一旁观看,便会发现我兀然陷入沉思之中。我静静地站在那里,沉浸在这极小而又仿佛极严重的事故中。不知为何,我脑中一直回响着考夫曼医生对于我的想法都来自潜意识的

225

陈述:"你之前见过这个画面,大脑将之内化了,而现在,这个画面又被外界激发而显出来。"

"您确定吗,大夫?我可不记得我曾经压倒过栅栏啊。"

除了今天这次。

我蹲在被压倒的栅栏残骸旁,仔细研究,就像科学家研究从蛋中孵化出的小蛇一般。那情形正如我在噩梦中看到的那样,破碎的白色木板排成一排,如钢琴键一般。我仿佛在看着最后一块拼图,那是最后的信息。

我开始尝试修复它们,仿佛修好它我便可以让一切消失。我跪在草地上,试图立起断裂的木板。但那些破碎的木头不会再次直立,它们已经被无望地摧毁了。

我听到我自己说:"振作些,皮特,这只是另一个该死的巧合。"但我知道,内心深处的"理性解释"已经不起作用。我跳上车子,快速发动,心中有个模糊的想法,今晚便离开这里。

"我和孩子们能在你家借宿一晚吗?"

朱迪睁大双眼,看起来很惊讶。

我刚刚完成了电子琴的调音,一切都准备好了。50 多把椅子上已经坐满了小镇的居民和游客,尽管这是个温和的夜晚,但姑娘们手中发放的毯子仍然很受欢迎。每个座位都坐了人,临时布置的场地只剩下站立的空间。(几个幸运的人坐在切斯特在他的商店前搭起的临时露台上。)

这是最适合观影的夏夜,微风徐徐,深邃黑暗的天幕上嵌着点点星辰。五六十年代的演员照片在朱迪笔记本电脑上循环播放着。

"当然可以了,皮特。"她说道,"发生什么事情啦?"

"没什么,只是今晚估计会很晚才能结束了,所以……"(这个理由过去不会影响我深夜开车15分钟回家。)"呃,我觉得这样对孩子们会好些。"

"我明白的,"她说道,"当然可以,今天我旅馆正好是空的。但……你真的还好吗?"

我当时有种想把一切都告诉她的冲动:还记得总是出现在我梦中的坏掉的栅栏吗,朱迪?还记得你和我说这可能具有某种象征意义吗?嗯,现在它断了,正如我梦中一样。这是一个预言,正如它在梦中呈现的那样。如果栅栏被撞断了,那么其他的一切都会发生的。玛丽,车里的男人,这一切的一切,你能听到吗,朱迪?

但我还是没能说出口,默默地将这些话埋在心里。为什么呢?也许是因为我觉得朱迪今晚有太多事情需要操心了,我不想用我的类似四维空间的幻象去影响她。也许她会试着开导我:"好吧,栅栏断了。但也许是你潜意识里想把它压断,也许在你内心深处,你想让一切都合理化。"考夫曼医生也会同意她的观点。

没准栅栏根本没有断,一切都是我臆想出来的。夜色正浓,我在心中默默安慰着自己。

七点半,道格拉斯太太和朱迪拿起了麦克风,话筒中传来怯怯的声音:"喂……喂……能听到吗?"台下传来一阵嬉笑吵闹。

待台下再次安静下来,布莱克公司的员工将两束聚光灯打在台上,将两人照亮。我将手臂抱在胸前站在舞台一旁,脑中想着我即将弹奏的曲目。

"各位邻居,嘉宾,晚上好!"道格拉斯太太开口道,"欢迎来到第一届克兰布朗年度露天电影之夜。"

台下传来一阵掌声,道格拉斯太太脸上的笑容更加灿烂了。

"几个月之前……"她提高音量说道,"几个月之前,当我们的朋友朱迪·加拉格尔女士告诉我们她的想法的时候,女子文化社团的姐妹们都捧腹大笑。这听起来是个疯狂的主意,把电影银幕拉到户外,可真是不得了……"台下传来一阵笑声,"当然,这个想法里有我们大家都很欣赏的理想主义和冒险精神。今天看来,老天爷也是十分支持的,把完美的仲夏夜晚交给我们作为舞台。我们要好好珍惜每一分每一秒,可别等他改变了心意!"

台下的笑声和掌声更加热烈了,道格拉斯太太已经牢牢地吸引了观众的注意力。夜色更浓了,我心中想着未归的孩子们,向台下扫视,晃眼的聚光灯让我只能看到前面寥寥几排人。奥洛克家的孩子说他们"下午"回来,但是"下午"是几点呢?我相信他们应该没事;他们现在也许正坐在观众席中,等着看他们的爸爸表演呢。

"我们精选了两部影片来带动气氛。一部小短片和一部中等长度的。朱迪会给大家介绍这两部影片。"道格拉斯太太说着,将手中的麦克风递给了朱迪。

不知什么时候,她换了一条黑色的紧身裙,头发扎了起来,上面点缀着一朵红色玫瑰，与她的口红相互映衬。她拿着话筒，面带微笑地看着人群。

"谢谢玛莎，台下的朋友们，晚上好……"

"你不可能知道到底是否经历过脑海中的那些情景，"我又想起了医生在三天前和我说过的话，"没人见你做过那些事情，一切的一切都可能是你的想象，哈珀先生……这种现象通常被称为'清醒梦'或'梦游症'。"

如果这只是另一个幻象呢？如果我根本没有撞断栅栏呢？

但我的的确确用双手触碰了那断裂的栅栏，我也确信我的沃尔沃的保险杠上仍然沾着一些白色的油漆。我当即决定折返证实。也许我该给里奥和考夫曼医生打个电话，让他们也一起来看看。是啊，为什么不把我所有的朋友和家人都叫来看看，把警察和军队也都叫上……

"皮特？"

我回过神来，发现朱迪在看着我，道格拉斯太太在一旁给我打着手势让我快点上台。我整了整衣服踏上了舞台。

"请允许我请出下一位嘉宾，我们才华横溢的邻居，皮特·哈珀先生！"

台下响起了雷霆般的掌声，很长时间没有人这么热情地为我鼓掌了，这真是久旱逢甘霖。

我走向台前，对着话筒说了一句："晚上好，朋友们。"我向来是个比较内向的人，只想尽快完成发言。我记得我谈到了露天电影夜是个多么好的主意，我是多么荣幸能为大家演奏云云。之后,朱迪问了我一些关于我职业的问题。我看着她美丽的侧脸,嘴里答非所问,滑稽极了。终于,我说完了客套话,坐下来开始演奏。手指一触琴键,我便放下了脑海里的纷纷扰扰,音乐从指尖流出,那晚,我弹得格外好,手指似乎被赋予了某种魔力。我的灵魂仿佛留存在那黑白琴键上,并想一直在那里栖息下去。观众们也备受感染,当我敲下最后一个音符时,台下响起了一阵又一阵的喝彩声。

我不记得当朱迪把话筒递给我后我说了些什么。只记得台下观众口中大喊:"再来一首,再来一首……"那时的我向朱迪笑着,心中认识到了今晚演奏得到观众认可的意义。

此时此刻,宾客的掌声与欢呼就是我弹奏的意义所在。福克斯、帕特·邓巴、电视明星,一切的一切都是过眼云烟。我的悲惨经历,我的自怨自艾,我在家中没日没夜的困守让我忘记了我弹奏音乐的真正目的,那就是讲述故事,而没有听众的故事就好像没有宾客的宴席一般。

当掌声终于停下,杰普和贝阿特丽丝从海边向我跑来,我带他们坐在了第一排。杰普坐在我腿上,贝阿特丽丝坐在朱迪旁边。看着第一部电影,我想将所有的烦心事统统抛下,享受这快乐的时刻。也许我该再次当众演奏,组织一个乐队巡回演出。这个想法如同一条美妙的旋律,在我脑海中萦绕。也许,只是也许,幸运女神会再次对我微笑。

2

　　我还剩最后一件事情要完成，现在是最佳时机。孩子们会在朱迪的旅馆住一晚，没人会遇到危险，除了……也许……我。特雷莫雷海滩的房子在召唤我，它给了我一个清晰、简明的信息：我应该单独去那里解开最后的秘密。我的直觉是这样告诉我的，正如它告诉我几个月前不应该在暴风雨夜出门。同样的，我的祖母也因此知道她不该让文森特叔叔坐上那辆校车，正如当我见到母亲穿着病号服，医院大门在我面前关闭时，我便知道那会是见她的最后一面。

　　电影结束后，人们蜂拥到了费根酒馆，每个人都坚持要请我喝上一杯。我笑着接受了所有的邀请，孩子们则坐在酒吧后面的木桶上，和他们新交到的朋友喝着苏打水谈笑嬉闹着。贝阿特丽丝为有一个明星爸爸而得意不已，她新认识的两位英国小朋友怯怯地走来向我索要签名照，口中说着："贝阿特丽丝说您不会介意的。"

看到里奥和玛丽进来的时候，我正被女子文化社团的女士们、多诺万和他的家人以及特蕾莎·马隆（她整个人都要贴到我的身上）簇拥着。我设法挤了出来走到里奥的身边。他见我走过来，脸上露出了招牌式的微笑，拍了拍我的后背，说道：

"你刚刚太棒了，皮特。我们大家都被你的音乐打动了。"

"谢谢你，里奥，真的谢谢你。对了……"我压低声音，以防别人听到，"我觉得我应该向你道歉。"

里奥·柯根轻轻地拍了拍我的脸，笑着说道：

"忘了那些吧，皮特，我早就原谅你啦。"

"但是……"

"别说什么但是，我说真的，你只是犯了个小小的错误，甚至都算不上是什么错误。我知道你是我的好朋友，这对我来说才是最重要的，我早就原谅你啦。"

"好吧，至少让我请你喝上一杯。"

"你太了解我啦，我们已经好几周没有在下午坐在你家后院，开上几瓶比利时啤酒，大侃国际大事了。你家的栅栏都要再刷次漆咯……"

我的笑容淡去了，我差点就要告诉里奥下午发生的事情。但我强迫自己相信那都是幻象。别又把事情搞砸了，忘了它吧。我在心中暗暗告诫自己。想到这里，我只是和他说我回去得去买些正在促销的卡美里特酒。我告诉他我们会像过去一样，喝着小酒看日落，讨论国际大事。

我们又聊了一会儿，然后里奥和玛丽便和我道别。孩子们也累了,我见已是夜里十一点,便招呼朱迪一起离开。她还有些事情要处理,便把旅店的钥匙交给我,让我带着孩子先回去。"我会在办公室里面睡觉,不会吵醒你的,放心。"她说道。

我把孩子们哄上床,在他们旁边躺下,听着他们给我讲在船上游玩的经历,听他们讲螃蟹如何爬上了杰普的腿。贝阿特丽丝似乎喜欢一个叫西莫的男孩,他是这次旅程的向导,教贝阿特丽丝从船头跳水的方法。我记得他对于我女儿来说大了点,但我想他应该比奥洛克家的孩子更招人喜欢,毕竟成熟的孩子更加招人喜欢。我想,我快要能够欣赏一出多内加尔仲夏恋情了。

聊了一会儿,孩子们便睡着了,我看着熟睡的孩子们,心中犹豫是不是要将烦恼抛到脑后,放弃我那个大胆的计划。

朱迪大约十二点半才回来,我听到旅店的门开合的声音,以及她嗒嗒的脚步声。正像她之前说的那样,她会去办公室休息,这就为我偷偷溜出去提供了方便。

当钟指向两点半的时候,我终于下定决心出发。旅店十分安静,孩子们都睡熟了,呼吸匀称,小小的身体缩在被子里,让我的心里充满柔情,我不禁亲了亲他们额头。

我在厕所里穿上衣服,轻手轻脚地走下楼梯,生怕发出一点声响。朱迪在店的后面,应该听不到我的动静。

小镇在一夜喧嚣后恢复了宁静,街上黑黢黢的,道路两旁门窗紧闭,猫咪在屋檐上沉沉地睡着,远远地传来一些夜猫子看的电视的声音。

沃尔沃被我停在了港口旁边,我像撕开创可贴一样干净利索地启动了汽车。也许有人会听到汽车启动的声音,也许有人会隔着窗户窥视。我开着车沿着街道缓缓前行,将街道两旁的房子甩在身后。又沿着狭窄的道路行进了一英里左右,我将车头转向了海滩方向。

寂静的乡村郊野被漆黑的夜吞噬了,天空中没有半点浮云,深邃的夜空中镶嵌着一颗颗如同银色纽扣般的星星。路两旁的泥沼仿佛是黑暗泛起的皱纹,车的大灯照亮了前方干枯嶙峋的树木以及上面偶尔停歇的几只昏鸦。前面的道路突然出现了急转弯,让我不禁庆幸自己开得很慢。

终于,我的眼睛适应了黑暗,可以勉强看清前面的景物。灯塔射出的光柱一直向西延伸到茫茫大海的深处。

不久我便到达了"比尔之齿"的山顶,车灯照亮了闪电形状的老榆树,我向左转,沿着斜坡下行。我的房子在黑暗中矗立着,大灯首先照亮了房子前面倾倒的栅栏。我不知道哪种结果更加糟糕:是发现栅栏仍然直立,一切都只是我的大脑和我开的玩笑;还是发现栅栏碎裂,翻倒在泥土中?

但这终究不是我的想象。

我将车停在离房子几米远的地方,车灯将前方照亮。一切都如同我在梦中所见的,只是那晚并没有暴风雨。

我走下车子,关上了身后的车门,站在房子前,做好了迎接一切的准备,等待梦中的场景在我脑海中重现。

来吧,冲我来吧!

一阵微风吹来,青草摇曳,蟋蟀在院子里轻唱,但什么都没发生。

我在那里站了接近三十分钟，在车子外面抽了几根烟。也许我还应该做些什么？哦，幻象是从屋子里面开始的，那好，我进屋去试试。

我像鲁莽的侵略者一样闯进房子，一切都和我昨天下午离开时一样。装满线材的箱子仍然倒在卧室地上，电缆和设备被杂乱地放在一旁。

我坐在沙发上，静静听着窗外浪花拍打沙滩的响动，随意翻动了一下咖啡桌上的杂志，又切换了几个电视节目。真是荒唐的行为呢……

也许我终究还是错了。我以为我可以凭自己的意志让幻象到来，我是从哪里得来这么滑稽的结论呢？

我从沙发上站了起来，走进厨房给自己倒了一杯水。随后，又上楼检查了每个房间。床没有收拾，衣服和书本被散乱地扔在地上，我把它们都捡了起来。毕竟，我不想白白开车回来一趟。

走进我的房间，我发现我的床也没有收拾。我爬上床，踹掉鞋，拍了拍枕头便躺下了。我把烟灰缸放在肚子上，抓起了烟。烟只剩三根了，我点燃了其中一根，深深吸了一口，黑暗的房间瞬间变得雾气缭绕。

你该走了，皮特·哈珀，别像个傻瓜一样。没人会来的，至少今晚不会。这里没有穿着睡衣的玛丽，没有载满凶手的商务车。今晚你应该和朱迪、孩子们在一起，忘了所有这一切吧！明天又是新的一天，谁知道呢，也许幻象再也不会产生了。

我闭上了眼睛,想起了朱迪,想起她轻咬嘴唇的样子,想起了我们几个月前就在这张床上缠绵,在这个房子中,没有人能听到我们的声音。

我又深深吸了一口烟。

上帝,我真希望她现在在这里……

这时我注意到了,疼痛像往常一样在跳动。跳动的频率逐渐加快,我的整个神经和血管都在砰砰跳动着。随着血液的流动,这种感觉蔓延到了我的全身,冲进我的头骨中,仿佛戴上了头戴式耳机,耳机中的声响越来越大,震得我耳朵生疼。

我睁开眼睛,吸了最后一口烟。心想:终于来了。

在几秒钟之后,刺痛感逐渐变成了我习以为常的痛感。仿佛有一根长长的指甲从我的耳朵一端插入,从另一端穿了出来。我捂住耳朵,痛苦地惨叫,这种痛苦就好像牙医拔牙时不使用麻药。我在床上翻滚,不一会儿便摔到了地上,把装满灰烬和烟头的烟灰缸也一同摔落。就当我要张开嘴大声号叫时,疼痛突然一下子消失了,我在卧室地板上喘着粗气,一动不动。

突然,我听到了什么声音,有人在院子里关上了车门。

窗外,风在咆哮,雨重重地敲打着窗户。

我躺在地上,静静地听着。

我听到了发动机以及说话的声音。他们又来了,就在房子外面。

太好了,这次我来解决他们。我差点兴奋地笑出声来,但我忍住了,没有发出一点声音。一切就看今晚了。

我从铺着地毯的地上挪动到窗帘边,那是陈旧的浅黄色窗帘,我从来没有注意到它们的存在,但今天我十分庆幸没有把它们扔掉。我紧贴着墙,慢慢地向外望去。果然!我的老朋友们就在窗外,我们又见面了。

　　铬合金轮毂、暗红色的 GMC 商务车停在我的沃尔沃旁,旁边是倒下的栅栏,大灯全开,两个雾灯将我的房子照得如圣诞节时那般通明。

　　嗯,这倒是个新情景。我虽然从来没有见过这个幻象,但是它看起来很合理。那个胖子和约翰·列侬的邪恶版将一个女人拽向他们的商务车,那个女人看起来已经昏迷或者死去了,双脚紧扣,头发垂在地上,任凭两个男人拽着她的手臂。我见过她的衣服,那是玛丽第一次见我时穿的衣服。两个男人将她扔在车门处,打开了车内的灯。

　　这时我能看出,她还活着,只是失去意识了。她似乎被下了药,身子摇摇晃晃的。

　　另一个女人从房子的某处出现,我看不清她的面容,只能看出她棕色的头发被扎成了马尾,黑色的紧身衣衬托出她玲珑的曲线。她径直走向商务车,站在玛丽面前,狠狠地拽着玛丽的头发将她的头抬起,抽了她两个耳光,并对她叫嚷着什么,接着又打了玛丽两下。

　　"这个狗娘养的……"我低语道。

　　是时候挺身而出了,这些都只是我的幻象,我一定要让自己知道:我能掌控它……

当我想有所行动时,突然感觉身体很沉,地板仿佛流沙一般,让我无法站立,无法呼吸。我害怕极了,真的,害怕极了。

我收回望向窗外的视线,缓缓地挪出卧室,到了走廊才终于能站起来。一次又一次的幻象至少让我知道了,他们有三个人,他们都在外面。我快步下楼,想要做些什么,虽然我现在毫无头绪。

客厅里的东西已经完全变了样,装满线材的盒子没有被扔在地上,通往露台的大门敞开,风夹杂着雨向屋内吹来。窗帘像幽灵一般起起伏伏,地板和电视上都是水,咖啡桌已经被踢翻了,杂志散落在地上,沙发垫也被随意乱扔。

空气中弥漫着熟悉的味道,我在阿姆斯特丹新年夜放烟花时曾经闻到过,那是黑火药的味道。

外面传来关门的声音,我不想让他们就这么跑掉。我走到壁炉,拿起铁质的拨火棍。

也许他们会杀死我,但这只是梦对吗?我们在梦里是不会死的对吧?

我像武士一般举着拨火棍跑向客厅,像被附体一般大喊道:"狗娘养的,来吧……!"

他们应该已经上车并关上了门,所以听不到我的叫喊。我跑出门,冲过草丛向商务车跑去。车的滑动门在我眼前"嘭"的一声关上了,我听到发动机启动的轰鸣声。眼瞧着这辆车调转车头,撞了一下我的沃尔沃,便在一片扬起的尘土中疾驰而去了。

"停下!"我声嘶力竭地喊道,但是商务车已经加速向山上开去了。

不可以，不可以就这么结束，我们今晚就要来个了断，你知道他们要去哪里，他们要去玛丽的家，里奥也会在那里——生死未卜，快开车跟踪他们。

我试图打开车门，发现车门紧锁着。我明明记得没有锁上的呀。对了，这不是发生在今天的事情。车钥匙应该在我平时放钥匙的地方。

我连忙向房内跑去，但并没有在挂钥匙的地方找到它。为什么？我跑回卧室，四处是挣扎的痕迹。火药味弥漫在房间内，我循着火药味来到了厨房。这里到底发生了什么？厨房内的灯关着，但凭着不锈钢橱柜上的反光，我可以看到三个人围着桌子在黑暗中静静地坐着。

那是一个男人和他的两个孩子，一个大约13岁，一个8岁。

我顿时僵住了，棍子掉在地上，打破了寂静。

我张开嘴，想对在黑暗中一动不动的三个人说些什么，但是什么都说不出来。

杰普双眼圆睁，木然地望向前方。他被捆起的双手无力地搭在桌子上。我注意到他的额头被枪打了一个圆洞，那个血洞在他小小的额头上显得格外狰狞。他的脑后勺已经完全被子弹穿透了，椅子上挂着喷射出的残留物。

贝阿特丽丝不再是贝阿特丽丝，她已经面目全非，双手被绝缘胶带紧紧地捆住，腿以一种不可能的姿势扭曲着。

最后，我看到了自己，与自己的尸体面对面。

我看到自己倚着桌子,嘴半张着,仿佛在被子弹穿入眼睛前曾想要叫喊,仿佛想诅咒那些即将杀死我的混蛋。

我走近桌子,合上了杰普的双眼。他冰冷的眼皮像蝴蝶的翅膀般闭合,最后一丝理智让我的眼泪流了出来。

我不敢看贝阿特丽丝,不敢看她面目全非的脸颊,我想我应该找一块塑料布将她盖起来,我不想让别人看到她这个样子。

最后,我走到自己的尸体面前,我看到自己的眼睛还睁着。这时,我感觉自己在不断地下沉……沉没在无尽的虚无与寂静里。

他在这里!皮特!我的天!

他是不是……?

别瞎说,他还有呼吸,快帮我把他抬上车……!

[警笛声]

对不起,克莱姆。我很抱歉,我们的孩子,我们的孩子!

安静点,皮特。

他又产生幻觉了,可怜的小伙子。

他最好能睡一觉,这么吵闹可如何是好?

[警笛声]

我身边围着一群警察，我在父亲的报纸中看到过的他们，他们是负责看守尸体的。我被他们围在中间，看着眼前一张张陌生的面孔。他们想要把我带到什么地方，我现在只想见我的孩子们。他们只是按住我的肩膀，不断地和我说："你的孩子们都很安全，皮特。"为什么他们要一直这么说？我怎么知道他们说的到底是不是真的？我想抽出双臂，我想回家，想回家见我的孩子们，但是有人又一次把我的手臂按住了。

　　我尽力反抗，向空气中乱挥拳头，似乎打到了某人的骨头。我听到一声闷响，随后便感觉有更多人按住了我。我挣扎得更加厉害了，来回翻滚。突然，我觉得身边有一群马蜂，我喊道："该死的马蜂，离我远一点！"有人紧紧把我按住了，我感觉有一只马蜂在我的胳膊上狠狠地蜇了一下，我便跌入了无边黑暗之中。

3

　　我的眼球在眼皮里跳舞。我现在感觉很好,全身很舒服。我能想象我的眼球像两个星球一般,在他们各自的轨道里旋转着。做了一个美妙的梦,突然,梦醒了。

　　有人把我浴缸里的温水放干了,我逐渐感觉到了寒冷。我裸露的身体暴露在空气中,身上说不出的寒冷,我的手甚至已经被冻得失去了知觉,我想缩起来取暖,却发现自己无法移动。

　　一个声音突然响起。

　　"你在邓洛伊的医院里,"那个声音说道,"能听见吗?"

　　我试图说些什么,但是我的舌头僵硬,竟发不出声音。那种感觉就像是醉酒的人想要点最后一杯啤酒。我轻叹一声,疲惫感让我放弃了尝试交流的想法。我试图睁开眼睛,却只看到一片晃眼的白色,有些模糊的人影。这时,我感觉到了左臂传来的阵阵刺痛。

　　"让他休息吧。"

我梦见克莱姆穿着万圣节派对上的仙女服。她是所有妈妈中最美的，当她和朋友聊天时，我看着她，仿佛被下了魔咒。我对自己说："你是地球上最幸运的人。"当她用魔术棒轻柔地给孩子们祝福的时候，样子更是迷人极了。

我梦到了阿姆斯特丹的大学宿舍，宿舍里每个人都是音乐家，大家弹奏着音乐，欢笑着，喝着温过的红酒。那是圣诞节。

我梦到了贝阿特丽丝出生的那天。

我缓缓地睁开眼睛。一开始光线有些刺眼，过了一会儿，屋里的阴影逐渐变成了真切的物体。

我盯着天花板，看着悬挂的荧光灯和灯上的油漆斑点。我转头望向房间里的窗户，窗外有一棵小树在随风摇曳，不时地，我能听到汽车在街上行驶的声音。

我没法移动双手，这才发现它们被绑在了床上。我试图挣扎，但是徒劳无益。

"皮特，我们昨晚不得不把你捆起来。你还记得昨晚的事情吗？知道你为什么在这里吗？"

说话的人在我的左边，过了好一会儿，我才从一片模糊中找到了她的身影，随着她的脸颊在我眼中逐渐清晰起来，我认出了她。她是阿妮塔·瑞恩，红头发医生，我试图起身。袭来的虚弱感让我微微抬起的头又落回了枕头上。房子里的景象开始旋转起来，我没有力气坐起来。我记得什么呢？

我记得尖叫声，我记得十几只手把我按住，我记得那些手阻止我见我的孩子，我以为身边都是凶手，但耳边却不断有人告诉我一切都很好。

"我的孩子们。"我说，这时，我意识到我的声音有些嘶哑，喉咙疼得难受，就像刚刚在一场死亡金属音乐会上大喊大叫过一样，"我的孩子在哪儿？"

"他们在休息室里，一切正常。你很快就能见到他们了。"

"很快？为什么不能让我现在见他们？"

"我们必须确定你现在精神正常，你之前状态很不好。你还记得发生了什么吗？"

"我……"

我闭上双眼，但刚刚经历的幻象仍然不断在我眼前浮现。即使噩梦也会在早晨结束，成为在未来几个小时或几天内便会消失的模糊记忆。但我所经历的事情，却在我的脑海中变得越来越清晰，这绝不是简简单单的噩梦。

"你的朋友们发现了你，你晕倒在家里的地板上了。你因为某种原因半夜开车去了那里，还记得为什么吗？"

"不……不，我什么都不记得了。"

医生的脸更加清晰了，她用可爱的绿眼睛观察了我一会儿，随后便将视线转移到了我床边悬挂的输液袋上，一根塑料管从袋子下面接出来，管子的另一端扎进我的左臂，液体顺着管子流入我的身体。

"这是什么？"我问道，"你在对我做什么？"

"这是镇静剂,昨晚为了让你不伤到自己,我们不得不给你注射。你当时太激动了。"

"我想见我的孩子们。"

"放松,皮特。你很快就能见到他们了,但你得先休息一下,缓解一下情绪。"

医生像安慰孩子一般安慰我。我当时应该表现得太过孩子气吧。她在本子上做了记录,说五分钟以后回来。

我又将视线移回天花板,看着荧光灯,看了看窗外的树,昨晚的记忆如潮水般涌来。

你的朋友们发现了你……

医生又一次走进了病房,身后跟着一名护士和一名护工,两人推着滑轮病床。

"我们需要拍个片子,"瑞恩医生说,"我们得先把你推到医院的另一侧,我认识你,你会配合我们完成检查的对吗?我能相信你吗?"

身旁那名强壮的护工紧紧地盯着我,他壮得像一名摔跤运动员。护士的表情也很不好看,看来我昨晚让他们吃了不少苦头。

"我不会吵闹的,"我说道,"我保证。我觉得我自己能走了。"

护工笑了一下,仿佛听到了什么可笑的事情。他拍了拍滑轮床。

"没关系,我们可以带你过去,这个更舒服些。"他说道。

天花板的颜色变成了橙色,眼前的空间也更为宽阔。我们走过了一段长长的走廊,我数了一下,至少经过了十几盏荧光灯。我的滑轮床从形形色色的人身边经过,他们有的穿着病号服,有的穿着便装。每个人都用带着怜悯的眼神看着我,都在心里问,为什么这个可怜的人被滑轮床推着。"他看起来真的很年轻,是癌症吗?""某种心脏病?""不不,看他呆滞的眼神,头发那么长,应该是毒品上瘾。"

我被推进了一个新的房间,房间里的人们都自顾自地聊着天,没有理会我。我见到了我此行的目的地,那台巨大的核磁共振机。

我又一次被人抬了起来放到一张狭窄冰冷的床上,把我推入巨大的机器里。我闭上眼睛,只听到耳旁机器的声响,那声音像是不断敲击的锤子的响动,突然,一个声音在我耳旁响起:"现在,放松些,哈珀先生。"

地西泮的药效开始退去,我的胃开始感觉到饥饿,我应当是错过了几顿饭。当他们把我推回病房的时候,我看到有人已经先我们一步进来了。那是一位推着餐车的护士,她将餐车停在我的病床旁,把一个装满食物的托盘放在床旁边的简易桌上。

瑞恩医生走到我的床边。

"皮特,我觉得我们不需要继续捆着你了,但是你会在一定程度上被监管起来。昨天你在急救室袭击了两名护工,你应该能理解我们为什么这么做吧?"

"我理解。"

"医院要求我们对你进行进一步评估,看是否需要被转去相应的精神治疗机构。但我清楚你的情况,我们会尽力治疗你,并弄清楚你的病因,好吗?"

"好的。"

瑞恩医生和护士说了几句后便一同离开了。五分钟后,护士带着朱迪走了进来,朱迪看起来气色很不好,眼睛下面带着重重的黑眼圈。她没有化妆,头发被草草地扎成马尾,身穿一件深色羊毛套头衫和一条牛仔裤。她看起来就像是半夜被人叫起来的样子。

"如果你需要的话,我可以留在这里。"护士和她说。

"我没事,谢谢。"她说道。

护士犹疑地看了我一眼,又看了一眼朱迪。老天,看来昨晚我真是出名了。

"如果你需要任何东西,只要按一下这个急救按钮就可以。护士站就在走廊尽头。"

朱迪笑着点了点头,护士便离开了,留下我们两个。

"对不起,朱迪。"

我不知道还能对她说什么。她走近我的病床,将一只手轻轻地放在我的额头上。

"你没做错什么,皮特。"

"我不应该让你担心,对这一切我都十分抱歉。"

"没关系的,皮特,一切都好。"

这句话听起来像是在安慰精神病人。

"孩子们怎么样?"

"孩子们都很好……"她听起来有些犹豫,"但都很担心你,皮特。"

她将放着饭的简易桌推到我的面前。

"你该吃些东西。"

"朱迪,你能帮我把我的手机拿过来吗,我想给克莱姆打个电话。"我说道,"事情有些麻烦,我想让她来把孩子们带走。"

她需要带孩子们离开这里,越远越好,千万别……

"你要先冷静下来,皮特。现在不适合做重要决定。"

"朱迪,他们把我关了起来,给我注射镇静剂。事情还能更糟糕吗? 我不想让他们自己飞回阿姆斯特丹。等等,你可以跟他们一起回去!"

朱迪沉默了。

"他们不会自己回去的,皮特。"

"你这是什么意思?"

"医院的员工已经在和荷兰大使馆沟通,他们在试图和克莱姆取得联系。"

"哦,我的天……"

我知道这意味着什么,医院员工去联系大使馆只能意味着他们已经有了结论。

"医生说你什么都不记得了。"朱迪问道,"这是真的吗?"

"不。"我说道,"我是骗他们的。"

"为什么?"

"因为我不觉得他们能帮到我。"

"把事情藏在心里不能解决任何事情,皮特。那天晚上你也对我隐瞒了一些事情,对吗? 栅栏被你的车子撞倒了,正如你在幻象中所见到的一样,所以你才半夜开车回去验证的,对吗?"

"是的,但是你是怎么……"

"今早我看见了,皮特。"她说道,"我回去取一些东西,你为什么不和我说呢?"

"我当时不确定事情是不是真的发生了,另外,哎,我也不想破坏大家的心情。你是什么时候找到我的?"

"一大早,杰普起床去上厕所,发现你不见了,便下来告诉我。我一开始以为你是睡不着出去散步了。但后来发现你的车子也不见了,才开始担心你,我想你可能是忘了什么东西,要回去取,所以便给你家里打电话,但是没有人接。我又给里奥打了电话,他到你家去才发现了你。"

"我当时在厨房里吗?"

"是的,你当时倒在地上。里奥以为你犯了心脏病,他打电话叫了急救车。后来他见你口中喃喃自语,说着什么死人的事情,才意识到你又产生幻觉了。"

"我知道我说了什么,我也记得我看见了什么。那不是幻觉,那是……那是……"

"未来?"

这个词与我脑中想的一模一样,成百上千次,我的脑海中都出现了这个词,只是我一直不敢将它说出来。

我点了点头。

"是的,我是这么想的。"我说道。

"栅栏倒下了,正如你预见的一样,所以你认为其他事情也会发生,这是你的逻辑吗?"

我又点了点头,朱迪笑了一下。这是对我不理智想法的最理智回答。

"别担心,"我说道,"我不指望任何人相信我,另外,预见未来是不可能的。这就是我为什么不和医生说的原因。正如奥卡姆剃刀定律指出的,最简单的答案通常是正确的答案,我的大脑产生了幻觉,是精神方面的问题。这就是医生的诊断,对吗?"

"目前还没有对你的诊断,皮特,但昨晚工作人员给你打针的时候,你确实打伤了一名护工的嘴唇和一名护士的屁股。加之你最近刚离婚,带着两个孩子,压力很大,这些情况可能会相对影响医生的判断。现在有个坏消息,就是在克莱姆带走孩子们之前,他们可能会由护理人员照顾。"

"什么?"

"里奥目前在和社会服务部的人沟通,他在试图说服他们让他和玛丽照顾孩子们。但你也知道事情一旦涉及孩子就会十分复杂。"

"不!这是个错误……"

"对不起,皮特,真的对不起。"

"我能见见他们吗？只见一下，好吗？"

"他们很快就能来见你了，我们要等社会服务部的最终决定，孩子们都很好，都很想你。"

"他们知道什么了吗？"

"我们告诉孩子们你在回房子取东西的时候昏倒了，我不知道他们相信了多少，但是等你见到他们的时候，最好还不要和他们说太多事情。"

"我明白。"

朱迪站了起来，向门口走去。

"朱迪，"我在她出门之前对她说道，"不要把我又产生幻觉的事情告诉别人好吗？我不想让事情变得更糟。我不觉得告诉他们我能预见未来会帮助我出院。"

她点了点头。

"哦，还有一件事，孩子们晚上能和你睡吗？如果可以的话。"

"放心吧，皮特。"她在开门的时候转过身说道，"吃点东西吧，你的午饭要凉了。"

一个小时以后，瑞恩医生回到了病房，她身旁跟着另一位医生。那是一位戴着圆形眼镜、卷发、个子很高的年轻医生。这位医生是医院精神科主治医师，他在我进入医院之前没有接待过几个病人，只是潜心研究第四代药物（比地西泮更为有效的抗精神病药物）。他一定已经研究过我的病历，和里奥、朱迪了解过情况,与远在贝尔法斯特的考夫曼医生探讨过我的病情。听他的意思,我暂时不能够回家。

"哈珀先生,请相信我们,我们所做的一切都是为了您能够尽快康复。"他说。

光是听他说这句话便让我感到恶心。

他比我年轻至少十岁,看起来家庭出身不错。他应该是那种有着漂亮的妻子,每天开车和岳父去打高尔夫球的年轻人。在我进医院之前,他也只是我在加油站碰到的陌生人或者是一位和我就某个问题争论不已的普通人。但是,我现在只是他们的一个"病例",我已经不是一个"人"了。

"我是得了精神分裂症吗?"我问道。

医生默不作声。

"判定一个人是否有精神分裂症必须很谨慎,你必须符合很多的病症表现才能被定义为精神分裂。我们还需要很长时间才能下结论。现在能确定的是你刚刚经历的这些说明你的状态的确不太稳定,但我们对你的病症还没有结论。"

"我经历了很多东西。"我说道,"我看到了一些事情,另外,请您叫我皮特。"

"好的,皮特。瑞恩医生给我讲了你几周前的事故,现在让我们保持乐观,假定所有发生的一切都与那场事故有关,考夫曼医生也同意这个理论。至于你的幻觉,它不是简简单单的精神分裂症能够解释的。我们建议你能在接下来的几周留在医院,协助我们完成一些测验。我们希望能得到你的理解和同意。"

"你是什么意思，这个是自愿的吗?"

两位医生交换了一下眼神，我知道，我要听到的肯定是坏消息。

"哈珀先生，我只能说，您最好愿意积极配合。"

"如果我不配合呢?"

"那么事情就会变得更加复杂，相信我。现在的首要任务是确保你孩子的安全。我们建议你先不要出院，我们要先和相关法律部门联系，他们会派专人立案调查评估，与此同时，我们还要和社会服务部联系……"

"听着，皮特，"瑞恩医生对我说，"调查只会持续一两天的时间，我们都知道你没有暴力史。只是要走个程序。"

"但是我的孩子们……"

那位年轻的医生清了清他的嗓子。

"医院同意让你的朋友们先帮你照顾孩子，直到他们找到孩子的母亲，据说她现在正在度假。"

"是的，他们正在土耳其度假。她和她的新男友尼尔斯·韦丹柯在一起，他是个知名建筑师，也许你们可以找他。"

瑞恩医生将名字记在本子上。

"至于现在，我们没有理由阻止你的亲友照顾你的孩子们。另外，朱迪是一位有执照的心理学家，每个认识她的人都知道她会担起责任的。"

我笑了笑，感觉精神终于开始放松了些。

"听着，我保证我会尽我所能尽快完成检查，让你尽快出院。"

我靠到枕头上，紧紧地闭上了眼睛，希望一切都只是一场可怕的噩梦。希望我从来没有被那道闪电击中，希望我从来没有见到那些愚蠢的幻象，但当我睁开双眼时，两位医生仍然站在我面前，等待我的决定。

"好吧。"我轻轻叹了口气，说道。

杰普和贝阿特丽丝来到了我的病床前，带着小孩子来到医院常有的胆小与害怕，但当我让他们给老爸一个拥抱时，他们便向小虎崽一般轻巧地跳上了我的床。

杰普问起我的伤，我回答他说还有一点疼，但医生说很快就会好的。贝阿特丽丝则沉默地看着我，我能看出她眼中的疑惑：如果爸爸跌倒在楼梯上，那么他腿上敷的石膏呢？护颈呢？为什么他身上一点瘀伤都没有？我依照朱迪提醒我的，很快岔开话题，用笑话使他们开怀大笑起来。

朱迪、里奥和玛丽随后也进了病房，玛丽带了一束鲜花和一盒系着丝带的巧克力，盒子上贴着一张写着"早日康复"的纸条。里奥一进来就拿我打趣，连说要给我买一个头盔，让我每次回家都戴着。这是一个干瘪的笑话，但却把每个人都逗乐了。我注意到他每次看我时眼中闪过的担忧。

在儿女面前我强打着精神，但我能察觉自己的强颜欢笑随时都会被拆穿。看着他们的脸，我立即回想起前一晚的情景。看着贝阿特丽丝，我就看到她头顶裂开后裸露出的头颅。杰普的额头裂出一个窟窿,像马尾一样长的"东西"从脑袋后面流出。但我还是什么都没说,紧紧地抱着他们,亲吻他们,用一只手擦干眼泪,不让他们看见。探访过程中玛丽在房间的角落里一直在和里奥、朱迪聊天。当我看到她,也同样想起那毛骨悚然的情景,那些人拽着玛丽,打她耳光,羞辱她,几乎快要杀了她。

但我掩饰得很好。"你们晚上可以和朱迪待在一起,有可爱形状的家庭比萨,你们可以玩地产大亨游戏,看皮克斯的电影,第二天爸爸再回家,因为医生让我在医院再留一晚。爸爸身体情况挺好,不用担心。"我真的很想相信我自己所说的。

晚上八点左右他们陆续走了。朱迪,孩子们,里奥和玛丽。里奥是最后一个离开房间的,也不知道他是不是故意的。

"里奥,"我对他说,"你可以等一会儿吗?"

他停下了脚步,好像知道我会叫他,随后转过身冲我沉重地笑了笑。

"皮特,什么事?"

"两件事,第一,谢谢你带我到这里。"

"没什么,兄弟,尽管你甩了我一肘子。"里奥笑了笑。

"对不起,里奥……我当时失控了。第二件事是关于……我昨晚看到的情景。"

听我提起这个,里奥摆了摆手。

"皮特,我不想听这个。"

"我知道,我也不想说,里奥,但我不能就当作什么都没发生。你是我的老朋友,也许我疯了,所有的那些都是我的幻觉。到底

255

是怎么回事,以后我们会知道。要是两个月后我进了疯人院,穿着白色病服,两手被捆绑着,那请你把我们今天的谈话内容都忘掉,行吗？要是到时的结局真是这样的话,你就时不时地送些花给我,在花盆里藏一罐威士忌。"

里奥笑了笑。

"别说了,皮特。"

"不,真的,里奥,你听着,除非真的到了那个时刻。但在医生还没确诊我疯了之前,我要拜托你一件事情,可以吗？"

"好的,皮特。"

"你有武器吗？"我问。

里奥没料到我会问这个,一脸惊讶。

"你说什么？"

"手枪、步枪或者随便什么枪。"

"皮特,问这个干吗？"

"不管怎么样,你准备好,上好子弹放在床边,行吗？我看到的情景里……他们都带着枪,所以你也得准备一把保护自己……如果最后证明我是对的话。"

"好吧,哥们。"里奥看着门说,"我会考虑的。"

"你要是看到有什么商务车靠近你家,比如一辆暗红色的GMC 汽车,轮毂镀了铬,车里面坐着一个女的和两个男的,千万不能让他们靠近你们。明白吗？二话不说直接毙了他们,里奥,不管怎样,你他妈的一定要这么干。"

"皮特,我保证一定会这么做。"

我终于舒了口气。

"里奥,但愿这些都是我疯狂的幻觉。"

这时候玛丽进来找她的老公。里奥紧紧地握了我的手,看我的眼神很奇怪。

"皮特,你多保重。"

我点了点头。

玛丽凑了上来,盯着我看,我也安静地看着她。

"玛丽,你们保重。"

"我们会的,皮特。"她回答说。

我感觉在她的眼里看到一股深深的恐惧。

4

戴着小巧的圆眼镜的卷发精神科医生名字叫作约翰·莱维，我们一整个早晨都在他办公室里聊天。他提问，我仔细思考后作答，我们两人都不着急。我跟他谈了我离婚的事，以及我离开阿姆斯特丹的原因，还谈了我的工作和我的孩子。我毫无保留地回答了他想知道的一切，并且尽量表现得举止正常、文明有礼……毕竟他能决定我是可以顺利地走出医院，还是应该住进这座花园环绕的白楼，楼里的人会和苍蝇讲话。

我们谈论了我的幻觉，他之前应该是和考夫曼医生交流过，所以了解我看到的大体内容。不过，他还是想听我亲口叙述每个具体细节，我告诉他我所看到的一切，并注意不能表现得太过"情绪化"。我像回忆一场梦境一般讲述我的经历。年轻的医生穿着黄领衬衫，外面套着一件绿色的鳄鱼牌毛衣，穿着上好的灯芯绒裤子和皮鞋，边听边做记录，之后看着自己的笔记。医生受过良好教育，硕士学位，应该是在一个严格的环境中成长，身边的人都不允许他犯哪怕一个错误。不过现在他面对着这些莫名其妙的记录,毫无头绪。

他讲到了被害妄想症、妄想痴呆症、偏执症,提到当人们面临巨大的精神压力(离婚,职业上的严重问题……是不是听着很熟悉?),会丧失自信心。这些人,特别是其中最聪明的那些人,他们的潜意识里会出现幻觉,而这会给他们的存在赋予一种新的意义,来战胜痛苦。但是有时候这些幻觉会越来越严重,摧毁人,让人看不清生活的目的。"皮特,你觉得目前你身上出现这样的情况了吗?"

"约翰,我觉得很有可能,真的,很有可能。"

约翰·莱维,33岁的年轻心理医生,希望确认自己的诊断是正确的,希望所有他学生生涯读的那些书都是对的。我也顺水推舟配合他。我也听他的,服用了三粒药片,然后回到自己的病房。也许那些疯子的故事就是这么开始的。

皮特,疯子。

那天下午,在镇静剂的作用下,我的大脑开始想着那种可能。

我可能疯了。我最后疯了。我在某个地方疯癫地度过余生。我会和那些人一样,穿着浴袍走在充满消毒水味道的走廊上,灵魂和躯体分离。我已经不用在生活里拼搏,只用一天服十片药度日。我会越活越呆滞,精力不断消耗,头脑似乎也一分为二。每天在花园里踱步,坐在板凳上看着小鸟,和花交谈。像是提前退休一样。也许也不全都是坏事,至少不用再创作,不会再有音乐,也不会有失败。

他们说那是幻觉,是梦,是梦游,我已经准备接受所有这些说法。但我知道在内心深处,我确定那些都是我亲眼见到、亲耳听到和亲身感受到的。我的身体里似乎有东西在敲打着,内心仍有未愈合的伤口。我仍然能感受到看见那些歹徒抢劫我家时的恐惧和害怕。那些残暴的罪行是那么真实。那不是噩梦,不是什么奇怪的梦或者星际旅行,那是亲身经历。然后突然一切又都消失了,像一个恐怖的笑话。如同密歇根蛙的漫画一样,青蛙只有和主人单独待在一起的时候才会唱歌剧,当主人在人前展示时它便不唱了。

疯子。

也许已经没有回头路了。闪电把我脑部某个东西劈坏了,其他人都看不到。但是,到底有多少事情是科学解释不了的? 有一个词正好可以描述这样一种难以理解的困惑和紊乱:

疯子。

社会为这些人建立起一些专门的场所。除非我可以解决这一谜题,除非我能够回答那个终极问题,否则我很有可能要开始疯了。

疯子。

药片,午饭,前夜无眠。下午我睡了一个长长的午觉,醒来时已经开始天黑。外面起了一阵狂风,天色已晚。窗外的树随风摇曳,不时有小树枝掉下来。

我叫了下护士,几分钟后她来了,是个金发蓝眼睛的年轻护士。

"今天在岗的人很少,"护士道歉说,"我这就给您送晚饭。"

我让她不用担心晚饭的事,问她几点了。她说下午六点半,然后就听到远处的雷声。

"暴风雨要来了?"

"是的,先生,"她回答说,"夏天的那种暴风雨,之前天气预报说今天是好天气,不过现在你也看到了。"

"暴风雨……"我重复。

"什么?"

"没什么。对了……您知道莱维先生还在这儿吗,我想和他聊一聊。"

"先生,他不在。"她回答说,"他五点半的时候走了,但是他会在家里查看这边的情况。您需要些什么吗?"

"不用了,不是什么重要的事情。我想打电话给我的孩子们。你可以把手机递给我吗? 我应该把它放在我的外套里了。"

护士打开衣柜,在外套里翻了翻找到了我的手机,然后递给了我,之后又问我晚饭想吃鱼还是牛肉。我选了牛肉。

护士走后,我给朱迪店里打电话。电话响了十下,没人接听。七点了,估计已经关门了。不过照理说她应该和孩子们在旅馆里。还是说不在? 我又打了她的手机,还是没接。"到底去哪儿了?"

我变得紧张起来,心情很坏,特别是想到约翰·莱维那小子一脸阔少爷的笑容,自己先走了,把我一个人丢在病房过夜,就好像这是个游乐场一样,有人愿意一直留在这儿玩似的。

261

再加上这该死的暴风雨。

夏天的暴风雨,在这个季节很常见。

我开始胡思乱想,要是我现在起床,穿好衣服然后离开医院会怎么样呢。"会发出警报声吗?""会叫警察找我吗?"瑞恩医生跟我说过医院受到"严格的监视",而我的孩子和朱迪在一起,因为社会服务部的人认为比起送他们去庇护中心,这样更加人道。总的来说,还是不要犯错了。我肯定莱维现在很想签字将我送进精神病院,然后把我作为他个人实验的小白鼠。他到现在还没发表过什么论文,在科学界也没有名气,我说不定能成就他的名气。相比这个,破坏我和我的家庭生活真算不了什么。

我又重新打了一遍朱迪的手机,这次连信号都没有。只听到传来"您拨打的用户正忙或者不在信号范围中"。

"天哪!你到底在哪儿啊,朱迪?"

我和孩子们一起在小镇散步来着。也许去莫纳汉,毕竟你从没带他们去过,或者我们正在港口吃爆米花。放轻松点,皮特·哈珀……

我在床上又胡思乱想了半个小时,听着远处的风声和雷声,看来风暴离海岸还远。也许我可以去克兰布朗看一眼,散散步,吹吹风,如果一切都好我再立刻回到这里。朱迪可以开车带我回来。肯定没人会注意到我离开。毕竟护士也说了今晚在这儿的员工很少。

这时,手里的电话震动了。多谢上帝。

"你好?"

"皮特?"电话中的声音不是朱迪的,也不是里奥,也不是玛丽。我过了一会儿才识别出声音。

"伊莫金?"

"正是,好兄弟,一切都好吗?"

我还有点诧异,也不知道伊莫金这个时候打电话是要干吗,最后我能想到回答她的内容就是"很好,一切很好"。

"很抱歉没能早点联系你,之前我在苏格兰出差看一些地产,两天前才回到伦敦。你想住在城堡里吗?我在离爱丁堡20英里的地方发现了一座塔楼,不过我打电话给你不是为了这个。我查到你想知道的事情了。"

"我想知道的事情?……"我想不起来是什么。

"对,那个调查啊,你记得吗?你想知道那个房子是不是发生过怪事儿。你朋友说感觉到的那个鬼魂。"

"啊,天哪。我完全忘了这事,对不起。"

远处传来一阵雷声。

"好吧,我没找到任何关于鬼魂的东西,但是我和之前管理那个房子的同事聊了一下。她给我讲了个诡异的故事。你还记得我和你讲过一个在你之前租房的德国小伙子吗?就是那个研究迁徙鸟类的小伙儿。他应该是个有点奇怪的人,就是那种整天研究学术论文,回到家连鸡蛋都不会煎的人。他提到过一个关于山那边那家人的怪事。他抱怨过有人闯进他的房子,断定就是那家人干的。劳丽,另外一个中介,问过德国小伙儿想不想报警,但是他说不想,毕竟他并没有丢失任何东西。有一次,他在一个观察点碰巧看到山那边那家人和一些奇怪的人聚集在一起。我们也不知道他是怎么编出这个故事的。他付了六个月的租金,但只待了五个月。并且押金也没要回就走了。你碰到过这样的事情吗?"

我迟迟没回答,心跳加速,口干舌燥,呼吸急促了起来。

"不,我不知道。"我回答。

"喂,皮特,你还好吗? 要是你想的话,我们可以给你换房子。不会额外收你钱,这个由我承担。这个区域还有些别的房子,不多,因为这一季才刚开始,不过我们总会找到些。"

"不用,没关系。伊莫金,挺好的。多谢了。我得挂了……"

我挂了电话,发觉自己真蠢。

一切都开始被慢慢地拼凑起来。最后的一些细节已经出现了……在特雷莫雷海滩的最后一晚已经到了。

5

　　我在等护士送晚饭,今天送饭的护士名叫艾娃,虽然她要给各个房间送饭,没有时间闲聊,我还是设法和她聊了一分钟。从她的抱怨中,我了解到另一位护士温妮在度蜜月;杰拉尔丁打来电话请了病假;今天本来应该卢娃当值,但她也打电话来说自己的女儿得了胃病一直在呕吐,所以卢娃需要留在家里照顾她女儿。"这个地方简直是个噩梦。所有人都突然消失,留你一个人来打扫残局。"

　　我告诉她别担心我,并不经意间问她我要吃的是什么药。

　　"睡前吃一片奥氮平和一片这种蓝色的药片,我可以把它们留给你,毕竟,现在已经八点多了……"

　　"当然,别担心,我吃完饭就立马吃,省得忘了。"

　　等艾娃一关上门,我便跳下床开始穿衣服。谢天谢地,我的衣服和鞋子没被拿走,真是那样的话我的计划就完全失败了。我的衣物都装在一个塑料袋里,里面装着朱迪从我家带来的一件外套和其他几件衣服。我穿好衣服，在外面套上长袍走出房间，表现出一个正常病人该有的样子，晃晃悠悠地穿过走廊。透过半掩的房门往里看，可以看到人们在看电视，探病的访客精力充沛地说着话，病人则坐在床上发呆。走廊里的人用怜悯的眼光看着我三天未刮的胡子和又长又脏的头发，我则用意味深长的眼神回应他们。

在大厅里，我发现接待台空无一人，估计艾娃一定还在分发晚餐。

外面，楼梯的入口处有个人在抽烟，我走过去。他是个瘦高的家伙，干瘪的脸上嵌着两颗几乎透明的眼睛。我向他要根烟，他一边递给我一边嘟囔："雪茄可不便宜啊，朋友。"

我默默地抽着，等待那个满脸不高兴的家伙走开。我瞅了一眼外面，马路上几乎一辆车都没有，我到底怎么去克兰布朗呢？

这时，风开始呼呼咆哮，我已经很熟悉这个声音。螺旋形状的云快速地移动过来，云层里的闪电依稀可见。不过我还有时间。

"看来今晚要下大雨啰！"我试图打开话匣子，但他继续抽着雪茄，仿佛什么都没听见。

几分钟后，一辆出租车犹如神助般地开到医院，停在了楼梯口。我仍然穿着病号服和气汹汹的家伙站在那里。我该怎么办？如果我穿着这身衣服拦出租车，势必会引起怀疑。

乘客从车上下来，司机透过玻璃窗看着我们。

"需要出租车吗？"他冲我们喊道。

我刚想说些什么，但那个气汹汹的家伙把司机赶走了。

出租车驶离了医院，不久之后身旁的家伙也走了。我独自一人站在台阶上抽完了雪茄，朝里看了看，只见医院大厅空荡荡的，于是我决定立即采取行动。我脱下长袍，把它藏在一个小板凳下方，变回普通居民的样子后，我跑下楼梯，朝医院出口跑去。

公交车站台就在旁边，143 路公交车从邓洛伊一直通向克兰布朗。但问题是什么时候来车，周末在爱尔兰等一辆公交车无异于等待一个奇迹。

我决定站在公交站台处招手搭车。在这里，用手势示意搭车走上几英里是一件非常平常的事情。医院在邓洛伊附近，路过的车辆几乎都往那里开。不一会儿的时间驶过了三四辆车，但并没有停下来。天上开始下毛毛雨了。我感觉是我的表情不太好看，于是试图微笑装出可怜的样子。甚至挥动双手表现出急切的样子，但这似乎让路过的司机踩油门踩得更欢了。

又过了一会儿，我看见一辆车停到了医院的停车场，于是快步走到出口处。

"你们向东开吗？"我用拇指指了指方向，"公交车半个小时没来了。"

开车的是一个年轻小伙子，旁边坐着一位年长的女人。

"是的，你要去哪里？"

"克兰布朗。"

"嗯……我去过，我可以把您放在加油站。"他应该指的是"安迪家"，"然后您走个几英里就到了。"

"好，谢谢。"

我坐在这辆旧丰田车舒适的后座上，座位上塞满了佳得乐空瓶和报纸。年轻人叫凯文，另一位则是他的祖母，他们来看望由于卵巢肿瘤住院的凯文的母亲。

"您呢？"

"我？啊……一个老朋友在事故中伤到了背部，打上了石膏，总体情况还行。"

奶奶问他我说了什么，凯文便大声重复我说的话。

越过一个小山坡，"安迪家"便出现在了眼前。向很远的地方望去，风暴的排头兵已经聚集了亡灵的能量，一排长长的黑云横在天边。我估摸着那片云还有一个小时到达岸边。

凯文将车开向加油站，准备放下我："我要送她回家，不过我们有些赶时间。"他向我道歉。

我告诉他没关系，并让他尽量在下雨之前开到。其实我只要十几分钟就能走到镇上，而且可以去旅馆找到朱迪和孩子们。我跟他道谢并大声跟他的祖母说了一遍。丰田车返回公路，拐个弯消失不见了。

"安迪家"有个路边咖啡馆，如果你不想肚子疼的话绝不应该吃它的三明治或者喝它的咖啡。由于没吃晚饭，我的胃已经咕咕地叫起来了，于是我想进去买一根巧克力棒，但又想尽快找到朱迪和孩子们。

我朝咖啡馆里张望时，注意到有几辆车停在那里，是商务车。

走吧，皮特，越过公路去找孩子们和朱迪吧！

那一定只是游客的车。夏天很多人都到北部来露营,有时路途漫长必须停下来休息。

有一辆白色商务车,但它旁边停着的是……

……我几乎只能看到车的正面,但我所看到的东西让我怔住在公路边上……

那分明是一辆 GMC 汽车。

"安装了滑动门的商务车。17 岁的时候我想买一辆同样的车,装上冲浪板,开车在法国南部的海滩上穿行。"

暗红色。镀铬轮毂。

这不可能是其他的车,正是噩梦里的那辆商务车!

6

当时没有车发动,风刮着商铺外面的报纸沙沙作响。

这是不可能的。我要去看看,证明自己的想法是多么荒谬。绝不可能这么巧!我走近商店,假装看那些在商店外销售的东西——木材、泥炭堆、装冰块的塑料袋、狗粮、报纸。

然后,我拐到角落。白色商务车是最靠近商店的一辆,在它旁边的正是那辆商务车。

我的腿开始颤抖。

我走到加油站的门口,门自动开了。左边柜台后面长着痤疮的小姑娘跟我打招呼。我点点头,由于恐惧我已经口干舌燥,无法发声。旁边是自助餐厅和超市。我走过两排摆满杂志、炸薯条和巧克力糖果的货架,直到能够看到在餐厅就餐的客人。我拿起一本杂志假装翻阅,也不管手里拿的是否是色情杂志。

当时有两张桌子坐了客人,一张坐着一家人正在吃晚餐——毫无疑问是那辆白色商务车的主人。两个跟杰普年龄相仿的孩子正在跑来跑去,吵闹着要玩玩具,他们的父母沉默着吃饭,面露尴尬的表情。

另几人坐在靠近窗口的位置。一共四人,其中三个分别是一个皮肤黝黑的女人,一个胖男人和一个带着太阳眼镜、头发贴在头皮上的瘦子。第四个人我从没见过,是一个又高又大的家伙,他正坐在女人旁边研究一张路线图。其他人则默默地吃着三明治,喝着咖啡,玩手机或者看地图。他们似乎正在寻找什么但没有找到。难道是特雷莫雷海滩?

很难形容那一刻我的脑海里在想什么。我竭力抓住手中的杂志,保持双唇紧闭,尽管发疯似的想尖叫。我想就在那里阻止他们。杀死他们,或者淋上汽油烧死他们。

我用漫长的一分钟观察了他们,思考着我应该做什么。现在这四个异域风情打扮的人,会被人们认为是出差的商人或者拍电影的人。我是唯一一个知道他们真实身份并且接下来要做什么的人。我离开了放杂志的货架,走到柜台前买了一包口香糖。我没时间了,放了 10 欧元在柜台。

“亲爱的,我想问件事。你看到坐在最里面的四个家伙了吗?”

“看到了。”

“不是那边的一家人,是那三个男人和一个女人,你看到了吗?”

“是的,是的,当然。”

“他们是开那边那辆商务车来的,对不对?”说着,我指了指窗外那辆暗红色的 GMC 商务车,"你看得见,对吗?"

"是的,怎么了?"

"哦,没事,我今天早上在邓洛伊见过他们,我以为是拍电影的呢,也许他们正在寻找取景的地方。"

"真的吗?"姑娘的眼睛睁得像铜铃,"我的妹妹莎拉想当演员。"

"那也许他们离开的时候你可以和他们聊聊。"

我离开了商店,慢慢地走在路上,感觉自己的头和胃快要紧张得爆炸了。我小心翼翼地过了马路,当时如果有货车开过,我是很容易被碾的。另外,这四个杀人犯坐在窗口附近,我不希望他们看到有人往镇里走去。

一走到马路的另一边我便拿出电话拨通朱迪的号码,但是她的电话不在服务区。我又播了里奥和玛丽的电话,固话和手机都打不通。远处雷声隆隆,我猜应该是恶劣的天气干扰了手机信号。我想恳求司机载我过去,我想去费根酒馆提醒那里的所有人。但是我能做的只剩下狂奔了。我要去朱迪的商店将孩子们转移到安全的地方,给里奥、玛丽、警察和军队等一切有关的人打上一千个电话。

我朝克兰布朗奔去。起先以正常速度跑,发现已经离加油站足够远了便拼尽全力加速。保持速度十几分钟后,我不得不停下来大口呼吸,忍住可怕的恶心,看来医院开的药以及每天十支烟对我的健康并没有帮助。我憎恨自己虚弱的身体,但是一想到商务车即将在某个时刻追上我,那时候我只能尖叫或者扑向它的轮子,我便开始绝望地急速跑起来,像哮喘病人那样努力吸入空气。

当我终于跑到小镇的第一栋房子时,天开始下雨。街上冷冷清清的,估计大家都在费根酒馆避雨,一边喝着啤酒一边打算彻夜闲聊。

我走到商业街,一个人都没碰到,除了两个看到我气喘吁吁而露出邪恶笑容的小孩。朱迪的店大门紧闭着,透过窗户看不到一丝光亮。我直奔旅馆大门,疯狂地敲门,仿佛这是我死前能做的最后一件事。

几秒钟后,里面传来下楼的脚步声。

是朱迪!感谢上帝!

但开门的人不是朱迪,而是留着红胡子的大个子,我好像在哪儿见过他,但是想不起来。

"请问您需要什么,我的朋友?"

我咽了口唾沫:

"朱迪……在哪里?"我的声音听起来低沉而嘶哑,这家伙有些吃惊,他叉腰站在门口。

"朱迪?"大胡子上下打量我,我想我当时看起来应该相当可怕。"您是谁?"

我想尖叫,但没有力气。

"她和我的孩子在一起……求您了,告诉她我是皮特。"

这些话让他反应过来。

"啊,当然!您是孩子的父亲。您已经出院了?朱迪以为您会再住一晚……"

273

"我……我出院了。"

"噢,恭喜啊!但是朱迪不在这里,她去海滩上的朋友家了。"

听到他这么说,我觉得脚下的地面哗地炸裂了。

"什么?"

"是我们的错,您知道吗?"他的态度变得很友好,说,"我们今天下午到的,朱迪收留了我们。"

我突然想起了这家伙,他是参加费根音乐节的音乐家之一。都怪他!我的孩子们正处于危险之中。朱迪把他们带到了今晚即将发生那件事的地方……

"您有车吗?能不能借用一下?"

"我们不开车,您知道的,"他朝我眯了一下眼睛,做了一个喝酒的手势,"但如果您赶时间的话,朱迪的后花园里有一些自行车。"

我看了看冷清的大街,如果这时候进入费根酒馆找人寻求帮助的话,倒是可能有人会载我……但是说服别人会浪费大量时间。商务车还没有出现,那几个人还在悠闲地喝咖啡,也许他们会等天色更晚些再行动,但对于这一点,我没有十足的把握。

"好的,"我最后说,"我骑辆自行车。"

远处,天空中的幽灵正在地平线上蓄势待发。

我开始奋力蹬这辆旧自行车,感觉自己的腿僵硬无比。大风暴来临前的狂风放慢了我前进的速度,细雨模糊了我的视线,昏暗的路灯对看清前方的路没有丝毫帮助。

即便是在晴朗的日子里,我也从来没有从克兰布朗步行到"比尔之齿",更别提是在糟糕的天气里了。我从来都是开车经过,由于几乎不会碰到任何人(也许除了里奥和玛丽),我每次都开得很快,每小时 90—100 英里的速度,但那也要花上 15 分钟的时间。那天夜里,那段路仿佛永远没有尽头。我用尽全力踩踏板,但十几分钟之后仍然望不到海。路仿佛被精灵扭曲了方向,变得无穷无尽。

我骑上了第一个高峰,一根枯树枝用它的虬形枝丫迎接我。我停了下来,深呼吸一秒钟。如果我没记错的话,我应该骑了三分之一的路程。回头一看,克兰布朗的灯光在雨中就像一幅水彩画。路上没有车行驶过的迹象。

我再次尝试拨打手机,但手机里什么都听不到。手机屏幕上的信号显示连一格都没有了。

加油,继续骑! 即便是死也不要停。

我松开脚踏板,滑行在漫长的下坡路上。记得在不远处有个弯道,我做好了准备,但弯道比预期来得更快更急,刹车已经来不及了,自行车从路面上飞了出去。车接二连三撞到了几块石头,最后被一块大石头撞击得终于失去了平衡,我也随之摔倒,侧身跌在潮湿松软的土地上,肩膀重重地着地。

我听到了骨裂的声响,然而连呻吟的力气都没有。

"见鬼! 见鬼! 见鬼!"我对着荒无人烟的草原大喊大叫,雨水浸湿了我身上还没被泥和水弄脏的那部分。

275

左肩一阵钻心的疼痛。我轻轻动了动,还好没断,不过一定严重扭伤了。我站起来,找到横在路边的自行车,用右手把它扶到沥青路面上。我小心翼翼地骑上车,左胳膊尽量不用力,但当我用右脚踩踏板时,踏板却不转了。

我又重新下车,咒骂完爱尔兰所有的魔鬼和妖精后,我把车平放在路上,再把车轮翻过来朝上。我找到黑色的链条,试图把它套在齿轮轴上,但问题好像还出在别的地方。链条卡在了自行车塑料保护盖里面的主轮里,而这个保护盖被三颗螺栓固定在车身上。

我试图掰开盖子,但是无论我怎么用力它还是死死地固定在车身上,这时我的手指已经被塑料保护盖的边缘割出了血。我想找块石头砸烂它,但是没找到。盛怒之下,我朝自行车狠狠踹了几脚,把它扔在路中间,开始继续快速赶路。

快点吧!该死的!就算腿断了也无所谓,开跑吧!

我自己虽然不能跑完全程,但我可以用最快的速度走。如果我没记错的话,前面还有一个平缓的小山坡,之后就是一直延伸至"比尔之齿"的平原,约莫有20分钟的路程。

此时,先前隐藏在云层间的闪电开始在远方劈裂天空,看起来很远,应该还在海面上。闪电的光芒照亮了大地,地面上忽地出现长长的影子。在这一望无际的草原上,风起云涌,细雨纷飞,我就像断翅的昆虫,拖动着可怜的躯体缓缓挪动。

我已经好几年没祷告,几乎已经忘记了上帝的存在,但在那一刻,我乞求上帝原谅,祈祷他能帮我一个特殊的忙:给我时间,只需要多一点时间,我就可以和孩子们团聚了。

也许上帝听到了我的祈祷并且误解了我的愿望。又或许他非常清楚我心里所想,但打算跟我开个玩笑。我看到自己在地面上的影子越拉越长。起初我以为是闪电的光亮,但是四周的地面变得越来越亮,我突然明白发生了什么。

我转过身,看见一辆车在公路上朝我驶来。躲闪和隐藏为时已晚,我只能一动不动地站在路中央,用手遮住眼睛。这是我唯一能做的了,待在原地阻止他们前进。

我微笑着举起手,车减速朝我缓缓靠近,我可以更清楚地看到它:暗红色的 GMC 商务车。

7

我慢慢地、谨慎地走向车子。司机摇下车窗,我看到了那个长着陌生面孔的家伙,正是刚才我在加油站看到的那个正在研究地图的"大下巴"。他长着一张英俊的脸,像六十年代的电影明星。他旁边坐着那个女人,我第一次看清了她的脸。她的一头黑发绾成发髻,圆脸上散布着雀斑,眼睛像两颗冰冷的黑色石头。

"感谢上帝,我遇到了你们!"我的声音听起来很焦虑,"我的自行车摔坏了……"

"我们看到了。"大下巴用明显的美国口音打断了我,"您在路中间走,差点被我碾得粉碎,知道吗?"

"噢,真的很抱歉,我……"

这时,车里的女人望着前方说了句法语,司机点头表示同意,胳膊放在窗户上,笑着露出两排白色的牙齿:

"您住在海边?"

"是的,你们要去那里?"

这显然是一个愚蠢的问题,因为这条路只有一个方向。

"我们要去拜访朋友。"司机说,"您可能认识他们,他们叫里奥·柯根和玛丽·柯根。"

"我当然认识了,他们是我的邻居。"你们这帮狗娘养的。

"邻居啊,真巧!"然后,他看着后视镜对后座的乘客说,"兰迪,汤姆,腾出个位子,这是里奥和玛丽的邻居,我们载他回家。"

紧接着我便听到滑动门推开的声音。

"放心,朋友。我们载你就不用淋雨了。"

兰迪坐在后座上,他就是那个瘦高个,跟列侬一个模样。圆眼镜遮住了他的眼睛,头发像抹了一层油。他背对司机坐着,我坐在他面前,旁边坐的是汤姆。

很高兴终于见到你们了,混蛋。

汤姆给我腾出一个位置,说了句我听不懂的话,不过我感觉是关于我的外表的评论。兰迪笑了笑,笑容就像即将吞掉老鼠的蛇,让人不寒而栗。

"你的自行车怎么了,哥们?"他问。

他的声音沙哑而刺耳,像被人切断了两三条声带,并用砂纸替代了。司机的声音也很沙哑,听口音是纯正的美国人。他的气息闻起来有香烟的味道。

"我滑了一下,连人带车摔倒了。那该死的车差点杀死我,我之后再回去取吧。"

我发现我的声音有些颤抖，喉咙发紧，被唾液塞满。我清了清嗓子，好让自己冷静下来。汤姆和兰迪相视一笑。

"当然了，之后再取……"汤姆说。

笑声之后便是沉默。他们笑起来像两只狼，当然这并不需要从笑容里看出来，因为我清清楚楚地知道他们能干出什么事。

我尽量打起精神集中注意力。商务车开得飞快，就快到"比尔之齿"了。我该怎么办？扑向司机把手指戳进他眼睛，造成交通事故？我怀疑这可能起不到什么作用，在我数到三之前，这个大胖子可能就已经掏出匕首割破了我的喉咙（刀也许就藏在黑色风衣里）。我暗自打量车厢。一切都太暗了。我悄悄观察汤姆和兰迪的手。汤姆静静地将手放在大腿上，兰迪则紧张地攥着手。看起来没带武器，但我能肯定就放在不远处，也许我能找到一把左轮手枪。但什么时候呢？不管怎样，我不能让他们开到里奥和玛丽的家，朱迪和孩子们都在那里。我必须想个办法……要快。

我突然意识到兰迪正盯着我。他长着一张小嘴，一口小而锋利的牙。

"有烟吗？"

"没有，抱歉。"我说着，把手伸进衬衫，摸到里面仍装着我在"安迪家"买的口香糖，"但我可以给你一块口香糖。"

"忍忍吧，我们马上就到了。"司机喊道。

"去你妈的，弗兰克。"他不屑地拒绝了我的提议。这样我又知道了司机的名字，"你一整年都住在这里吗？"过了一会儿他问。

"我只是短租一个夏天。"

"夏天，"他讥讽地重复我的话，"你听到了吗，汤姆，欧洲人管这叫夏天。"

胖子汤姆笑着点头表示赞同，我几乎看不到他的脖子。那个败类毫不掩饰他的罪犯气息，也许他们都不在乎，可能早就决定要连我一起杀了。

"你们是美国人吗?"我犹豫着要不要问问题，但似乎这样问也是正常的。

"除了曼侬我们都是。"兰迪说着指了指他身后的女人。"她是法国人，您知道吗，法国。"他夸张地模仿法国口音，"我们都是里奥在酒店工作时的同事。他有跟您提到过吗?"

"啊，是的。酒店。"我说。

"我们到这里来旅行，想给他一个惊喜。"

"真好啊。"

"您和家人一起来的吗? 来度假?"汤姆继续问道。

我笑着咳嗽，给自己一点时间思考。

"是的，我每年都来，这儿的所有人我几乎都认识。对了，顺便说一句，今晚有个小型聚会，你们都来吧，看到里奥和玛丽的时候也告诉他们。"

"哈，派对，多好! 听到了吗，曼侬?"他对那个继续保持沉默的女人说，"也许我们可以说服里奥和玛丽一起去呢，离他们家远吗?"

我从后视镜中看到那个女人的冷笑。

"不……不远。很多人都会来，人多热闹嘛。"

我觉得这个谎撒得很好,或许他们知道今晚有很多人在等我们,有助于拖延他们行动的时间。我打算继续说谎。当兰迪问我们的房子是否相隔很远的时候,我意识到这些家伙从来没去过那里。这对我有利,况且公路上根本没有指示牌。

快到"比尔之齿"的时候,我清了清嗓子:

"把我放到那个岔路口吧,我可以走回家。"

"不行啊,朋友,"弗兰克说,"我们把你载回家,还有一段路呢。"

"对,"兰迪附和道,"里奥和玛丽的朋友就是我们的朋友。"

三人发出一阵哄笑。我知道他们在笑什么。只有曼侬依旧望着前方出神。她在想什么呢?

可以确定的是这些人并不着急。他们像即将捕食一只睡着的老鼠的鹰,正在明智地四处观望。另外,我想他们或许已经决定解决掉里奥和玛丽之后来找我,抹掉犯罪痕迹。或许他们马上就要对我下手了。

我突然想到一件危险的事情,但觉得这是一个绝妙的主意:把他们直接引到里奥和玛丽家。如果幸运的话,里奥记住了我对他说的话,一旦看到商务车就开枪。我随时准备好跳到地上。一旦事情发生,我们可以用里奥的收音机通知所有人。我们可以待在家里等待救援。

这是唯一的机会。

车的前灯照亮了"比尔之齿"的老榆树,我咽了口唾沫,到了押上所有赌注的时候了。今晚结束的方式只有两种,一种是我头部中弹死亡,另一种是活下来。现在我的脑海里唯一想到的就是杰普、贝阿特丽丝、朱迪和我的朋友,我要帮助他们对抗这帮恶魔,没别的。只要能保护他们,我死不足惜。

"现在向右转。"车快开到路口的时候我用不带一丝颤抖的嗓音说出了这句话,像自信又完美的交通指挥。

但说完我嗅到了空气中带有一丝紧张的沉默。

"我们送您回家,朋友。"弗兰克重复道,"是这条路吗?"

"是的。"我试图表现得淡定且肯定,"柯根家在左边,一直沿着那条路下去就到了。我的家更大,在右边。"我指着里奥和玛丽家,骗他说。

几秒钟后,曼侬对着司机点点头。弗兰克将方向盘打向右边,朝里奥和玛丽家开去。

看起来他们已经相信了我的话,现在我只需要不露声色。

海滩上雨下得正大,雨刷器的速度再快也无法擦干净玻璃上的水。我们像被困在了洗碗机里。这个场景对我来说再熟悉不过,毕竟这几个月我已经被这样的大雨淋湿过三回了。

商务车缓缓开到房前,我已经可以清晰地看到房屋里的灯光了。我默默祈祷着里奥千万别看见我们,然后跑出来迎接(除非拿着枪)。我突然想起了花园大门旁边的信箱上印着清晰可见的字——柯根。

"就在这儿掉头吧。"趁着还没靠近房子,我说,"前面沙子太

283

多了,再加上雨这么大,轮胎容易打滑。"

加油,皮特!今天你很聪明!

"你确定吗,伙计?这样会被淋湿的。"

"没问题,就一百米嘛,你们救了我,跑几步不成问题的!"

弗兰克再次听了我的意见,在离房子二十米处踩了刹车,掉了个头,车头对准马路。当车慢慢停下来的时候,我找到车把,打开推拉门跳下车。

"谢谢你们!"我在大风中喊道,"帮了我一个大忙!"

弗兰克摇下车窗,看着房子,眼里闪着光。坐在他旁边的女人点了一支烟,烟雾缭绕在她那双无神的眼睛周围。

"漂亮的房子。"兰迪笑着对前排说。

我不喜欢他的笑容。

"谢谢,"我强忍着毫不躲闪他的目光,"替我向里奥和玛丽问好,告诉他们都来参加聚会,会很有趣的!"

车窗摇上去了,车子朝"比尔之齿"开去。

我快步走到门前,感到自己快不能呼吸了。我朝后面望去,车灯已经消失在第一个路口。我重重地敲门,心提到了嗓子眼。

"里奥!玛丽!开门!"

一个风雨交加的夜晚。敲门声。意外来访。故事再度重演。

8

开门的是里奥。这一次我甚至没有等他反应过来便推门走进屋,带着一身的水和泥沙踩在他的地毯上。

"关上门!"我用外套的袖子擦了擦眼睛,喊道。

里奥穿着牛仔裤和格子衬衫,震惊地看着我。

我看了看周围,希望看到朱迪、孩子、玛丽他们都在客厅里,喝着热巧克力玩拼字游戏。但他们不在。

"我的孩子们呢,里奥?"

我的声音在发抖,事实上,我的整个身体都在颤抖。在商务车里聚集的紧张正在寻找爆发点,我想痛哭、喊叫,但眼下最重要的是找到孩子们,一手一个搂在怀里。

"皮特!"里奥吼道,"发生了什么事?你来这儿干什么?"

玛丽身穿紫色睡衣,出现在厨房门口。我尽可能用最快的语速向里奥讲了事情的经过,但是不免紧张得结巴。

"孩子们,里奥,他们在哪里?没时间了。他们在这里对吧,我们要保护他们。"

"别紧张,皮特,他们完好无损地和朱迪在一起,发生了什么?你出院了?"

"是的……是的……因为暴风雨来了,我以为……还以为是'那个晚上'。事实证明我猜对了,我在'安迪家'碰到他们了……里奥,我梦里的那些人,他们来了。那个女人……那些男人……以及那辆商务车。他们来了! 我尝试着提前来通知你们,但是中途出了点事故……他们在路上发现了我,不过他们被我骗了,我告诉他们这是我家,他们把我载到这里来的。我想的是先跟你们汇合,那朱迪和孩子们在哪儿呢? 他们不在旅馆,听说是在这里和你在一起。"

里奥瞅了一眼玛丽,仿佛在说:回厨房里给医院打电话。

"听着,皮特,"他努力克制着惊讶和担心,"你是说有人用商务车载你来的? 但我没看到外面有亮光接近这里。"

"里奥,那不是我的幻想,"我竭力挣扎。他没有看到任何光亮? 但加油站的姑娘的的确确看见他们了,他们是真实的……"现在外面有四个杀人犯,一旦他们意识到被我欺骗了,他们一定会来杀了我们三个。告诉我孩子们在哪里,里奥。"

里奥走到窗前望向外面,我也照做。外面一丝光也没有,这确实很奇怪。他们至少应该看到车开着灯从远处开过来。

"皮特,我们为什么不坐下来聊聊呢?"

我让步了。

"里奥,该死的,我说的是实话!"我吼道,"孩子们到底在哪里？"

里奥脸色苍白。

"他们在你家里，皮特。"玛丽站在门口说，"他们和朱迪一起去你家拿过夜的衣服，很快就回来。"

我感到头部被大锤一阵猛击。我抬起手，用指尖用力揉太阳穴，脑子里一片空白。

在家里……他们在家里……是我把杀人凶手亲手送到了我的家。商务车可能现在已经到我家了。那把刀，那个大胖子有一把该死的大刀，就像我梦到的那样。他们现在正包围着房子，准备进了。朱迪已经看到车了，或许她已经出门看是谁了。

我朝厨房跑去，那里有电话，但被地毯绊倒，重重地摔在地上。我想叫出来，但是只能发出像受伤的动物一样哀号的声音。

"打电话，"我抬起头对玛丽说，"我们必须警告他们。"

我只能看到她灰色的拖鞋，但我知道里奥和玛丽一定在交换眼神。我敢肯定里奥一定在用手势告诉玛丽：我们先让他镇定下来，然后再叫救护车。

"玛丽，请你相信我。一切都会在今晚发生，替我给家里打个电话，求求你……相信我！"

我用一只胳膊撑地，勉强抬起头来，只见玛丽漂亮的脸蛋因巨大的恐惧而变得扭曲。不仅仅是因为看到我浑身沾满水和泥跑到他们家来找孩子，还有别的东西，她被我说的事情吓到了。

"求求你了，玛丽……"

她点点头，转身消失在厨房里。我转过身来问里奥要他的车

287

钥匙，但我看到他已经在门口，手里拿着棕色的飞行员夹克。

"我去看看，该死的！"

该来的还是来了。门瞬间被砸开，推翻了门口的衣架以及挂在上面的所有衣服。风像一只凶恶的魔爪伸进客厅。可能一开始我们都还以为是飓风，直到看到浑身湿透的兰迪拿着枪进来。

在此之前，我甚至有些怀疑自己。但是，我看到他跨进门，用枪指着里奥的头，里奥举起双手往后退。这不是幻象。

一切都发生得太快了。我以为他会立刻杀了里奥。就这样，一切都结束了。我闭上眼等待着听到一声枪响。然而并没有。兰迪把里奥逼到沙发上，用枪柄将里奥打晕过去。

我站在厨房门附近，不断向后退，直到我的背碰到了门框，兰迪用枪对准我。

"别动，你这狗娘养的自作聪明的家伙。"

我一动不动地靠在门上，隐约听到另一扇门轻轻关上的声音。我知道，厨房连接着车库，可以一直通向海滩。

当然，现在玛丽朝你家跑去了。她会去敲你的门，但是现在你不在家，所以故事的走向已经改变。

故事会有一个新的结局吗？

兰迪身后，汤姆也满身湿透地出现了，他胖得就像一堆肉。他穿过客厅向我走来，一句话不说，一脚狠狠地踢在我肚子上。我弯下腰，觉得五脏六腑已经破裂了。

"我讨厌下雨！"他说着把脚踩在我的脸上，"我的鞋不防水，都怪你这个蠢货，现在被毁了！"

他的脚踩在我的头上了。那时我开始呕吐起来,因为他使劲地用他的脚踩我的头骨。我认为这是结束。我觉得我的脑袋会像一个西瓜一样爆炸。

最后,他的脚松开了。

"该你了。"

我躺在地板上,看着前面。里奥倒在沙发上,头部在流血,可能已经死了。兰迪正在用手机打电话,外面还有人。

"进来吧,曼侬。一切顺利。"

玻璃外面商务车的灯光很快亮了。透过门缝我看到车就停在几米外的花园后面。看来他们并没被我骗,没走多远就折返回来了。不过这也意味着朱迪和孩子们暂时安全,一切都还有希望,我松了口气。

那个法国女人站在门口,扫视了一眼屋内。我倒在地板上,双手捂着肚子用力呼吸。汤姆把我打得半死。躺在沙发上的里奥动了一下,神志不清地说着胡话。他还活着。兰迪脱掉了外套坐在对面,安静地控制着我们,他把枪丢在一旁的沙发上,在口袋里翻找什么。

"该死的,应该落在加油站了。你真的没带烟吗,汤姆?"他喊道。

但汤姆没有听见,他正在楼上搜查。不断传来家具倒地、玻璃破碎的声音。他应该在找玛丽。

曼侬看着兰迪。

"女的呢?"她问。

"不知道。"兰迪说,"汤姆正在找,有可能这个小孩儿通知玛丽了,但是我肯定那个老头儿被逮了个措手不及。"

曼侬转身朝我走来。我蜷缩着准备迎接另一脚,但她在我面前蹲了下来,抓住我的头发将我的脸抬起来,好让我们四目相对。

"很好,你一定以为没露出马脚吧,我的邻居。"

她把一个小物件放到我眼前,是 GPS 定位仪器,屏幕上显示着特雷莫雷海滩的详细地图。小红点在"比尔之齿"的右边,指示的地方就是里奥和玛丽家。

"你们早就知道了,"我说,"那为什么不早下手?"

"你一眼就看穿了我们,到底是怎么知道的?"

我张嘴刚想说话,胃里涌出一口呕吐物,沿着下巴流下来:

"说了你们也不会相信。"

她揪住我的头发,将我的头狠狠向地上撞去。然后站起来呼叫汤姆。

大胖子汤姆快步跑下楼梯。

"楼上什么都没有,我去车库看看。"

"他妈的!"曼侬骂道。她从腰带上取出另一个对讲机之类的东西。

"弗兰克,女的不在屋里,你再转转看有没有什么发现。这位邻居可能知道些什么。"

她走近了,在我面前蹲下,手里攥着一把闪闪发光的短刀,对准我的右眼。

"告诉我那个女的在哪里,否则我一个一个挖出你的眼珠子。"

"我不知道。"我拼命反抗。

"那我先挖你的右眼，然后让你吃掉。"

"我说了不知道，我到的时候只有里奥在。"

我感觉刀尖已经抵住了我的眼球，只能闭上眼。有那么一会儿我觉得一个眼珠子也是可有可无的，只要不碰我的手指就行。我可以安玻璃眼球，只要能弹钢琴。

"你怎么知道我们是谁?"她再次重复了这个问题，看来他们真的很震惊。我心里窃喜，笑出了声。紧接着，我的脸上挨了好几个巴掌，灼烧得厉害，曼侬又抓着我的头往地板上撞。

汤姆从车库回来了，他说一无所获，有可能有人从厨房后面的门出去了。

"门没关严，我敢打赌有人溜出去了。"

曼侬站起身来走向沙发。

"叫醒老头子。"她拿起对讲机喊道，"弗兰克，那女人可能在海滩上，你去看看。"

看来我"期待"的眼睛手术不得不推迟了，我松了一口气。汤姆架着我的胳膊，像举起一盒牛奶一样把 200 磅的我抬起来扔到沙发上。

兰迪扇了里奥几个耳光，里奥一侧脸颊的伤口流血不止。不一会儿，他睁开了眼睛。兰迪便回到自己的座位，掏出武器对着我们。

"布兰查德先生，能听到我说话吗?"曼侬说。

里奥花了几秒钟看向她。

"我叫里奥·柯根,你们认错人了。"

"我们当然知道您是谁,里奥·布兰查德。您也非常清楚我们是谁,在这里干什么。所以我们别浪费时间了,告诉我,你的老婆在哪里?"

"我说您搞错了,"里奥坚持说,"我不叫布兰查德,我叫柯根。你们犯了一个可怕的错误,我只是一个美国游客……"

曼侬放下手,搭在兰迪肩上。

"右膝。"

兰迪精确地移动枪管,在我们躲避之前扣动了扳机。随着一声巨响,里奥突然向前扑倒,双手抓住膝盖扑倒在茶几上。我赶忙抓住他的肩膀,扶他起来坐在身后的沙发上。里奥紧闭着嘴,仿佛牙齿都要被咬碎。

"您现在能听懂我们说的话了吗,布兰查德先生?"曼侬提高了音量,"您最好快点儿。"

里奥用手捂住膝盖,血顺着手指流下来,浸湿了裤腿。

"该死的婊子。"里奥咬紧牙关说,"玛丽去伦敦看望一个朋友了,一周内都不在,你们白来了。"

"撒谎!"兰迪说,"另一只膝盖。"

"等等!"曼侬说,"我们不想他流血而死。汤姆,你怎么说?"

"那女人一定就在周围。厨房里摆满了锅碗瓢盆,烤箱里还有一个蛋糕。我敢用我这枚银戒指打赌这个老头连做汉堡都不会。那个家伙应该提前通知了她,要么她听到我们进屋自己溜走了。"

曼侬拿起对讲机,另一端传来风声。

"弗兰克?"

"什么也没看到,我再去远一点的地方看看。"弗兰克的声音从暴风雨中传来。

我注意到曼侬的眼睛死死盯着我。

"好吧,哥们。我们本不想杀你,但你不说实话我们可就不能保证了。那个女人在哪儿?"

"真不知道,我发誓进屋的时候没看到她,有可能真的在伦敦。"

兰迪拿枪对准我的脑袋。他盘着腿舒服地坐在沙发上,像举着一杯香槟,他就要杀我了。

"我开枪咯?"他问曼侬。

曼侬并不想那么快见血,她拿起对讲机呼叫弗兰克,弗兰克说已经检查了一圈房子周围,但什么都没看到。她问他有没有可能已经逃到海滩上了,弗兰克回答说有这个可能。

"可能兰迪和汤姆进屋的时候她就逃了出去,趁我们还在车里跑向了海滩。"

兰迪再次把枪放到眼前瞄准我的头。

"曼侬。"

"不,不着急。"曼侬回答说,"我去看看另一个房子里都有谁,家庭聚会可能是真的。"她那双美丽又邪恶的眼睛死死地盯着我。我无法控制自己的睫毛、眉毛以及脸部表情……显然这一切都被曼侬捕捉到了,"是的,是的,我认为真的有这么个聚会,他看到我们做的事应该就不会这么勇敢了。我们可以把那些人都带来,大家一起玩玩,直到他们告诉我们玛丽在哪里。"

"不!"里奥喊道。

我害怕极了,绝望到了极点,再也无法保持冷静。

"你们没时间了,"我说,"我们已经通过收音机报警了,警察马上就来。"

"他们没时间报警。"兰迪插嘴道。

但是曼侬一言不发,她在推算这个可能性。她在想警察是否能迅速赶来。如果有人用手机报警了,警察可能已经在赶来的路上了。

"汤姆,找到收音机。"

"在楼上的房间里,但收音机没打开,他们没时间……"

"照我说的做!"她喊道,"再上楼看看是否有开着的窗户,然后毁掉那台该死的收音机!"

汤姆冲上楼,我们很快便听到砸东西的声音。与此同时,曼侬在我们面前讨论计划:必须迅速转移。兰迪和我们一起,弗兰克带着对讲机留下来监视,汤姆和她会去我家里看看。他们虽然怀疑是否有聚会,但还是要小心行事。他们认为如果玛丽从后门逃走,也许已经到了。

我觉得其余的人可能还跟我在思考同一个问题:一个 65 岁的女人真能在 15 分钟内跑两英里吗? 我对此表示怀疑,但如果她做到了(我为此祈祷),朱迪和孩子们就有更多的机会。

汤姆和曼侬走出门，兰迪和弗兰克守着我们。我们听到商务车的发动机声响，透过客厅窗户看到了车灯亮光。不一会儿，车的轰鸣声逐渐远去。我猜想这辆车现在应该全速开向"比尔之齿"，然后会全速下坡开到我家。看来故事的结局没有改变。

兰迪坐在我们面前，一只手握着枪放在腿上。里奥在我身边痛苦地扭动。看来伤口已经按压止血了，但他开始发抖，牙齿直打战。

"我需要一根止血带，不然我会死的。"

"安静点!"兰迪吼道。

"真的。"我也跟着求他。

"你们两个给我闭嘴!"他举起了枪。

"里面他妈的怎么了?"弗兰克的声音从外面传来。

"老头子的血快流干了。"兰迪大声说。

"你想想办法，该死的。"

兰迪看着我，用枪比画了一下。

"好吧，你帮他止血。但你不能离开沙发。"

"但我怎么……"我说。

"用你的衬衫，皮特。"里奥精疲力竭地说，"你脱下来绑在我膝盖上，这就够了。"

这时候兰迪起身，一边拿枪对着我们，一边朝客厅走廊走去向弗兰克讨烟。

"妈的!"弗兰克说,"你就不能坚持到我们干完这件事吗?"

我快速脱下衬衫,准备绑住里奥的伤口。当我准备好一切,里奥做了一个手势。

"我来。"他说,"你抓住垫子。"

我感到很奇怪,但看到里奥的眼睛盯着我,我似乎明白了。我把手放在垫子上,开始按压。他开始一圈圈绑自己的腿。这会儿我们的头离得非常近,而兰迪正在离我们很远的地方等弗兰克从夹克里找香烟和打火机。

"我有一把左轮手枪。"里奥小声说,"在我的右脚踝上,拿去,现在他看不到你,这是我们唯一的机会。"

我惊讶地看着他,心想:你听了我的话,你这个倔强的老头。感谢上帝。

兰迪仍站在门口和弗兰克调侃外面"疯狂的天气"。狂风和海浪的噪音阻止了他们听到更多的声音。另外,也许他们认为一个腿部受伤的60多岁的老头和被暴揍一顿的40多岁的中年人对他们两人来说构不成威胁。

我的身体向里奥倾斜,双手固定住坐垫,此刻兰迪看不到我的手,于是我的一只手顺着里奥的右裤腿慢慢向下移动。沙发很低,所以我几乎弯下了腰,直到摸到他的脚踝上有个略微鼓起的东西。

"快点儿!"里奥低声说,"他来了。"

我快速掀开他的裤腿摸到手枪粗糙的手柄,我抽出枪,握在手里,紧接着听到兰迪靠近的脚步声。我看着里奥,他也看着我,我发现自己一个字都无法说出来。我该怎么办？现在开枪？

我没有这么做，因为我能感觉到兰迪的枪正瞄准我们，他的手速比我快一千倍。于是我迅速把枪藏在里奥腿下的沙发坐垫下方。里奥面无表情地看着我，我的一个手滑就可能让子弹从后方飞来。

当兰迪坐到沙发上，里奥赶紧晃了晃右腿，好让裤腿重新盖住脚踝上的子弹盒。

"感觉怎么样？"兰迪问，长长地吐出一口烟，明显更加放松了。

"挺好，"我回道，"他能坚持。"

兰迪把香烟叼在嘴上，双腿舒展地放在沙发茶几上，角儿上有个小台灯，边上放着几张照片，他拿起其中的一张，然后吹了吹口哨。

"这就是布兰查德女士吗？天啊，确实不错啊。"他一边说着，一边把烟灰弹在客厅的地毯上，"虽说她现在年纪稍微大了一点，对吧？但不管怎么说确实是个美人，或许我跟她能单独待一会儿……"

"做你的白日梦，混蛋！"里奥说。

"唉！要保持优雅啊朋友。而且关键要听你老婆的意见，可能我一用枪对着她的头，她就乖乖地宽衣解带让我开心开心了。你有女儿吧，邻居老哥？"

"你今晚死定了，兰迪，"我说，"我向你保证。"

我看了看里奥，意识到有兰迪在我俩之前用枪对着我们，成功取出那把左轮手枪并朝他开枪是几乎不可能的,除非我们能用某种方法分散他的注意力。应该有某种方法能分散他的注意力。

"不会的,"他回我,"虽然这是小说的标准结局,但今晚会死的是你们,我们要慢慢地折磨你们,想先让谁死就先让谁死。我还要玩玩你们的老婆和女儿。弗兰克也要,对吧弗兰克?"他吼道,把烟从口中拿出来哈哈大笑。

弗兰克没有应答。

"你们不应该做'那件事'的。现在要为你们的背叛付出代价,布兰查德先生,你的邻居一家也要为你买单。"

"他在说什么,里奥?"我开始插话,"你们做了什么?"

里奥吃惊地看着我,我用冰冷的眼神回看他。

"没告诉你们的邻居吗?"兰迪说着转向我,"你的朋友们可能对你撒谎了,他们肯定编了一个美化自己的故事。但他们不过是告密者和小偷,所以他们要付出脑袋开花的代价。"

"闭嘴!流氓恶棍!"里奥嚷道。

"让他说!"我大叫,"我想知道到底为什么会发生这一切。你们把我的家人置于险境,这群混蛋正在去找他们的路上……"

"别多管闲事。"里奥生硬地回答,"这跟你无关,皮特。"

我觉得里奥已明白了我的意图。也可能他并没有明白我的意图,严肃地说了这句话。不管怎样,他的反应正如我所愿。

"这怎么跟我无关!他妈的!"我大叫,"你一直以来都骗我说你在一家酒店老实本分地当保安,现在呢?现在我们都快死了!"

兰迪看着这幕乐不可支。

"闭上你的臭嘴,不然我来让你闭嘴!"里奥说。

"你试试看!"我喊道。

然后我朝里奥扑去。我知道会伤到他,但我从他受伤的膝盖上掠过,正好扑在他面前,抓住他的衬衫就朝他喊叫。他确实很痛,号叫了一声。兰迪在我身后笑,但马上让我离里奥远一点。我们还听到弗兰克在门边喊了些什么。就在这时,我看到里奥把手滑向坐垫下面,抓起左轮手枪对着我的腹部。这是关键时刻。我被推到地板上,随即听到头顶上响起爆炸声。"砰"的一声闷响,紧接着便传来痛苦的呻吟。

接下来的几秒我都躺在地上。又响起两声枪响,其中一颗子弹打碎了玻璃,后来我才知道那是朝着花园的一扇窗户。

我看到兰迪的鞋子在桌子下打着转,身体倒在沙发上。他的脸正对着我,眼镜有些损坏了,可以看到他已经失去了活力的眼睛,嘴里叼着的香烟还在冒着烟。

"喂,皮特……"我听到有人在我身后说话。

是里奥,他也倒在地上。

"另一个你也射中了吗?"

"我觉得是,但我不确定。我好像看到他倒下了,但消失了,可能还活着。我现在动弹不了,你能去看一眼吗?"他说着把枪递给我。

我接过手枪,钢铁的触感让我感到心安。如果可以选择,我会像一座雕像一样坐在两个沙发之间一动不动。但我的孩子和朱迪可能正在遭受曼侬和大胖子的折磨,可能已经太晚了,但只要老天还愿意给我们一次机会,我应该赶紧抓住它。

我最好从沙发的左边走,那里躺着兰迪的尸体。我向后爬去,里奥为了给我让条路,移到我们之前坐的沙发后面。

我慢慢地探出头,把枪举在鼻子前,随时准备开枪。弗兰克不在那里,至少从我的角度看不到他。大门开着,能看到门厅的一部分空间,外面雨仍旧下得很大。弗兰克在哪呢?

如果他躲在门边,那他肯定在我看不到的另一边,除非子弹能穿过墙壁,否则我是无法射中他的。我停下来几秒,然后想得更清楚了:我不能在这逗留,孩子们就要被谋杀了。就像自杀式袭击那样,我站起身来举着枪向大门跑去。跨过门槛的时候胡乱地瞄向左边开了两枪。这个夜晚充满了硝烟和火药味。我探身看了看,并没有人。

"皮特,小心!"身后传来里奥的喊声。

我转身一看,弗兰克正浑身颤抖地站在厨房门边。他肯定是在追杀我们的时候走了相反的方向。他朝从藏身处站起来的里奥开了一枪,射中了,里奥摔倒在沙发后面。就在此时我对着弗兰克连开了三枪,但只有两枪射出了,子弹已经用完了。

好在我运气不错,射中了他的脖子,只见他的血喷涌而出,溅到门框和客厅玫瑰色的墙上。大下巴弗兰克在站立了两三秒后倒下了,枪从他手中滑落。

我跑过去捡起那把枪。弗兰克还活着。他颤抖着、抽搐着,像一个电池快要没电的人偶。一小圈血迹已经开始在他颈下的地毯上逐渐扩大。他在看着我,我想杀了他,但我做不到。我看向里奥,他的一条胳膊被射中了,正在艰难地按压伤口。

"里奥!"

"快走。车钥匙在夹克里。快走!叫警察!"

我没再犹豫。里奥的夹克就在门边,钥匙就在里面。我走出门,意识到车在车库里,还发现弗兰克的对讲机落在门厅的楼梯上。他刚才有时间给他的同伙通风报信吗?

我打开车库,坐上里奥的越野车,启动车子驶向那片黑暗之中。

9

刚坐进车里准备发动的时候,我感到腹部一阵疼痛,仿佛有人捅了我一刀。看来胖子汤姆那一脚猛踹踹断了我的一根肋骨,当时我不知道。肩膀也很痛,头部由于被踩踏此刻感到轻微的晕眩。但这些都不重要,甚至我刚刚杀了一个人也不重要。可能有人不会这么想,但对我而言,一枪崩了那个混球是痛快和必须的。我的手仍在颤抖,那声枪响仍在耳畔,他的身体如沙袋般倒下的一幕仍在眼前。*你就到此为止了,弗兰克。你死总比我死好。*但这些也都不太重要。

重要的是,真正重要的是,我要按时到达。

暴风雨肆虐。如果真像神话里说的那样,暴风雨是天神和地神之间爱恋的一幕,那么现在,他们的爱毫无疑问已经白热化。而孕育这战争般的暴风雨的那一大片积雨云,离地千里,停歇在海滩的上空。闪电在这片积雨云间穿梭,犹如巨大的鞭子抽打在海洋和礁石上。大海痛苦地翻涌着,海浪直冲天空,像正在试图赶走马蜂大军的爪子。

里奥·柯根，或者说里奥·布兰查德的路虎犹如一匹愤怒的马，从这惊心动魄的自然景色里跃过，一直到达"比尔之齿"。这样的速度，加上"卫士"车型三吨的车重，可以把任何近身的东西撞碎，把一个人撞得血肉模糊。被这个疾驰的猛兽一撞，其他车辆定会扭曲变形甚至变成一堆废铜烂铁。但我没想这么多。我两手稳稳地抓住方向盘，将油门踩到底。我多么希望这一切都是幻象里的一段故事，多么希望我现在回到家一切都平平安安。如果这一切只是个恶意的玩笑就好了，如果我是个被捆绑住的疯子就好了——

"他从医院逃了出来，抢了邻居的车，开车猛撞到门上。幸运的是他的孩子都安然无恙。他嘛，据说他现在住在一个不错的地方，被护士和花园环绕着。"

我还在"比尔之齿"山顶的小平地上，这时候头又开始痛了。

我以为是胖子殴打我的头部留下的后遗症，但并不是。这太好辨别了：这是我的老朋友——如脉搏抽搐般剧烈的头痛，来自我的大脑中央。嘀嗒，嘀嗒，嘀嗒，头痛在变得更剧烈。

嘀嗒，嘀嗒，嘀嗒，这次，也是最后一次，头痛达到了极点。

我想闭上双眼，想松开方向盘去按太阳穴。我痛苦地大叫。那根脉搏已经不只是像根刺一样扎在我的脑袋里，像根针一样遗落在我的大脑皮层里，现在它前所未有地扩张着，如花怒放，如鲨鱼之口。

它大口地吞噬着我。

此时,虽然不能确定,我感到一道亮光从头上的积雨云中落下来。我觉得那是一道闪电,不可能是别的什么。几秒钟之内一切都变成白色的,而我的头痛也达到顶点,就像一个居心不良的医生在对我进行电击治疗,把电压开到最大,来看看我的头要多久才会像一个西瓜一样爆炸。

我用力地咬住牙关,感觉牙齿都快像玻璃餐具一样碎掉了。但我还是紧紧地抓住方向盘,艰难地睁着双眼,这样我就还能看见前方。

就像放电影一样,我的脑海里瞬间闪过了一些画面。

朱迪和孩子们玩了一会儿。他们的背包里已经装好了睡衣、毛巾和牙刷,正在客厅里,贝阿特丽丝想给朱迪弹首钢琴曲。虽然孩子们担心自己的爸爸,不过有朱迪就会安心很多。朱迪亲切、漂亮、聪明。他们希望朱迪是爸爸的新女朋友。对他们来说,朱迪就像一个姐姐,他们多想有个朱迪这样的姐姐啊!

贝阿特丽丝还在玩爸爸的钢琴,朱迪温柔地反复告诉她应该走了。但就在那一刻他们听到响动,客厅的灯突然亮了。朱迪探出窗户去看。贝阿特丽丝跑向大门准备去开门,她以为是爸爸回来了。

但这时背着背包的杰普喊了起来:

"别开门! 我们应该藏起来!"

同时朱迪看见了那辆发动着的车,看清了它的外形、颜色以及镀铬的轮毂,她感到脊背发凉。

"我们快走!"朱迪大喊,"从后门走,快!"

孩子们跑过厨房,然而就在打开后门的那一刻,朱迪停住了,她面如死灰。为什么?

我听到头顶一声巨响,是雷鸣,让大地都颤抖的一声雷鸣。

我回过神来。我还在里奥的车里,透过满是雨珠的玻璃,我重新看见那片黑夜,灯塔的光照到海滩上。我发现我像正坐在炮弹上飞驰,车几乎要驶离道路了。

我忍着疼痛,用力把刹车踩到底,但车子已经在沙子上滑了一会儿,刹车只会加速车子的偏离。好在我开的是"卫士"而不是我那辆旧沃尔沃,如果是我那辆车,肯定在开出路沿时就翻车了,里奥的这辆越野车表现得就相对好得多。车子突然向前倾,重重地压在前轮上,我的头撞到方向盘上,牙齿差点撞掉。然后车子继续在沙子上往海滩的方向滑动。接下来的几秒,我试图控制车子,本想让车沿着海滩平行于海岸行驶,但紧张使我把方向盘打得过急,我看到车子的一侧翘在空中。几秒后车身恢复了平衡——它向右侧翻了。后果很严重,但我有时间做好准备。我的头撞到车窗上,右车门的把手几乎嵌入我的体内。车子在沙滩上缓缓停了下来。雨还在下着。

我觉得我睡了一会儿,也可能我只是在几秒钟内失去了意识,但当我清醒过来时,一股浓烈的汽油味弥漫在四周。我吓到了。我觉得车子要爆炸了(电影里的车子不都爆炸了吗?),至少要着火了。

我翻过身让自己跪着,然后扶着手刹爬到副驾驶座上,副驾驶座的门现在就像是这个囚笼般的车子的天窗。我毫不费力就打开了这个门,然后脚牢牢地踩在变速器上,先用头再用背去顶推这个门,直到半个身体探出车子。我突然想起了枪。我又回到车里,开始在黑暗中摸索。一定卡在左边的门里了,或是座椅下方,但在一片黑暗中我什么都看不见。我一定要找到,一定。

在车里找不到枪,再加上往外喷着某种气体的发动机,我担心它会随时爆炸,于是爬出了车子。

我跳到沙滩上,感觉全身上下没有一处是不疼的。一切都在以一种奇怪的方式重复着,我一次次掉到悬崖下。在幻象中看到的所有事情都混杂在了一起,并由于我本人的介入而发生着改变,从而创造出一个新的故事。

我开始朝家爬去。

大约用了五分钟,我从沙滩蹒跚着爬到家,只见房子的正面被商务车的车灯照得通亮。我绕着沙丘的边缘靠近,就像在幻象中所做的那样,但这次我没有听见外面有任何的对话。客厅的灯照着露台,从我所处的位置看过去无法辨认出任何人。我搬来一把木质梯子,从房子的另一边往上爬,踩着沙子而不是那些嘎吱作响的台阶。

一爬上去,我就躲在几个大花盆后面,这样一来就能看得更清楚了。

朱迪坐在沙发上,手被捆着,血从一侧太阳穴上直往下流。曼侬在她面前,看上去已经打倦了。朱迪耷拉着脸,看样子几乎筋疲力尽,她一言不发,不哀求也不哭泣。

曼侬一直在用对讲机说话,或者只是尝试着说话。她将对讲机从脸边拿开看看它是不是坏了。我猜她企图跟弗兰克联系,而联系不上让她开始感到紧张。她向朱迪吼了些什么,朱迪摇头。作为回应,曼侬用拿着对讲机的手揍她的脸,朱迪倒在了沙发边上。

我恨不得站起来破窗而入杀了那个婊子。这时我突然记起:

棚子里,皮特,棚子里有一把漂亮的斧子。

客厅里不见那个胖子的踪影,也没见到我的孩子们和玛丽。我再一次像蜥蜴一样悄悄滑到沙滩上,绕着露台爬行,直到身处客厅的视角之外。我不停地问自己杰普和贝阿特丽丝会在哪里,而一想到我也没看到胖子汤姆的时候,这个问题就令人极度恐惧。

我从花园的后面绕到棚子,并从我这个新的藏身之处观察这栋房子。孩子们的房间的灯亮着。他们会在上面吗?和汤姆在一起?那个胖子和我的女儿相处愉快吗?太可怕了,我拒绝继续往下想。

我到棚子里找到了斧子,那是一把砍柴用的小东西,但重量足够把一个成年人的脑袋劈成两半。我拿着斧子离开了花园,向厨房门走去,但注意到有一道黑影正快速朝我移动,仿佛是一只从房子某个角落贴着墙跑出来的蜘蛛。

胖子汤姆的刀是我能从阴影和雨中唯一辨认出的东西,一道银白色的光亮从上方向我的脖子挥舞过来。我本能地抬起手臂,他的手正和我的斧头柄相撞。这时我看清了他的脸：一个龅牙咧嘴的微笑和一双空洞的眼睛，像个怪物。

他压垮了我的斧子，我的防御被破解了。他的刀重获自由，我往后跳了一步，在空中挥舞着斧子。胖子汤姆本可以呼叫曼侬，但他没有这样做，而是无声地对我笑着挥舞着他的刀，刀刃将在微光中打斗的人影折射成几瓣儿。

"你想打一架吗？"他温和地说着，向我右方移动。

我跟着他的步伐移动，像月球和地球，像一个完美轨道上的两颗行星。我的脑海里浮现出关于持刀搏斗的古老建议，它可能是我某次听到、读到或是在电视上看到的：在使用刀的搏斗中，要领之一是永远不要试图抓住对方持刀的手，之二是以攻为守，之三是仅防守是撑不了多久的。

汤姆的刀像一条在我眼前舞动的被催眠的蛇。胖子的身手比我想象的要快，他步伐快速而短促地呈 Z 字形移动，我只能试图跟上他的节奏。

"你不行，不可能的。"他说，"认命吧你，我很快的。"

"弗兰克和兰迪也这么说过，"我回应道，"但他们已经死了。"

我本想吓唬他，谁知这些话似乎对他影响甚微。他的笑容处变不惊。

"你撒谎。"他一边说一边向我右边小步移动。我意识到他想干什么，我被困在了墙边。

我立刻跳出来，而他则企图从上方刺伤我，这一刀离我的胸口只差几厘米。

我再一次逃脱了,并将斧子举到头上挥舞着。

以攻为守听上去很简单,但是在深夜里,在一场疯狂的暴风雨中,遍体鳞伤的我预感那刀尖迟早会扎进我的肝、我的肾或者我的肺。汤姆一直在微笑。

"不要反抗了,哥们。你知道接下来会发生什么,你对我无能为力。你是做什么的来着?律师?工程师?你不会打架,你看你的小手,像女学生。"

他朝我跳了一小步,我后退。他朝空中刺了两刀,我笨拙地放低斧子,打在了膝盖上。汤姆抓住机会又捅了一刀,这一次我几乎被刺中了。刀尖划破了右颧骨,我感觉到热乎乎的血从脸上流下来。

我们已经远离房子了,现在身处花园里离海滩较远的那端。我注意到那胖子一直在把我带向另一面墙。每次我尝试着逃离,他都会向前刺一刀让我回到那个方向。一旦他把我困在那里,我会很轻易被刺中。那里没有可以躲开刀子的空间。

正当我朝后退着的时候,脚上碰到了什么。是化粪池的排水沟,它仍然没有被盖上。我曾两次注意到这个问题,一次是它弄坏了割草机的刀片,还有一次杰普被它绊倒过。而现在,我很高兴它被遗忘了。我这双"女学生的小手"的机会来了。

我像一只在高墙上行走的猫,一只脚踩在另一只脚的后面,直到差不多身处排水沟的中间。汤姆的注意力都在我的手臂上,并没有注意他脚下的黑洞。我把斧子稍微举高了一点,以确保他的目光放在足够高的地方,然后我向右转了一点,迫使他为了正面朝向我并防止我从圈套里逃脱而不得不移动。就在这时,他的左脚踩空了。那仅仅是一个二十多厘米的空隙,但足够了。那个洞让他惊慌失措。他惊恐地向下看,认为自己将掉进一个更大的陷阱里。这一刻,我抓住机会朝他的脑袋砍了下去。他比我矮了一些,这一击几乎完美。我听到一声干巴巴的咔嚓声,随后又传来一声怪号。他像个失去生命的玩偶,倒下了。我松开斧柄,让凶器滚落地上。胖子汤姆已经成为历史,我赢得了一场不可能的战斗。

很快一切陷入了诡异的安静之中。雨还在下,风从海上吹来拍打着房子。闪电从空中出现又消逝,有时浮现在云间,有时鞭打着大地。由于某种原因,我感到万籁俱寂,每一个脚步声听起来都像是从几英里以外传来。

当我准备好要打开厨房门的时候,我注意到自己的双手。说是颤抖都太轻了,它们正在摇晃。我几乎无法把它们放在门把手上,双腿也是同样的情况。这一晚我已经杀了两个人,我还用斧子把那个人的脑袋一分为二,没有比这更糟糕的处理方式了。

我小心翼翼地打开了门。回忆起上一次同样的情景时,心提到了嗓子眼。但当我进去的时候,厨房里空无一人。没有坐在椅子上被塑料绳捆着的、被粗暴威胁的孩子们。恐惧消退了许多。"感谢上帝。"我喃喃自语。

我打开其中一个抽屉,不得不左手抓住右手腕去取一把刀子,以防发出声响。那把刀不能太大,但一定要很锋利且好控制。前些天我正是一边用它切西红柿一边亲吻朱迪。我将它紧紧攥在手中。这一晚我已经用手枪和斧子杀过人了,为什么不能再试试刀子呢?

"汤姆?"曼侬从大厅里喊道,"是你吗?"

厨房和过道都被黑暗笼罩着,我靠着冰箱等了一会儿。如果曼侬出现,我要攥住她的喉咙,把刀刺进她的腰部。

"汤姆?"那声音又重复了一遍,然后她倒吸一口气,几乎要笑着说,"啊……我看到了,你不是汤姆。"

这时我听到两声巨大的爆炸声,冰箱门擦着我的脸飞向半空中。我一屁股坐倒在地,并爬向一个离门最远的角落。我想这就是结局了,曼侬会从门边探出身子,像抓老鼠一样将我从地上抓起来。但是这并没有发生。

"你是谁?布兰查德?邻居小哥?我的妈呀,弗兰克和兰迪这两个白痴。"

"警察已经在赶来的路上了!"我大喊,"你完了!"

曼侬又一枪,这一枪直接打进了门里,并从门里穿出来打碎了其中一扇窗户的玻璃。"那个女人在我手上。"她说,"现在我要带着她一起走。如果你们两个敢多事,我就杀了她。"

不知为何她不敢进入厨房。根据她所说的,想必她觉得她遭遇的是里奥和我两人的伏击。我此时意识到,最有可能的是她推断我们手上有兰迪和弗兰克的武器。

里面突然传来朱迪的尖叫,随后是曼侬命令她移动的声音。

通过脚步声和阳台的窗户滑动的声音，可以判断她们正要去露台。我想过从后门出去，并在曼侬把朱迪弄上车时偷袭她，突然我听到了一声大叫，然后又是一声，有人骂了句脏话。我站起来从走廊赶到客厅。在大窗框下面，三个女人打作一团。曼侬、朱迪，还有不知从哪儿冒出来的玛丽。

后来才知道，玛丽绝望地穿过沙滩跑到这里的时候，她看到汤姆和曼侬的车也来了。她一直躲在花园的暗处，看到我来了，但按兵不动，因为当时她疲惫不堪、惊恐不已。听到枪声后她重新靠近了房子，并撞见了背对着她带着朱迪往外走的曼侬。她趁机勒住了曼侬的脖子并试图松开朱迪，恰好这时我在客厅门那边出现。

根据我所看到的（这也被记录在了随后的警察笔录里），事情是这样的：曼侬由于被玛丽吓到而放开了朱迪，用她拿枪的手打了玛丽。子弹打到了天花板上，玛丽双手并用想要控制枪，但曼侬给了她一拳并开始打她的肚子。朱迪跪倒在地以后，抱住曼侬，试图阻挡她落在玛丽身上的拳头，但曼侬一脚踹开朱迪，并在此时成功把枪抢了下来，开了枪。

我当时正穿过大厅，几乎是扑到三个女人上方，我看到那一枪正中玛丽胸部，那个美丽的女人在受到子弹的冲击后，整个身子都颤抖起来。她紫色的睡衣染上了暗红的血，站了几秒钟后倒在了露台外的草坪上。

"玛丽！"我大喊。

我像轰炸机一样扑向曼侬，将她推倒。她的身体像被钉在了窗框上。尽管如此,她仍然死死握住手枪开了一枪,却只射中了黑夜的空气。我扑过去抓住她的双手,立刻感觉到了她体内的力量,简直像在用扫帚制服一条凶猛的眼镜蛇。我成功地控制了她握枪的手腕,但她的另一只手剧烈挣扎着企图挣脱我接住枪。几秒钟以后,她将手伸向我的脖子,猛地掐住我的喉管,我几乎窒息。我本能地去掰开卡在脖子上的手,她抓住机会攻击我的上臂,又一波剧痛让我的右臂几乎断掉,随后她又攻击我身体的一侧,使我摇晃着倒向一边。

在我恢复意识之前,这个毒蛇一般的女人已经将我击垮。她用膝盖踹了我几下,坐在我肚子上。

我们四目相对,只见一道血从她的额角流下,头发凌乱不堪,黑色的眼睛里燃烧着怒火。

"再见了,狗娘养的。"

我从半睁着受伤的眼睛里看到了她的枪口。我只能徒劳地伸着脖子,迎接枪声。然后一切就这样结束,就像我梦里发生的那样。皮特·哈珀的一只眼睛被打穿了,脑浆飞溅在他在爱尔兰海滩上美丽房子的地板上。父亲明天读到的报纸将正如我之前所预见的那样。被床单裹起来的尸体犹如巨大的白色幽灵。父亲应该又会喝酒、抽烟,做所有激怒母亲的事情。他可能不会活太久了,某一天他会发现躺在铁轨上的意义。

一切都结束了,在这个暴风雨的夜晚。在海滩上奔跑的玛丽,坏掉的栅栏,四个凶手和他们的商务车,胖子汤姆的刀,山丘上的意外,棚子,斧头。而关于我本人的死亡则有三种不同的方式:一次罕见的自然灾害,被刺死,或者头部中枪。

"别动!你这狗娘养的!"一个声音传来。

是朱迪。她已经站了起来,双手握着壁炉的拨火棍。她刚刚结束高尔夫挥杆训练,拨火棍正处于击球的最高点,而现在这个球就是曼侬的脸。曼侬张大嘴看着她。她想要抬手瞄准朱迪,但朱迪动作更快。她用尽全力将拨火棍砸向那个蛇蝎女人的脸。我无法形容什么被打破了,因为曼侬的脸满布鲜血,像一个装了死鱼的口袋一样撞向地面。

当我站起来并拥抱朱迪的时候,我发现她全身都在哆嗦,死死地盯着曼侬。

"我杀了她吗?"她抽泣着问。

"我希望是这样的。"

玛丽躺在地上,嘴和眼睛都张着。

朱迪跑出去叫救护车,尽管车离我们还很远,很远。在风的嘶鸣中,依稀已能听见几声警笛。

10

　　两天以后,正在土耳其中部旅行的克莱姆在手机终于有信号的时候几乎同时收到了两条短信。一条来自荷兰驻爱尔兰大使馆的随员乔斯特·莱沃特,短信中请克莱姆尽快与她联系,这是事情发生的前一晚所发,那时我在家里失去了理智并被送到了医院;第二条短信是我发的:"你必须尽快赶到多内加尔,这里发生了一些可怕的事情。"

　　他们乘坐从伊斯坦布尔到德里的航班,从伦敦转机,几乎没有喘息的时间,在第二天下午四点左右赶到了邓洛伊医院。尽管有我给她每次转机的时候发的短信,以及去机场接她的使馆官员一路安慰,克莱姆仍然面色苍白如纸。

　　帕特里克·哈珀几小时前就到了,他坐了在都柏林生活期间最贵的一次出租车(他总算是成功离开他在自由街的家了)并在当天上午赶到了邓洛伊。

　　在这十多个小时里,记者、警察以及好奇的人们将医院围得水泄不通,我父亲对此紧张万分,觉得处境可能比想象的更糟糕。在确认儿子和孙子孙女都安然无恙后,他控制了形势,仿佛重新当上了车站主管一样:照料孩子们,与《城市日报》的记者们谈话,有条不紊地处理各种麻烦并且让它们远离我们的病房。克莱姆出现的时候,他是头一个跟她解释的人:"发生了枪击案,几个人袭击了皮特的家,但是孩子们都躲在海滩上的岩石那边,直到天亮的时候才被找到。他们着了凉,有几处划伤,但状态还好。"

克莱姆扑向孩子们,足足拥抱了五分钟,反复检查他们每一寸皮肤和头发,不停地亲吻他们。

"是杰普报的警。他说我们必须离开,朱迪第一时间就知道了,她让我们从后门离开。"在尼尔斯和我父亲诧异的注视下,贝阿特丽丝告诉她妈妈事情的经过,她仍然在抽泣着。"但到了那里,她跟我们说一分钟后就回来。杰普和我藏在沙丘下面。杰普疯了一样拽我,说我们必须躲进岩石里的洞里。我们在那里待了一会儿,后来听到几声枪响。我开始哭,以为他们杀了朱迪,但是杰普没让我出去。最后我们看到有人朝我们走过来。是爸爸。"

中午的时候,克莱姆和尼尔斯出现在我的房门口,他们脸色蜡黄,看上去这两天没怎么睡觉。从某种程度上说,我很高兴见到他们。我很感激尼尔斯没有待在房间外。他进来了,握住我的手并问我感觉如何。我说还行。上一次见他的时候,我还往他嘴上打了一拳,现在却是我断了两条肋骨,嘴也裂开了。这简直是个黑色幽默,我们三个都笑了。

"可到底发生了什么?警察没跟我们说太多。他们只说你邻

316

居家里发生了枪击,有人想打劫这里。一个新闻发言人说有人开了几枪,你的邻居们都受伤了……"

所有人都想听故事,但故事实在很难讲,况且我还担心着别的事情。

有人知道里奥或者玛丽怎么样了吗？我只记得在最后生死一线的时刻,警察和救护车到了,朱迪把玛丽的伤口压住止血,我跑去海滩上找孩子们。我们回来的时候我看到两个女人都被送上了救护车。玛丽看上去很不好,脸色像月亮一样苍白,口鼻部罩着塑料的氧气罩。我们还没来得及说什么救护车就飞速开走了。我看到在"比尔之齿"最高处有警灯往里奥家的方向移动。我把他留在了他家客厅的地板上,他身上有两处枪伤,到现在都没人告诉我他是否还活着。

爸爸出去问了几个问题,回到房间后告诉我里奥他们不在邓洛伊医院。"他们被转移到别的地方去了,我不知道是哪里,也不知道原因。"

我的疑问并没有得到解答。

"听说你那天下午还在医院,然后遇到了紧急情况,没说一声就走了,对吗？"

这也是一大早就赶到的《城市日报》的侦探们十分感兴趣的话题,"请详尽告诉我们本该在医院过夜的您为什么会出现在小镇里。"

我绝对没有撒谎。我告诉他们我离开是因为我预感到有不好的事情将要发生,我得去阻止。我向他们解释从医院到克兰布

317

朗的整个过程,包括用车载我的那两位看望病人的小伙子和老太太——为了证实这一点,他们联系了医院,也查看了记录。我还描述了在"安迪家"的短暂停留,之后又在朱迪的旅馆借了一辆自行车。一切都可以被证明,甚至包括我在路上遇到的意外,以及那些罪犯抓住我,谢天谢地我得以及时通知里奥和玛丽。他们全都记了下来,但是不停地交换猜疑的目光。"请您再跟我说一下那个预感,您说您是什么时候有这个预感的?"

我看到他们在走廊里跟瑞恩医生和约翰·莱维交谈,那是医院的心理医生。两人都茫然地摇了摇头。我能猜到他们脑子里在想什么:他们没有任何理由怀疑我,但我的故事实在难以自圆其说。

可能是因为这个原因,我的房间门外整日有两个警察看守。这时我终于能和朱迪团聚,我们一起待在病房里,爸爸和尼尔斯在旁边。克莱姆在孩子们做完笔录后带他们出去散步了。克莱姆、爸爸和尼尔斯都被朱迪的勇敢行为折服,并且感激不已。她独自留在房子里直面歹徒,并因此被打了好几下,在眼皮上留下了一道伤疤。然而,所有人都在问同一个问题:"你们是怎么知道他们会来伤害你们的? 你们是如何预先知道他们的企图的?"

"我不喜欢他们的外表,"朱迪抓着我的手说,"而且我最近听说了很多事情,比如商店里的盗贼,有人在房主睡觉的时候抢劫、入室盗窃这一类传闻。我只是看到了那辆商务车,还有某些让我警觉的东西。"

"想必是上帝因为你的善良而在保佑你,加拉格尔小姐。"父亲说。

那些警察似乎对这个故事满意得多,可能是由于朱迪天使般的脸蛋——脸上还装饰着几条塑料软管,最后说服了他们。

后来我知道瑞恩医生、莱维和考夫曼共同出具了一份关于我"预感"的报告。他们将此判定为一次帮助我对袭击提前预警的"幸运的"巧合。"当然,这与现实是完全无关的。"报告中还提及了我曾拜访邓洛伊警察局,以及与席亚拉·道格拉斯警官的会面,她为我作了证:"他当时千真万确担心家人的安全。我当时觉得他简直是个妄想狂。但可能那个预感救了他一命。"

"这是个案。"一位邻居在当天下午的爱尔兰广播公司的新闻里如此说,"在那之前,从未听说发生过类似的事情。有人说是一伙东欧人。很显然,那些警报器贩子的话不是空穴来风。那是真的,我们偏僻的小区需要更好的保护,或是能做到像哈珀先生那样未雨绸缪。如果您问我的意见,我表示很高兴,今天这世界上少了四条恶棍。"

天黑时分,其他警官也来了,他们告诉我里奥和玛丽已经被转移到德里医院。他们还活着,虽然玛丽正在做手术。

"她有生命危险吗?"

"明天才能知道。现在如果您不介意的话,我想跟您核实一下里奥的一部分口供……"

一共有四具尸体,所以要解释四位死者的死亡过程,一直到半夜他们才还我们清静。

第二天事情又出现了变化。警察消失了,据说有"最新消息"。

他们还告诉我,玛丽已经脱离了危险。"她现在非常虚弱,但情况在慢慢好转。"

我们可以回家了,但接下来的几天还不能离开这个国家,因为我们还得应付更多的问题,比如去一趟法院。

克莱姆和尼尔斯多留了一天,直到朱迪和我收到出院通知书。我坚持让他们将孩子带回阿姆斯特丹,尽快离开那座房子,好让他们忘记这一切。我向他们保证我很快会回去。

"爸爸,你保证?"

"我向你保证,我的女儿。一旦解决了这些乱七八糟的事我就回阿姆斯特丹看你们。"

出租车在朱迪的旅店旁等着,我十分不舍地与他们分开。半个镇子的人都来了。贝阿特丽丝和杰普在多内加尔度过的这个短暂而充实的夏天中结交的一些朋友也来向他们道别,带着准备好的鲜花和礼物。劳拉·奥洛克、道格拉斯太太还有费根酒馆大半的员工都来了。大家围在一起,没有问我太多的细节。官方的故事版本是:"劫匪在多内加尔企图实施暴力抢劫的过程中死亡。"朱迪和我不去纠正它。

听说那些卖防盗警报器和自卫小刀的贩子由于这件事赚得盆盈钵满。杜兰开始在花园里卖移动传感器和假警报器。"安迪家"的小姑娘面带紧张的笑容上了电视,她说四名劫匪让她不安。他们喝了四杯浓缩咖啡,其中一个还把一包烟忘在了桌上。她认为那是几个白种人,但她也不确定……至少她的陈述打消了人们针对我的一些怀疑。她说那天晚上她看见我进了加油站,我向她打听了几个人,然后急急忙忙走了。

在 7 月 21 日星期天的《爱尔兰时报》上的一个小专栏里,警察局说明了他们"严肃的"怀疑。他们怀疑劫匪属于一个"盗贼团伙",并说国际刑警组织已经着手配合这个案子,很快会有新的消息。

而那些新消息再也没有被公布过。

父亲又待了一个星期,他跟朱迪和我一起住在旅馆。这位脾气暴躁的老人如重获新生般一夜之间变了个人。他为我们准备早餐,不让朱迪在店里工作。"让我来吧。你们什么都别做。"我想他的生活唯一需要的只是一个任务。我很高兴再次看到坏脾气的他,尽管一周结束后我说服他回了都柏林。我向他保证我很快会过去。

与此同时,我们依然没有里奥和玛丽的消息。我打电话给德里医院,被告知他们已经不在那儿了。"那位女士已经痊愈了,并且在两天前坐上一辆去往都柏林方向的救护车离开了。"她的最终目的地是哪儿？没人知道。

她的手机停机了。我向警察们求证，他们告诉我里奥和玛丽已经去都柏林为法庭作证，并与那边的美国使馆工作人员取得了联系。这个案子好像已经"转交"了。

"转交给谁了？"

"我没注意，哈珀先生。但是我可以告诉你两件事：你遇到的袭击并不是如新闻所说的普通的犯罪；他们不是小偷，而您的这两位朋友也不是什么普通人。"

又过了一个月，小镇相对归于平静。我仍然和朱迪住在旅店里。我家和里奥家仍由于警方的搜查而被封锁。里奥和玛丽仍毫无音讯，连一个电话也没有。

8 月 26 日那天，两栋房子解除了封锁。伊莫金·菲茨杰拉德帮我处理了文件，让我得以在不交罚金的情况下废止租赁合同。此外，她还负责与保险公司的专家合作，联系了一群清洁工在几日内将房子恢复正常。她还帮我联系了一家国际搬家公司。9 月 15 日我把钥匙交还她，告别了克兰布朗。

关于阿姆斯特丹，朱迪什么都没说，我尊重她的沉默。我们仍然受着伤，身体虚弱。许多个晚上我会号叫着惊醒。汤姆出现在我的床边来复仇，我的斧子仍嵌在他的头上，将他的神经系统切成两半，让他抖动着嘴巴，眼睛骨碌直转……现在是朱迪将我从梦魇中唤醒。她抱着我，甜蜜地亲吻我的脸颊。一两个小时后我才能再次入睡。

　　9 月 8 日，我在事情发生后第一次回到那里。朱迪坚持要陪着我，但是我告诉她我想一个人去。我需要一个人去。

　　那是个灰蒙蒙的早晨，下着雨。我去了特雷莫雷海滩。栅栏被绳索重新固定，看到它时，我还是冷不丁打了个寒战。

　　我绕着房子外面走到后院，停在当时汤姆倒下的地方。看看是否有人把他装进塑料袋带走了。伊莫金的清洁工给化粪池的排水沟竖了一块用红漆涂的黏土牌，也许是为了遮盖去不掉的血迹。在陌生的墓碑前，并没有人为他的灵魂祈祷。我呆呆地站在那里，想着那一夜。头骨分裂成两半的声音仍在耳边回响。*你自找的，哥们……*

　　我走进屋里时，里边非常安静，只有雨水打在屋顶上，发出滴答滴答的声音。客厅安装了新的玻璃窗，地毯和家具已被清得无影无踪。伊莫金说这房子想要重新租出去得等到一千年以后了。因为现在除了昂贵和僻静，它还有个恐怖的传说。但这是一栋漂亮的房子，特别是对于寻找一个栖身之处的艺术家来说。

　　阁楼上放着几个搬家用的纸箱，我把它们搬下客厅。没有太多收拾的东西，只是一些衣服，书籍，还有工具。我要把这些都寄到阿姆斯特丹的工作室。以后再想想做些什么。麦克斯·希弗要将他的房子提供给我住，还有帕特·邓巴。我的事情见报后，帕特一直在跟我联系。我的名字再次出现在媒体中，"作曲家皮特·哈珀在爱尔兰海岸遭遇袭击。"我被描述成了英雄,为了保护自己的孩子和邻居用斧头干掉了几个行凶者。这样的新闻,小报很喜欢报道,于是帕特每周接到十个询问我工作的电话。"这是免费广告,皮特(当然是了,我只付出了两根肋骨的代价),你可不能拒绝,我闻到了钱的味道啦!所有人都希望你来创作,你现在必须开始工作!"

一个小时后,我正坐在客厅的地板上打包。雨开始变小,天光明亮起来。房子里很冷,我起身拿一些木柴生火。我抱着最后一些储备的柴火回到客厅。不管怎样,我会想念这个地方,我想。每天早上在鸟鸣和海浪的波涛声中醒来。收集柴火、生火、割草。看着里奥沿着海滩跑步,走出门跟他打招呼,邀请他喝啤酒。

我开始在壁炉里生火,心想或许堆在沙发旁的杂志也可以转化成热能,为这栋房子提供最后的服务。正当我点燃火柴,准备把报纸搓成的球点燃的一瞬间,发生了两件事。首先,风从烟囱吹进来,火柴熄灭了;其次,有人敲响了我的门。

砰,砰,砰,三下。

我的心脏停止了跳动。不,这不可能是真的。

敲门声再次响起。

我站起来,慢慢地穿过客厅走到门口。我没问是谁,问来做什么呢?我默默地拧开门锁,转动把手,然后打开了门。

有个人站在门口,从头到脚湿透了,脸上露出笑容。这个人我认识。

"哈珀!好久没给我开过门啦!"是特雷莎·马隆,镇里的邮递员，"我正准备离开。"

"特……特蕾莎?"我几乎结巴着说，"您在这里干什么?"

只见她全身裹着塑料雨衣，她的摩托车就停在我的车旁，由于风雨的缘故我没听见发动机的声音。

"朱迪告诉我你来了，那么我想我应该……尽管这让我不寒而栗。是这样的，这里有个你的包裹，上面写着你的名字，皮特·哈珀。我想我应该亲手交给您。"

她递给我一个裹着塑料袋的小包裹，上面写着我的名字，还有一句"亲启"。

寄给我的包裹却只写了小镇邮局的地址。我打开它，看到了他的名字，只有他的名字。

我仔细端详这个包裹。

"您知道是从哪里寄来的吗?"

"上面没写寄件人的地址，但邮戳是英国的。它是装在一个大盒子里寄来的，上面写着邮局的地址。"

"也许是镇上认识我们两人的熟人。"

我们似笑非笑地四目相对。

"你有他们的消息吗?"她问。

我摇摇头。

"昨天来了两辆搬家的卡车。"她说，"他们清空了房子。我的表弟克里斯认识邓洛伊的警察，我是从他那里得到的消息。他问他们要运到哪里，他们说是要拿去存放起来，并没有其他用途。我们能想象，明白我的意思吗? 再也不会运回这里了。这并不奇怪,毕竟发生了这样的事情。但或许我们都希望有个告别之类的……"

她的目光落到我手里的包裹上。

"谢谢,特蕾莎,专门给我送来。"

"我听说你也打算离开这里,是真的吗?"她说着,把手放到我的前臂上,"我很抱歉你和你的孩子们经历了这样的事,我们整个镇子仍然有些害怕。答应我,离开之前告诉我们一声。"

"我答应你,特蕾莎。"

她的手轻轻滑到了我的手上。

"我不希望您不告而别,知道吗?哈珀先生,我想跟您说声再见。"

"我走的时候,"我说着,慢慢地抽出手,放在门把上准备关门,"一定第一个通知您,第一品脱酒我买单。"

我笑着说再见,马隆小姐回到了自己的摩托车上,随着发动机的轰鸣声,她朝"比尔之齿"的方向开去了。

我关上了门,点燃壁炉,拆开了包裹。

里面只有一封信。

我站在炉火旁边,展开信开始读起来。

皮特:

我希望能有更多的时间来给你写这封信,但我不知道几个月后你会在哪里,我也是一样。但我想让你收到我的解释。他们不让我跟你联系,我几乎是秘密给你写的。我觉得必须这么做。我欠你和你的家人太多,我认为你至少应该知道真相。

首先,我希望你和朱迪的伤口正在愈合,并祈祷你的孩子安好,祈祷这场因我而起的噩梦最终能化成一份恼人的回忆,直到你忘掉它,或者把它当成一次冒险。

现在,我要谢谢你救了我们的命。玛丽的枪伤几乎是致命的,但目前来看手术很成功,感谢上帝,她已脱离生命危险。她是一个坚强的女人。至于我的膝盖和肩膀,我想以后不能跑得像过去一样快了,但至少我还活着讲这个故事,这一切都归功于你。

如果那天晚上你没有出现在我们的家门口……如果你不坚持让我随身携带一把枪,一切都会有不同的结局。那天下午去医院探望你后,我尝试不理会你的建议,但做不到。我到阁楼找出那把几年前买的旧左轮手枪。起初我想放在客厅里的某个地方或者枕头底下。但是想到那天晚上你的孩子们要来过夜,我不能把武器随意乱放,再加上外面暴风雨来临……万一你说的是真的呢?不管怎样,我还是把枪绑在了脚踝上,后来你来了……你救了我们,皮特。你给了玛丽逃跑的机会,阻止了那场枪击。虽然我们都负伤了,但如果不是因为你,我们连丝毫的机会都没有,都是因为你的固执,你的疯狂,你的天赋……

事实证明,你确实拥有它,皮特。我不知道它从何而来,但请你将它视若黄金好好保存。我知道你因此而痛苦,但它能给你带来好运。谁知道呢,说不定有一天你看到了开奖号码,突然空气都弥漫着玫瑰的芳香……事实就是没人能比你预见得更多。你是对的,从第一天开始你就是对的。但我们跟你说谎了,我们不得不这样做,避免告诉你真相。

现在我猜你应该恨我们的执拗。你从第一天起就知道将要发生的一切,但由于我们拒绝承认,最后将你的家人置于险境,我感到非常抱歉。但是世界上没有任何一所学校教会我们相信鬼神、幻象之说……特别是噩梦的预兆。我觉得我们在试图淡化它的重要性。

其实,那天下午我差点告诉你了。当你提到丹尼尔,那幅你在书架上发现的油画……我差点就跟你全盘托出了,但转念觉得这么做很傻。从第一次见到你,我就把你当朋友。皮特,你是我多年以来遇到的第一个好朋友。我喜欢你的灵魂。你的内心是美好的。所以我几乎要袒露一切秘密。但我的双腿不听使唤,我愚笨的脑袋阻止了我这么做。"如果你弄错了呢?"我对自己说,"如果这个小伙子隐藏了奇怪的目的呢?"玛丽一向信任你,她从来没有怀疑过的纯良。她说,也许你潜意识里能感觉到什么,也许我们留下了太多的细节,我们如此信赖你。但是,我犹豫了。那天晚上你第一次来敲门,我彻夜难眠,试图推断各种可能性。"这是计划的一部分吗?你是想从我们这儿套出什么吗?"我想这是因为这么多年来,我从事的职业都要求我尽量不被表象所迷惑,特别是在被人追杀的时候。

我也调查过你,很抱歉,我现在唯一能做的也只剩抱歉了。如果能给你一些安慰,那么我向你坦白,我也调查过之前租你那栋房子的人,那个奇怪的专门搬来观察鸟类的德国人。那个家伙真的让我紧张，每当我转过头就会看到他爬到一块岩石上，将望远镜对着我的房子。跟你讲，这是你我之间的秘密，因为玛丽什么也不知道：某天下午我悄悄溜到他家去打探了一番。他一定发现了，几个月后就搬走了。

现在你应该知道了，是的，里奥·布兰查德和玛丽·布兰查德就是我们。至少是曾经的我们。我们不叫柯根，我也不喜欢这个奇怪的姓。我们正准备起的新姓就正常多了，另外出于安全考虑我们还要换个名字，但是不能告诉你，希望你理解，不过新名字真的很好听。

这是我们向你撒的谎，但我保证没有其他了。几乎一切都是真的，我在酒店当保安，玛丽画画，和我一起旅行。我也的确在2004年开始思考着退休。正如我告诉你的，我们旅行了25年，住过十多个城市，我觉得累了，厌倦了这种在启程前只能交到不超过两三个好朋友的流浪生活。

玛丽和我本打算在泰国的皮皮岛海滩上买栋楼，开家小型的酒店或宾馆，然后在享受阳光和帆船的日子中度过余生。于是我向工作的酒店提出辞职，准备开始新生活。但就在那个月，我得到了一个在东京"六星级"度假村工作的好机会。

合同期限是"一年"，身份是"顾问"，工作内容是"酒店保安并负责组建一个团队"。六星级，你知道这意味着什么吗？工资几乎是一般酒店的四倍。我当时应该提高警惕，毕竟这几年安保业务变得越来越便宜了，从哪里来的这么多钱？但报酬着实太诱人了，这笔钱将填补我们的泰国计划最后的资金缺口。我接受了这份活儿，当年夏天就去了东京。这是我一生中犯下的代价最昂贵的错误。

我从5月2日起开始工作，没过多久我就意识到不对劲。多年的工作经验能让我明辨是非。在那个地方有很多听起来不太好的事，或者可以用"腐烂发臭"来形容。看起来非常不专业的主管在第一天欢迎我时说道："我们有一些非常特殊和尊贵的客人。度假村的第一条规定就是保密，我希望您能理解，布兰查德先生，忠诚和保密。"接下来酒店里的活动可以用钱来概括，我觉得这闻起来有一股死鱼味儿。该死的，我应该在第一个月里就辞职，但我没有。我可能想：别太纠结于与自己无关的事，拿一年四倍的工资，然后离开这里。

皮特，我可以告诉你更多来证实自己犯下的错误。那些客人里没一个是"干净的人"。你只需要看看他们的脸、大型豪华轿车、愚蠢的外套、妓女，以及在套房里的纵情狂欢就可以知道。我确信，自己在多年的诚实劳动后，踏入了蛇窝。这是警方所谓的"老巢"，我正处于老巢最深处。虽然表面看来我的工作是咨询，负责安装摄像头，解释程序，但他们安排自己的人在监控室的电脑前。可不管怎样，我还是能获取所有信息，我知道怎么做，鉴于这种情况，我认为自己应该找个紧急出口。

当然了，"他们"不断给我发出信号——大量的金钱和礼物。我工作到六个月的时候，他们给我买了保时捷作为庆祝，夸我工作中有奉献精神和忠诚。"忠诚"是他们嘴里最重要的东西，皮特。他们每个月也会给玛丽大量珠宝，玛丽本不想接受，是我不让她退回。我犯下了更多的错误。合同期到了一半，我意识到辞职是一件危险的事情。后来到了八个月的时候，我的主管把我叫到办公室，想要跟我签订终身合同。他们对我非常满意，想让我"永远留在那个大家庭里"。你应该看看这些犯罪分子是如何说出这句话的。在我说了自己的其他计划后，他脸色一变，皱着眉头说："退休？您还很年轻啊，布兰查德先生。这么快离开将多么令人失望啊……恐怕我们的投资者会有点不高兴，您知道吗？"

从那以后，我的工作量变小了，和主管见面的次数也少了。我意识到他们的大门在逐渐对我关上，一开始我很满意，这说明他们接收到了我发出的信号。直到有一天晚上，我回家的时候，两辆车在高速公路上拦住了我的去路。他们指挥我开上岔道，将我带到一个僻静的海港区。一些穿深蓝色西装的人接待了我，他们的头儿是一个白头发、自称霍华德的人，自我介绍是国际刑警组织驻日本的官员。

"今天晚上我们在东京逮捕了一名凶手。"他向我展示了一个公文包。里面装着我和玛丽的照片，我们家的地址和车牌号。"他们被发了'自由卡'，今年年底会找上你们。这些人通常为那些没接受'洗礼'的人策划一场交通事故或者室内爆炸。你们无法回归正常生活，布兰查德先生。但你们或许可以为自己做些什么，我们国际刑警组织也有类似'美国联邦证人保护计划'的保护措施，但是是国际标准，您想要加入就必须与我们合作。"

换句话说，玛丽和我快死了，国际刑警组织为我们提供了活下去的唯一机会：给我们新的名字、新护照和一些钱，在其他地方重新开始。作为回报，我们必须帮助他们从度假村电脑上得到一些信息。比如姓名、电话号码、日期等。

我们能考虑的时间很少，你应该看看那天当我告诉玛丽这一切时她的反应是多么惊慌。我们走出家门，钻进一家人山人海的商场待了四个小时，直到商店关门。那天晚上我们在酒店里睡觉，凌晨四点的时候我打电话给霍华德，告诉他我们接受了这笔交易。他们派人到酒店告诉我们第二天的计划。其中有个人一整个晚上都坐在沙发上喝咖啡，手里拿着一把左轮手枪。另一个则坐在椅子上守着门。他们警告我们要远离窗户。我们几乎只睡了一两个小时。

我仍能获得度假村的一些信息，但必须在一天之内得到，然后彻底消失。那天上午，我颤颤巍巍地去上班，试图让自己镇静下来。我花了半生追小偷，而现在自己就是小偷。我选了一个比较愚笨的小伙子来骗，说要去软件服务商那里证实一些东西，所以需要进入监控室一小会儿。我就在那里完成了下载工作：将一千个文件储存到指甲盖大小的芯片上。我将芯片放在舌头底下来通过安检，这是他们教会我的。然后我声称要去街对面吃个早餐，于是他们再也没见到我。

这就是我们被保护的生活的开始。那天有更多的特工乘坐防弹车来到酒店，我数了一下，一共有八名。他们说会带我们去大阪，但实际上这是个谎言。我们的情报对他们至关紧要，所以他们要采取一切措施保障我们的人身安全。他们不让我们回家，给我们提供全新的衣服和我们所需要的一切，但前提是我们不能暴露行踪。我们被迫将房子、邻居、书籍、衣物乃至玛丽的作品都统统抛在身后……这简直太可怕了,我们极度紧张。玛丽问特工我们是否能在走前浇浇花,然后把猫留给邻居照看,但被特工否决了,理由是"太过冒险"。

我们戴着棒球帽和墨镜到了一栋位于越南边境的安全屋。那是一个陈旧的军事营地,窗户被细钢条封住,四处都是监控探头和全天候的巡逻人员。特工们让我给酒店打电话,告诉酒店我有个家人生病了,需要回去照看他几天,之后再和他们联系。

我们在这里像囚犯似的足足待了两周,这太可怕了,他们把我们当成家畜。在听到他们再一次叫我们不要靠近窗户时,我几近崩溃。玛丽来了之后便一直在哭。那是我生命中第一次庆幸我的儿子丹尼尔没有活下来,这样可以少受太多的罪。

被关在那里的第二周他们找我们谈话,告诉了我们几个消息。首先,"组织"已经弄清楚了我们在此事中所扮演的角色,并将我们的照片上传到了他们内部的悬赏网站上。我这才得知,我的项上人头被标上了十万美元的悬赏。真不错,不是吗?其次,国际刑警组织设法确定了审判日期,以便我们能及时出庭作证。距离审判还有两个月的时间,在此期间,我们将与法官和律师在安全的地点进行秘密会晤,帮助推进案件的调查。在这段时期,我们将被转移到老挝。

我们不得不给国际刑警组织的律师开出了授权函,以便他帮我们处理失踪事宜:房子的销售,资产转移到瑞士银行。我们将过去的生活抛在身后,档案也被清除,世界上已经没有里奥·布兰查德和玛丽·布兰查德这两个人了。

两个月的保护期内,我们一直住在老挝的山区,由四名国际刑警组织的特工保护。开庭作证的日子终于来了,我乘坐一架私人飞机飞往位于东京西南的军事基地,从那里转乘一辆迷彩装甲车前往法院。他们安排我戴着丝绸面具,穿着防弹背心从后门进入法院,并将我引导至被防弹玻璃保护着的证人席位上,我宣誓后,便开始当庭讲解事情的来龙去脉,以及消息的来源。证词陈述问答大约持续了两个小时,随着法官一句"谢谢,祝你好运",我才完成了自己的使命。

在一个美丽平静的星夜,里奥·布兰查德和玛丽·布兰查德从世界上彻底消失了。自南部来的微风徐徐吹拂,在平坦的海平面上荡起层层波纹,当我们离开"愤怒号",转乘那艘军用动力艇时,已经将过去抛在身后了。朋友和家人永远不会知道我们还活着,赏金猎人也会以为被同行捷足先登,而放弃对我们的追逐。我们在离海岸几英里的地方换了船,坐上了前往一座无名小岛的船,并从岛上搭乘飞机飞往新加坡,随后转飞英国和其他欧洲国家,直到抵达不为人知的天涯海角。

我们在伦敦住了八个月,国际刑警组织终于将其他事情都处理好了。我们得到了新的姓氏——柯根。每当我念这个姓时都会情不自禁地笑起来。我们得到了新的护照、出生证明(我们现在是犹他州盐湖城生人)、一张 Visa 信用卡和一个瑞士银行账户,账户里面有我们的房屋、汽车和帆船的销售所得收入,以及前半生的积蓄。这听起来很简单,不是吗?你错了,相信我。你不能给认为你已经死去的人打电话，不能祝他们圣诞快乐，你已经从他们的生活中消失了，你就是个鬼魂。保护人计划负责人告诉我们不能尝试联系过去的任何家人或朋友，甚至不能给他们发一张没有写寄信地址的明信片，"组织"只需要一点蛛丝马迹就可以重新开始展开对我们的追捕。

"你的汽车昨天在东京爆炸了，拖车司机试图把你这辆违停四个月的车拖走时，事故发生了。司机受了轻伤，很快便会康复。"一位特工告诉我。

我们在伦敦的切尔西区生活，每天都会去周围的报摊买来世界各地的报纸仔细阅读，试图寻找我们过去生活的痕迹。可惜我们什么也没找到，只在一份名为《东京日报》的简短的报道中看到了关于"愤怒号"失踪的消息。

当然了，这样的生活是一种煎熬。我们成天窝在家里避免与其他人交流，以免把行踪落到有心人的耳朵里暴露身份。我敢打赌，邻居们都认为我俩是一对不善交际的善良老夫妻。我们会去购物，会对邻居微笑，但一直和所有人都保持着距离。如果有人和我们走得近了，我们便试图疏远他。在那里，我们从来没有接受过哪怕一次宴会的邀请，俗事缠身一直是我们的借口。

每一天的生活对我们来说都是一种压抑和折磨，这不是我们的本性。于是，我们向保护人计划负责人征询意见，他建议我们搬到一个更加偏远的地方，住到人烟稀少的社区去。这个建议已经在之前的被保护人身上得到了验证，我们在人迹罕至的小镇上会更加安全，不容易暴露。"为什么不试着去爱尔兰或者苏格兰？

那里有美丽的乡村。虽然有些冷,但周围人很少,很安全。"

这就是我们来到克兰布朗的背景情况了,皮特。当我们来到这里的时候,便知道会在这里久居下去。这也许不是我梦想中泰国的那个海滩,但这里也有一望无垠的大海,幽静的环境也适合我们这种退休的人。从东京逃出来后我第一次感觉到了自由。玛丽再次开始结交新朋友,我也不必掩盖除了那个"小插曲"以外的过去,畅快地生活和交谈,因为掩盖过去是交不到朋友的。

这或多或少就是我的计划,与妻子一起慢慢变老,依着温暖的壁炉,享受一杯热茶。我要在这里颐养天年,平静地生活,直到死去。但是在此之前,我希望能告诉别人我曾经经历过的事情,这就是我为什么要给你写这封信的原因。

不幸的是,不知何故,"组织"发现了我们的踪迹,国际刑警也不知道他们是如何做到的。特工们说我们应该是违反了某些条例,但我知道,我们一直恪守着全部规定。我们是这世界上最遵守规矩的"已故"夫妇,从来没有和任何过去认识的人联系过,天知道我们经历了什么。镇上教会的人一直认为玛丽是一位再虔诚不过的信徒,但只有她自己知道,她所点燃的每一支蜡烛都是为了纪念曾经相识相知的朋友或家人,大家永不再见。

也许我们的踪迹被口口相传,最终传到了有心人的耳朵里;也许"组织"的触手比我们想的要可怕得多;也许有人在大街上认出了我们。谁知道呢?重要的是我们打心里知道,我们的朋友皮特·哈珀救了我们的命。

如你所知,我们再次踏上了旅程。我不知道这次将行至何处,也许会到海边的某个温暖的角落。我可以在那里买一艘船,甚至可以用我所有的积蓄把梦想中的大船买下。我会说服玛丽和我一起踏上全新的,也是最后的征程,我们将到世界各地航行,生活在碧海蓝天之中。不管用哪种方式,我都将实现我的梦想。我会及时给你更新我的近况,毕竟作为一个大名人,你并不难找。

行文至此,我希望能在信的最后给你些建议和提示。首先说说最为紧要的事情,现在你知道了我们面对的是谁,可能会担心"组织"找你的麻烦。我在国际刑警组织的朋友已经委托爱尔兰国家警察署把你的名字从官方报告中清除。报道中只会说你出于自卫杀死了汤姆和曼侬,我杀死了兰迪,弗兰克在等待救护车前来的过程中失血过多而死,我猜没有人会为四个恶棍的死伤心吧。国际刑警组织的朋友还告诉我,他们四个是雇佣兵,如果没有完成任务,他们也就没有存活的必要。尤其是处理两个老人和几个孩子都做不好的人,"组织"是不会留着他们的。当然,他们千算万算,也不会算到皮特·哈珀和他的第六感,对吗?无论如何,你都没有什么可担心的,只需要相信你的本能,听从内心的声音便足够了。下一条建议是关于你和朱迪的。当今社会,每个人都过度关注自身的自由,但我觉得有些事情被忽视了。我认为人们用"自由"这个词是为了掩饰自己"害怕抓住机会"。好吧,我知道我是老生常谈,有些唠叨了,你随时可以捂起耳朵,把我的建议弃之一旁。但我想说的是,你的经历让你能够看到未来,而我的经历让我能够读懂人心。我能看出,也许……在你内心深处一直对再次坠入爱河怀有恐惧。同样的恐惧也使得你的父亲隐居在都柏林。(说得这么直白真的十分抱歉,但我们可能永远也见不到彼此了,所以有些话我想和你说明白……)我知道你曾经被深深地伤害过,对世界怀有敌意,不想让任何事物乃至任何人再走入你的生活。但是正如你寻找音乐灵感的过程一样,你和我说,灵感需要绝对的自信,对吗?它需要自由,绝对的自由。所以你来到空旷的海边寻找自由,结果呢?你蜗居在家,被困在小小的空间内不断加深对自己的怀疑。如果说噩梦能够起到什么积极的作用的话,我祈祷它能将恐惧赶出你的身体。

我是多么希望能当面给你讲述这一切,和你一起坐在门厅前喝着比利时啤酒,聊着各种世界难题的应对策略。能够拥有你这位朋友是我莫大的荣幸,我祈求上天让我们的人生之路能再次交汇。

玛丽希望能借此信给你一个大大的拥抱,我知道她会想你的。她会在教堂为你、朱迪、杰普和贝阿特丽丝都点上祈福的蜡烛,无论我们身在何处,都会永远想你。

保重,皮特!

你的朋友,里奥

11

　　9月15日那天，我交了房门钥匙，送走了搬家车，然后穿上我最好的外套，采了一束生长在特雷莫雷海滩的野花，来到了朱迪的店里。

　　我见她独自一人正在阅读，阳光穿过窗户洒在她的面颊上，那样的恬静、优雅。我想她可能希望一生栖居在这个幽静的地方，这使我为接下来要做的事情感到一丝罪恶。

　　见我来了，朱迪脸上绽放出微笑。

　　"你看起来真帅，皮特！这些花？"

　　"鲜花配美人，加拉格尔小姐。"说着，我将手中的花递到了她的面前。

　　"噢，哈珀先生，你真好！"她说着，将鲜花凑近鼻子。"一束别离的花。"她的声音中带着一丝忧郁。

　　"呃，我亲爱的小姐。"我略显紧张地说，"事实上，这些不是用来告别的花朵，我来就是想要说清楚，我想要问你一个问题……

实际上，是再问一次。人们都说，我们要给美好的事物两次、三次乃至更多次机会。一位老朋友和我说，这种事情需要形式塑造仪式感，所以……"

我绕过柜台，单膝跪在朱迪面前，朱迪把手搭在胸前，被我的举动打动了。

"朱迪·加拉格尔，我有一颗受伤的心，一颗胆怯的心，一颗为爱情无所畏惧的心。你是我在这世上遇到的最聪慧、甜美、敏感的姑娘。如果不是万分肯定，我是不敢贸然对你做出这样的请求的。我爱上你了，朱迪，我爱你，我想让你陪我一起走，开始我们两个人的生活。你知道，我无法离开我的孩子们，我需要照顾他们、帮助他们，所以我无法留在这里。因此，我想对你提出一个自私的请求，请你跨过海洋跟我走。我知道，这对你来说是个困难的决定，因为你终于找到了你的栖居之地，而我却要强迫你离开。但我真的不想没有你，不想将你留在这里。你……对我来说太过重要。"

朱迪的眼眶湿了，一滴眼泪从眼中流出，滑过脸颊，一直滑到她可爱的嘴角。她拿起手帕擤了擤鼻子，另一只手将鲜花紧紧握住。

"皮特……"

"请给我个答案，朱迪。"我说道，"不管你接受与否，我都会永远爱你，但我现在需要一个答案。"

她从椅子上站起来，坐在我身边的地板上，双手捧着我的脸，对着我的嘴唇深深地吻了下去，我们都闭上了眼睛，这个吻让我们彼此连接,进入了同一个梦境,超越了一切……我们一直吻着,直到道格拉斯太太打开门,发现我们跪在柜台后面。

"你们还好吗,年轻人?"

"是的,"朱迪答道,"我们很好,道格拉斯太太,我们真的很好。"说着,她站了起来,并顺势把我也拉了起来。

"哦,对了,"她与我十指相扣,说道,"您认识人愿意买我这家店的吗?我想把它卖出去。"

一个星期后,飞往阿姆斯特丹的前一天,我和父亲在都柏林的一家酒吧吃晚饭,我们喝了五品脱的酒后,唱起了《爱尔兰流浪者》和《茉莉·马龙》。我们庆祝生活的变化,他对我说:"生命值得庆祝。"几个月后,等把多内加尔的事情都处理完,朱迪也会来到荷兰,父亲也一样。他说他想开始旅行,并多多拜访亲人。

喝完酒后,我们跌跌撞撞地从基督教堂走到托马斯街,找了一个角落,父子俩在那里留下了痕迹。我们在街上徘徊,大声唱歌吵醒了街区的邻居。我们父子二人设法走回了家,我搀着他走进房间,上了床,帮他盖好被子,轻轻地在他额头上亲了一下,又径自走下楼梯,努力控制自己不要跌倒。

我瘫在客厅的沙发上,很快就睡着了。我现在已经不再头痛,噩梦也已经变得模糊。一开始,优质的睡眠对我来说是一场胜利。现在,它已经逐渐变成了常态。几天前我给考夫曼医生打电话,跟他取消了预约。他很为我高兴,但也十分可惜失去了一个有趣的案例。他说本想继续通过催眠治疗来弄清我是怎么获得那些预感的。我和他说我不想整天看见自己的名字出现在商场的神秘主义书架上，所以还是不要做这些尝试了……

然而在都柏林的那天晚上，在我醉酒后的梦里，幻象再次出现了。

半夜我睁开眼睛，发现母亲身披一件绿色的袍子，温柔地看着我。

我眼前的她皮肤健康，她的头发像以前一样光亮。她的眼睛是明亮的，嘴角微微上翘地对我微笑。

她指了指那架立式老钢琴，让我像孩童时一样弹给她听。正如无数个阴雨的下午，我一次又一次地弹奏她哼唱的曲目。

我坐在凳子上，打开琴盖，开始演奏。一段缓慢、优美的旋律从我的指尖流出，它似乎一直在梦中等我，直到我与它相遇。

当我醒来的时候母亲已经走了，但那段旋律仍然回荡在我的脑海中。

我在心里向母亲致谢，找出笔记本，开始将刚才所弹的记录下来。

致　谢

　　本书的灵感源自 2008 年我在爱尔兰多内加尔海滩度假的经历。当时我住在都柏林，和一些朋友前往海边别墅度过短暂的假期，那段经历中有闪电，有事故，还有其他的冒险，但没有一种经历是与书中的记述完全重合的，书中的地点、人物纯属虚构。

　　我要特别感谢那些拨冗阅读本书部分草稿乃至终稿，并提出宝贵意见和建议的人。

　　感谢我的未婚妻阿伊诺阿，她一直坚信本书可以最终成型，并提出了很多宝贵想法。在生活上和本书的完善上，她都给予我很大的帮助。我非常感谢她愿意为此贡献她的时间、精力和智慧。

　　感谢我的母亲贝戈尼亚和我的兄弟哈维，他们是我最初的读者，在创作过程中给我莫大鼓励并提出了宝贵的修改意见。他们的意见很大程度上帮助我塑造了朱迪和皮特的形象，完善丰富了皮特与孩子之间的关系。感谢我的兄弟尤伦给我的卓越支持，让

343

我意识到对主人公的"敏感性格"塑造的重要性。

向我的朋友佩德罗·瓦雷拉医生和劳拉·古铁雷斯医生致意，你们为我提供的相关医学知识至关重要。我试图尽可能地依照我所理解的所有有关医院及精神病理知识（以及药理术语）进行创作，尽管我可能在一些问题上进行了发挥。

同时也要感谢我的经纪人伯纳特·菲奥为我提供了一些细节，使小说内容更加翔实生动。

本书第二版成稿得益于我的编辑卡门·罗梅罗对本书书名的敏锐选取和对书目内容的实质性判断。

最后，我要感谢在本书撰写的两年间给我写信的读者们，你们的鼓励对我至关重要，至于你们在信中不断问及的故事发展，我希望能以本书提供答案，希望你们喜欢。

迈克尔·圣地亚哥

阿姆斯特丹

2014 年 1 月